国家出版基金项目
NATIONAL PUBLICATION FOUNDATION

华北抗日根据地及解放区文艺大系

陈晋 郑恩兵 主编

《晋察冀日报》
文艺文献全编

文艺史料

第一卷

向回 梁晓晓 编

河北出版传媒集团
河北教育出版社

图书在版编目（CIP）数据

《晋察冀日报》文艺文献全编.文艺史料.第一卷 / 向回，梁晓晓编. -- 石家庄：河北教育出版社，2023.12

（华北抗日根据地及解放区文艺大系 / 陈晋，郑恩兵主编）

ISBN 978-7-5545-7650-2

Ⅰ.①晋… Ⅱ.①向… ②梁… Ⅲ.①文艺-作品综合集-世界-现代②晋察冀抗日根据地-文学史-史料③晋察冀抗日根据地-艺术史-史料 Ⅳ.① I11 ② I209.92

中国国家版本馆 CIP 数据核字（2023）第 064044 号

书　　名	《晋察冀日报》文艺文献全编·文艺史料·第一卷
	JINCHAJI RIBAO WENYI WENXIAN QUANBIAN WENYI SHILIAO DI-YI JUAN
编　　者	向　回　梁晓晓
责任编辑	马海霞
装帧设计	郝　旭
出　　版	河北出版传媒集团
	河北教育出版社　http://www.hbep.com
	（石家庄市联盟路705号，050061）
印　　制	石家庄众旺彩印有限公司
开　　本	787毫米×1092毫米　1/16
印　　张	16.5
字　　数	217千字
版　　次	2023年12月第1版
印　　次	2023年12月第1次印刷
书　　号	ISBN 978-7-5545-7650-2
定　　价	98.00元

版权所有，侵权必究

丛书编委会

顾　问
陈平原　刘跃进　王长华　李　扬

编委会主任
吕新斌

编委会副主任
彭建强　孟庆凯　刘　月

主　编
陈　晋　郑恩兵

副主编
董素山　向　回　汪雅瑛

编　委（按姓氏笔画排序）
马春香　王少军　田浩军　包来军　吉　喆　刘书芳　刘贵廷
关小彬　杨　程　杨春生　宋少净　张　辉　张川平　赵　华
高露洋　郭义强　阎晓宏　梁晓晓

编纂说明

在中国共产党百年发展历程中，文艺始终是党领导人民开展进步事业的有机组成部分，是党在各个历史时期的中心工作的实时反映和重要推动力量。"华北抗日根据地及解放区文艺大系"，是一部全面展示抗日战争和解放战争时期华北地区党的历史创造、奋斗风采和形象建构的大型革命历史文艺文献丛书，对于深入研究华北地区革命文艺史、红色新闻史，弘扬伟大建党精神、梳理中国共产党人精神谱系，是必不可少的第一手资料，是我们在新时代坚定树立文化自信的重要思想资源。

一、编纂缘起

抗日战争及解放战争时期，华北地处各方政治与文化力量激烈博弈的前沿，这种特殊政治、军事、文化、地理环境中产生的革命文艺，具有鲜明的地域性特征，是五四新文化运动以来的革命文艺发展史上的突出标识。

但一直以来，由于史料文献整理不足，对华北抗日根据地及解放区文艺的研究，始终未能深入，其独特的地域性实践价值和蕴含的文化创新意义被严重遮蔽。这些史料文献主要以党报党刊的形式呈现，梳理汇编这些党报党刊中的革命文艺史料，借之以探索华北革命文艺的发展路径、发展方向、创造机制和创新经验，是深入贯彻习近平总书记关于"把红色资源利用好、把红色传统发扬好、把红色基因传承好""用好红色资源、赓续红色血脉"等系列重要讲话精神的有力举措，也是新时代文艺研究者不可推卸的责任。

2017年6月左右，我们去中国社科院文学所拜访时任所长刘跃进先生，协商合作研究事宜，寻求中国社科院文学所的帮助。请教过程中，刘先生建议我们结合地方特色，做好地方红色文艺文献的搜集整理与编纂出版工作。经过一段时间筹备，2017年底，我们以"河北红色经典系列丛书"为名，正式申报"2018年度河北省省级宣传文化发展专项资金"项目并成功立项，旨在通过选定刊行河北红色经典作品、梳理汇编河北红色经典研究资料、系统阐述河北红色经典发展历史等基础性工作，打造一个集大成式的河北红色经典文献资料库。

项目最初设计共二十四卷，包括六大板块：《河北红色经典史》一卷、《河北红色文艺作品选》六卷、《河北红色经典作家作品索引》三卷、《河北红色经典研究资料汇编》四卷、《〈晋察冀日报〉副刊文学作品全编》六卷、《晋冀鲁豫抗日根据地文艺作品及〈新华日报〉太行版文艺作品汇编》四卷。但在项目实施过程中，我们充分吸收专家意见，认为网络时代和大数据背景下的科研活动有了很大变化，《河北红色经典作家作品索引》与《河北红色经典研究资料汇编》的编纂工作，在当前学术生态中价值不大，并予以取消。同时，在项目实施过程中我们发现，《晋察冀日报》《人民日报》等党报除刊发大量文艺作品外，还有大量记录边区文艺工作者行迹，反映边区戏剧、音乐、文学、美术、舞蹈、曲艺活动与报刊书籍出版发行等各方面情况的文艺史料，以及体现我党文艺方向、方针变化的政策文件与重要领导讲话，是华北地域党和人民对敌作战的重要宣传武器，更是飘扬在华北地区军民心中一面旗帜。这些史料是华北地域革命文艺发生、发展与壮大的真实记录，对我们正确认识革命文艺的特点与历史地位有重要的决定性作用。

为此，我们精心整理了《〈晋察冀日报〉文艺文献全编》《晋冀鲁豫〈人民日报〉文艺文献全编》《〈晋察冀画报〉文艺文献全编》《晋察冀日报社人物志》（共五十一卷），同时收入全国抗战时期和解放战争时期与河北地域相关且被广大群众所喜爱并广泛传唱的红色文艺作品，结集为《河北红色文艺作品选》（共六卷），至此形成丛书目前的五大板块，而且将名称由"河北红色经典系列丛书"改为"华北抗日根据地及解放区文艺大系"，方便以后在此基础上做进一步拓展。

二、地域范围及文艺特质

华北抗日根据地包括当时山东、河北、山西、察哈尔、绥远、热河全部及豫北、苏北、皖北部分地区，分晋绥、晋察冀、晋冀豫、冀鲁豫、山东五大块。1941年，冀鲁豫合并到晋冀豫，称晋冀鲁豫。其中晋察冀抗日根据地作为开辟最早、地域最大、人口最众的模范抗日根据地，是华北抗日根据地的坚强堡垒，牵制和抗击了三分之一以上的华北日军和二分之一的伪军。

在河北及其邻省周边地区开辟与创建华北抗日根据地，是红军长征到达陕北之后党中央迅速做出的重大战略决策。这些根据地地处对日武装斗争最前线，不仅打开了抗战的新局面，成为华北敌后抗战的主战场，而且进行了新民主主义社会的实践探索，对解放战争的历史进程产生了巨大影响，成为我党开辟东北解放区的前进基地和逐鹿中原的战略后方。随着抗日根据地的开辟，延安文艺工作团、西北战地服务团、东北促进纵队干部队、八路军总政治部前线记者团等大批文艺工作者，随同党政干部一道陆续抵达华北，东北、平津的青年学生也纷纷冒着生命危险来到边区。他们一手拿枪，一手拿笔，深入农村与抗战前线，切身体会工农兵的生活，深刻了解工农兵的需求，从而根本上克服了艺术至上主义思想倾向。所以，华北抗日根据地及解放区文艺，既响应了伟大的民族抗战对文学艺术提出的时代要求，亦充分兼顾到广大人民群众的接受习惯和欣赏水平，真实地反映了华北人民火热的战斗与生产生活。很多作者本身就是农民、战士或基层工作者，他们把自己的经历和熟悉的人和事，通过小说、戏剧、诗歌、报告文学、歌曲、绘画、舞蹈等文艺样式记录下来，语言通俗平实，富有生活气息。由于产生于特定时代、特定区域而又适应特定需要，故而无论是题材、语言还是风格，在体现革命大众文艺共性的同时，又具有强烈的华北地域特性。

华北抗日根据地及解放区文艺的繁荣发展，是专业文艺工作者与工农兵群众共同创造的结果。人民群众不仅是革命文艺运动的主导主体、推进主体、受益主体，还是一切成败得失的评判主体。华北抗日根据地及解放区文艺，归根结底，是"以人民为中心"的文艺。

三、学术价值

今天的河北在抗日战争、解放战争时期是晋察冀、晋冀鲁豫两大根据地的中心区域，有着悠久的革命历史传统和丰厚的红色文化底蕴。据不完全统计，抗日战争和解放战争期间，仅晋察冀边区专区以上就办有报刊四百余种，编印图书五百余万册。如果将这种统计扩大到环绕河北的整个华北抗日根据地及解放区，时间扩展至从中国共产党成立到中华人民共和国成立，数据更为可观。这些红色图书、报刊的出版发行，团结了一大批来自全国各地的著名革命文艺家和专业文艺工作者，其中有大量文艺相关信息，是研究近现代中国革命文艺的重要史料。但因受当时物质条件及复杂局势影响，它们传播范围有限，保存困难，如今已普遍出现老化或损毁现象，面临着消失、断层的危险。

长期以来，由于对抢救、整理和利用红色文艺文献的意义认识不足，现行的科研评价、出版机制亦难以有效刺激科研工作者积极从事老旧报刊等红色文艺文献的系统整理，大量有待整理的红色文艺文献尚未进入学界的视野。特别是华北抗日根据地及解放区的文艺文献，有很多甚至还是学术盲区。如《冀中导报》《救国报》《边政导报》《冀南日报》《团结报》《前进报》《新察哈尔报》《冀热察导报》等各类党报，以及《冀热辽画报》《冀中画报》《北方文化》《五十年代》《新长城》《新群众》《诗建设》《诗战线》等期刊，虽有部分学者对其办报（刊）历程、思想以及传播等方面予以研究，但均无系统的文艺文献整理本。"华北抗日根据地及解放区文艺大系"整理的《晋察冀日报》、晋冀鲁豫《人民日报》、《晋察冀画报》，是当时华北抗日根据地及解放区党报党刊的典型代表，是党的理论和实践同文艺结合的主要媒介和载体，是华北革命文艺重要的传播平台。这些报刊，既客观记录了华北革命文艺的传播与发展，也完整展现了华北革命文艺的特殊使命与风格特征，具有极其重要的史料价值。在此基础上，我们还会将视角延伸到《晋绥日报》《新华日报·太行版》《新华日报·太岳版》等党报，不断地充实这套大型文献史料丛书，以此来系统建构华北抗日根据地及解放区的"文艺史料学"。

四、丛书特色

这套丛书的编纂，主要以抗日战争及解放战争期间华北境内各根据地、解放区出版、发行、制作之图书、期刊、报纸等红色文献中的文艺资料为内容。编纂特色主要包括：

（一）抢救珍贵历史文献，弘扬伟大建党精神。

华北抗日根据地及解放区的红色文献发行于条件艰苦的战争年代，数量少，印制质量粗糙，历经岁月的洗礼，留存下来的品相完好者已经很少，有些到今天已成孤本。这些文献作为特定历史时期和区域的产物，见证了中国共产党领导华北人民争取民族独立和人民解放的伟大历程，反映了华北近代社会的巨大变化，蕴含着珍贵的史料价值和鉴往知来的现实意义，是中国共产党领导的文艺事业、新闻出版事业与意识形态建设发展的历史见证。它们诠释了党的初心和使命，蕴含着坚定的理想信念与崇高的革命精神，到今天仍然具有强大的感染力与说服力，是陶冶情操、磨炼意志，走好新时代长征路的有效精神资源。抢救性搜集、整理与研究这些珍贵历史文献，有利于增强党政干部政治信仰，弘扬伟大建党精神和践行社会主义核心价值观。

（二）文艺与党史密切融合，拓展革命文艺与党史研究的新视野。

革命文艺作品的创作、发表和传播，和党的历史任务和奋斗实践是分不开的。在艰苦卓绝的革命岁月，奋斗前行的中国共产党始终强调，既要拿"枪杆子"，也要拿"笔杆子"。革命的文艺工作者，一手拿枪，一手拿笔，深入农村与抗战前线，以人民大众易于接受和欣赏的形式，宣传党的政策，推行党的方针，为中国共产党顺利完成不同历史阶段的中心任务和伟大使命发挥了独特而重要的作用。本套丛书收入的文献史料，主要是抗日战争与解放战争时期党报党刊中的文艺作品与文艺史料，它们鲜明生动地体现了党的历史，党领导人民争取民族独立、人民解放的奋斗历程和精神面貌，从而为学界从文艺角度研究党史和从党史角度研究文艺提供了有力支撑。

（三）作品汇编与史料梳理并行，还原革命文艺的历史场域。

"华北抗日根据地及解放区文艺大系"的编纂，全面辑录华北抗日根据地及解放区党报党刊上刊登的诗歌、小说、戏剧、报告文学、散文、歌曲、版画等文艺作品，并系统梳理当时文艺发生、发展、传播以及社会各界文艺活动的各类消息和报导，同时选编了大量的河北红色文艺作品作为补充。这种文艺史料与文艺作品的配合整理，还原了革命文艺的历史场域，有利于构建对革命文艺的科学认识。

五、丛书内容

（一）《〈晋察冀日报〉文艺文献全编》共三十八卷：

诗歌三卷

戏剧一卷

小说二卷

文艺评论三卷

文艺史料九卷

外国文艺二卷

散文报告文学十七卷

歌曲版画一卷

（二）《晋冀鲁豫〈人民日报〉文艺文献全编》共十一卷：

诗歌一卷

戏剧、小说、文艺评论一卷

散文报告文学五卷

文艺史料四卷

（三）《〈晋察冀画报〉文艺文献全编》一卷

（四）《晋察冀日报社人物志》一卷

（五）《河北红色文艺作品选》共六卷：

诗歌一卷

戏剧一卷

散文一卷

小说三卷

六、编纂体例

（一）整套丛书题材丰富、门类众多，在体裁上不做强行统一。

（二）丛书中所录作品均为当年报刊发表的原文。为确保丛书的文献性、学术性、专业性和资料性，丛书编辑加工的总原则为保持文献原貌，内容上不做改动。

（三）文字的使用

1. 丛书中文字的使用以2013年教育部、国家语言文字工作委员会公布的《通用规范汉字表》为准。

2. 丛书中的古体字、通假字、俗体字，以及所涉及姓名字号、职官地理等专用字，均予保留。

3. 丛书原文字迹模糊残损，但仍可辨认或可依上下文校正，以字外加方框"囗"表示；原文缺字或无法辨识，且无法校补，每字以一个方框"□"表示；如无法统计所缺字数，则以"⊠"表示。

4. 丛书中数字的使用，保持原貌。

（四）标点符号及其他符号的使用

1. 丛书在不改变原文意义的情况下，将旧式标点改作现行标点符号。

2. 丛书原文中出现代表文字的符号，如"×""△""○""▲"等，保持原貌。

3. 丛书原文中的着重号、专名号等不再保留。

（五）其他

1. 丛书原文中的注释，保持原貌；编者亦出部分注释，供读者参考。

2. 因为原始文献本身产生于战争年代，保存不易，漫漶不清处较多，丛书疏误之处在所难免，希望专家读者批评指正。

七、鸣谢

本套丛书得以顺利面世，要特别感谢中共河北省委宣传部、河北省社会科学院、河北教育出版社的资金支持，以及北京大学陈平原教授、中国社科院文学所刘跃进研究员、南开大学文学院李扬教授、河北师范大学文学院王长华教授等，为丛书编纂提供了多方面的学术支撑；晋察冀日报社老报人及报史研究会诸位老师，中国社科院文学所现代室、中国丁玲研究会、中国现代文学馆各位专家，也在丛书编纂过程中提出了许多建设性意见；院内外的数十位年轻科研工作者，在原文录入和校对方面付出了艰辛劳动，确保了项目的顺利进行。在此一并致谢。

把艺术交给大众（代序）
——祝贺"华北抗日根据地及解放区文艺大系"结集问世

中国社会科学院　刘跃进

  由河北省社会科学院文学研究所编纂、河北教育出版社出版的"华北抗日根据地及解放区文艺大系"结集问世，值得庆贺。

  文艺是时代前进的号角。1937年7月7日，卢沟桥事变爆发，全面抗战由此而起。广大的爱国知识分子和青年学生，表现出同仇敌忾的民族气节，走出书斋，走出校园，用知识，用智慧，用不屈的精神力量唤醒民众，用实际行动担负起抗日救亡的历史重任。在此后的岁月里，延安文艺和华北抗日根据地及解放区文艺，是中国共产党领导下的两大主体，双峰并峙，展示着那个时代的风貌，引领了那个时代的风气。

  随着抗日根据地的开辟，延安文艺工作团、西北战地服务团、东北促进纵队干部队、八路军总政治部前线记者团等大批文艺工作者，随同党政干部一道陆续抵达华北，东北、平津的青年学生也纷纷冒着生命危险来到边区。他们一方面积极创作大量街头剧、活报剧、街头诗、墙头小说、木刻版画、歌曲、舞蹈等革命文艺，开展抗日救亡宣传运动；一方面也通过开办文艺干训班，开展各行业、各阶层甚至全民的文艺创作与评选活动，吸引工农兵群众加入文艺队伍，掀起了"晋察冀一周""冀中一日"等具有深化性质的群众写作运动，以及"创造模范村剧团""穷人乐"等群众戏剧运动，为晋察冀文艺史添上了浓墨重彩的一笔。

说到这里，我想起2009年参加《北平学生移动剧团团体日记》捐赠仪式的一段往事。从1937年到1938年，在中国抗战史上唯一以大学生组成的"北平学生移动剧团"在长达一年半的时间里，历尽艰难，转辗于国民党第五战区的各个战场，演出话剧，创办报纸，宣传抗日，鼓舞斗志，谱写出响彻云霄的时代赞歌。移动剧团的成员每人一周轮流记述，用日记形式记录了那段不平凡的岁月，《北平学生移动剧团团体日记》就是这部历史的记录。它不是写给个人看的私密记录，也不是为将来面世扬名。作者完全出于一种历史责任，真实客观地记录了那段鲜为人知的历史，体现出强烈的史家意识。日记封面上有这样一段题记，"北平学生移动剧团·愿我永恒·中华民国二十七年二月二十三日始·璧华"。孤立地看这部日记，也许没有什么轰轰烈烈的战斗业绩，也没有什么感人肺腑的情感纠结。客观、平实是它的本色，正是这种本色，为那个历史年代留下一段真实。"北平学生移动剧团"的抗日活动，是文艺工作者投身抗日洪流中的一个历史缩影。

随着抗战的胜利，察哈尔省会张家口解放，晋察冀文协、晋察冀剧协、晋察冀音协、晋察冀美协、晋察冀通讯社、晋察冀边区剧社、晋察冀日报社、晋察冀画报社等文化团体随中共晋察冀中央局和军区领导先后开赴华北根据地，一大批文艺工作者也随之来到华北，开展丰富多彩的文艺活动。他们坚持毛泽东《在延安文艺座谈会上的讲话》中指出的方向，一手拿枪，一手拿笔，深入农村与抗战前线，既为切身体会工农兵的生活，也为深刻了解工农兵的需求，从而在根本上克服了自身相当普遍和严重的艺术至上主义思想倾向，为工农兵而创作，为工农兵所利用，以人民大众易于接受和欣赏的形式，普遍写人民大众的生产战斗故事。譬如左翼作家邵子南，于1938年10月随西战团到晋察冀，主持战地社日常工作，主编《诗建设》；1943年整风运动后，他到阜平任小学教员，在反"扫荡"中与群众、民兵一起转移、战斗，还直接在五丈湾跟随李勇的游击组对日寇展开地雷战；1944年5月随团回延安，在鲁艺任教，后调陕甘宁文协搞专业创作，开始大量创作反映晋察冀边区生活的小说。他以亲身体验为基础创作的短篇小说《李勇大摆地雷阵》（后改为《地雷阵》），运用阜平农民群众的语言，以口语化方式讲述了爆炸英雄李勇的抗日故事，明显吸取了民间说唱文学的优点，特别是在白话叙述中还插入不少快板式的韵白，更适合群众的喜好，因而在当时广为流传，家喻户晓，起到了很大的宣传鼓动作用。其他作品，如《荷花淀》《太阳照在桑干河上》《漳河水》《赶车传》《王九诉苦》《孟祥英翻身》《新儿女英雄传》《白求恩大夫》《我的两家房东》《穷人乐》《李殿冰》《戎冠秀》《没有共产党就没有中国》《团结就是力量》《没有土地的人们》《白毛女》等，都是成功的文艺典范，在现代中国文学史上占据比较重要的位置。

在华北抗日根据地及解放区的文艺创作成果中，还有数以万计的文艺作品和极具研究价值的文艺史料刊发在根据地及解放区所办的报刊上。很多作者，本身就是农民、战士或基层工作者。他们把自己的经历和熟悉的人和事，通过小说、戏剧、诗歌、报告文学、歌曲、绘画、舞蹈等文艺样式记录下来，语言通俗，富有生活气息。人民既是历史的创造者，也是历史的见证者；既是历史的"剧中人"，也是历史的"剧作者"。让故事中的人物自己编词、自己表演的创作方式，很好地反映出人民的心声，并让人民群众从生动活泼的艺术作品中得到教育，这确实是一个成功的尝试。

配合党的中心工作，"把艺术交给大众"，通过文艺唤醒大众，这已成为华北文艺工作者的自觉意识。他们积极响应伟大的民族抗战对文学艺术提出的时代要求，充分兼顾到广大人民群众的接受习惯和欣赏水平，创作了大量的作品，真实地反映了燕赵儿女火热的战斗与生产生活，起到了良好的宣传教育与鼓动激励效果。刘萧无编排新闻报道剧《李殿冰》，编剧与演员一起住到李殿冰家里，以便于熟悉主人公的生活，搜集真实生动的群众语言，还模仿他们的动作，理解他们的心理，甚至还让主人公李殿冰等直接参与剧本的修改和编排。描写群众的生活，邀请群众参与创作，这是当时文艺工作者走群众路线的生动体现。该剧演出后获得当地老百姓的极大赞赏，鲁中实验剧团还专门学习该剧的创作方法，创编了三幕五场话剧《过关》。艾思奇《前方文艺运动的新范例》更是誉其开创了前方文艺的新范例。抗敌剧社的《王老三减租小唱》、冀中火线剧社的话剧《我们的母亲》，也都具有这种特色。

这些文艺作品，可能略显仓促，有的甚至急就于战火中，所以在素材提炼、人物形象塑造以及语言的使用、细节的刻画等方面还有很多不足。但是，这不是一般意义上的创作，而是燕赵大地为争取民族独立、人民解放的集体记忆和行动号角，是中国革命事业的重要组成部分。华北抗日根据地及解放区的文艺，有很多这样未经沉淀的纪实作品，不管其艺术性如何，但在发动群众、组织群众、铸就抗击日寇和国民党反动派铜墙铁壁方面，发挥了无可替代的作用。20世纪五六十年代，河北地区涌现出大量的红色经典，便是华北抗日根据地及解放区文艺的传承和发展。

2017年6月，河北省社科院文学所郑恩兵所长来京与我们协商合作研究事宜。我根据所了解的信息，建议他们结合地方特色，做好地方红色文艺文献的搜集整理与编纂出版工作。"华北抗日根据地及解放区文艺大系"就是那次商讨的成果。全书由五个部分组成：第一部分为《晋察冀日报》文艺文献全编，第二部分为晋冀鲁豫《人民日报》文艺文献全编，第三部分为《晋察冀画报》文艺文献全编，第四部分为晋察冀日报社人物志，第五部分为河北红色文艺作品选。全书收录各种文体的作品六千余种，包括小说、诗歌、文艺评论、戏剧、报告文学、散文、文艺通讯、美术、书法和音乐、文艺史料，还有文艺信息、文艺广告，基本涵盖了华北抗日根据地及解放区的文艺创作情况，具有很高的研究价值。

时值中华人民共和国成立七十五周年之际，我们有机会阅读这部皇皇五十余册的"华北抗日根据地及解放区文艺大系"，更加深切地感受到新中国的建立真是来之不易，她是无数条战线的可歌可泣的人们不懈奋斗的结果。在这样一个特殊的日子里，我们感念当年那些有名无名的作者，感谢参与整理工作的学者，当然，更要感激我们这个伟大的时代。

目 录

- 唐县祝捷大会特写 1
- 外人在热河因摄影被日监禁 2
- 本报启事及代邮 3
- 本报营业部启事 3
- 五一节纪念大会速写 4
- 冲锋剧社到各乡宣传表演 6
- 第四军分区火线剧社到兴道村、上社、洪子店、洪镇表演 7
- 本报五十期纪念征文启事 7
- 五台杨西亭先生 有钱出钱的模范 8
- 本报征稿启事 8
- 向投稿者诸君声明 9
- 本报优待推销 9
- "五卅"纪念宣传大纲 10
- 石咀"五卅"纪念大会速写 11
- 本报革新预告 12
- 《战线》半月刊不久将出世 13
- 本报紧要启事 13
- 从艰苦斗争中壮大起来的平青铁血剧团 14
- 戏台前小先生慷慨激昂捐款救国 台后边一青衣持款冲来不甘人后 15
- 献词 16
- 《抗敌报》五十期的回顾与展望 17
- 本报启事 20

晋察冀边区军政民联合抗敌俱乐部成立	21
军政民抗敌俱乐部日前开首次联欢大会	21
军政民抗敌俱乐部首次联欢大会速写	22
耿镇居民演戏　群众团体当场推销公债	23
涞源民教馆的新设备	23
本报营业部启事	24
本报代销办法	25
边区文化事业蒸蒸日上　出版刊物将达五十种	25
五文化机关团体加入边区文协	27
涞源民教馆举行漫画展览会	27
自卫周刊社、自卫剧团加入文协	28
边区文协召开戏剧座谈会	28
盂县正式成立解放剧社	28
揭破敌伪汉奸无耻的欺骗宣传	29
鲁迅逝世两周年祭	30
发刊词（《海燕》副刊创刊号）	31
编后（《海燕》副刊创刊号）	32
莫斯科正排演伟大的影片——《英勇的中国》	32
先讲几句	33
开展新战士的文化娱乐工作	34
重庆文化界决议成立中苏文化艺术研究院	38
援助游击队的游艺会及游行	38
论边区的文化运动	42
向同志们致慰问的敬礼！	45
《晋察冀的一周》征稿启事	47
小启事	49
《救国报》已出版	49

一个胜利和团结交流着的晚会	49
四分区文协筹委会成立	52
边区文协改名文救	53
推行合理负担　剧社教师分头努力	54
《海燕》第一期出版	55
边区文救号召抗战建国宣传周	55
文救座谈会召开第一次会	57
边区农会要求各界援助加紧春耕运动	57
平山县各界热烈响应边区文救的号召　向全边区各县提出抗战建国宣传周挑战书	58
边区文救召集文艺作家座谈会	59
盂县文协分会成立	59
边区民众和我们	61
抗战建国宣传周　平山已热烈进行	62
边区美协召开成立大会	64
《胜利报》出版	64
战斗中的行唐	65
这儿的抗建宣传周	65
晋东北纪念儿童节	68
华北游击宣传大队文救分会成立	69
晋东北：文救召开成立大会　专署举行教育会议	69
边区文救响应政府识字运动号召	70
战区妇女儿童考察团访问记	71
一分区文救五月的文化突击竞赛	75
本报各地读者、各通讯社、写稿诸君公鉴	76
"晋察冀通讯社"启事	77
边区剧运将有新开展　戏剧座谈会积极筹备	77

纪念高尔基	78
创刊词（《抗战农民》副刊创刊号）	79
创刊词（《文化界》副刊创刊号）	80
什么是文化	81
边区最近出版物统计	82
关于《文化界》	84
怎样解决文化食粮的困难	85
见面几句话	86
苏联列宁格勒布置中国战时艺术展览会	87
一分区民中纪念高尔基逝世三周年	88
边区剧协成立	88
边区剧协成立宣言	89
关于阜平文救会	91
易县文化工作一般	93
文化界广播	94
街头诗运动周年纪念	95
晋察冀边区的街头诗运动	96
创刊词（《工人先锋》创刊号）	98
边区的子弟班团结起来！	99
文化界广播	100
边区文艺研究会、新文字研究会相继成立	100
前言（《剧运》副刊创刊号）	101
边区戏剧运动的总方向	103
建立起我们的"通讯网"	103
致——	104
一个号召	105
抗联召开文化座谈会	106

苏联名歌曲作家翻译我国抗战名曲十五种　编制乐谱灌成留声机
……………………………………………………………………………… 106
欢迎新战士　×分区开联欢晚会 ………………………………………… 106
文化消息 ……………………………………………………………………… 107
深入边区的文化运动 ……………………………………………………… 107
发刊词（《边区民众》创刊号）………………………………………… 109
论文救会的组织法 ………………………………………………………… 110
建立和健全群众的剧团 …………………………………………………… 112
边区文化消息 ……………………………………………………………… 113
两月剧运 …………………………………………………………………… 114
广泛开展边区通讯写作运动 ……………………………………………… 114
关于《我们的乡村》及其演出 …………………………………………… 116
一封珍贵的信 ……………………………………………………………… 117
冬学与妇女 ………………………………………………………………… 118
反"扫荡"中文化的胜利 ………………………………………………… 120
新文字与冬学 ……………………………………………………………… 121
文化界广播 ………………………………………………………………… 122
莫斯科中国艺展 …………………………………………………………… 122
全国文化界抗敌协会陕甘宁边区分会首次代表会在延安开幕 ………… 124
苏联人民爱好中国革命文学 ……………………………………………… 125
延安文协代表会闭幕　通过四大决议 …………………………………… 125
今后宣传方式的发展方向 ………………………………………………… 126
论县文救会必须有脱离生产的干部、自给自足的经费 ………………… 129
需要一个诗协 ……………………………………………………………… 130
号召庆祝春节期间要实行高尚的文化娱乐 ……………………………… 131
让我们的小学校成为业余的宣传队吧 …………………………………… 133
文化界广播 ………………………………………………………………… 135

晋察冀边区青记分会筹备缘起 …………………………………… 136
筹备会致函总会与各地分会 …………………………………… 136
关于青记总会 …………………………………………………… 139
青记学会边区分会的使命 ……………………………………… 143
边区音协即将成立 ……………………………………………… 145
边青记开二次筹备会 …………………………………………… 147
大众艺术的旗手 ………………………………………………… 147
《黄河日报》复刊　反对投降倒退 …………………………… 148
广泛建立地方不脱离生产剧团 ………………………………… 148
重庆惊人绑案！！！ …………………………………………… 150
庆祝中国青记边区分会成立 …………………………………… 151
教育界耆宿蔡元培逝世 ………………………………………… 153
抗敌剧社热烈参加宪政运动 …………………………………… 153
边区人民的福音 ………………………………………………… 154
边文救开常委会　重新推选负责人 …………………………… 154
边区剧协、美协、音协发起促宪号 …………………………… 155
城南庄前进剧社到处受到群众欢迎 …………………………… 155
中国青年新闻记者学会晋察冀边区分会成立大会宣言 ……… 156
中国青年新闻记者学会晋察冀边区分会成立大会通电边区党政军民
………………………………………………………………… 158
青记学会晋察冀边区分会工作纲领 …………………………… 161
记边区青记成立大会 …………………………………………… 162
青记学会晋察冀边区分会致电全国新闻界 …………………… 165
电贺青记边区分会成立 ………………………………………… 166
边文救执委会拟组织文协边区分会　号召文艺界参加宪运 … 167
灵寿冬学结束　积极开展春学运动 …………………………… 168
晋冀豫区成立新闻界促宪会 …………………………………… 169

中苏文化交流 169
青记学会延安分会抗议李亚凡被枪决事件 169
边区音协成立　吕骥等任常委 170
目前宣传工作具体方针 171
灵寿妇女成立宣传队　阜平组织妇女抗敌队 174
庆贺学联成立 175
为更高度地爱护边区人民的报纸——《抗敌报》而号召 175
晋察冀边区学联会成立宣言 177
边区首次创办的乡村艺术干部突击训练班 179
边区剧协为纪念"七七"　号召村剧团积极准备演出 184
中共晋察冀边区党委宣传部对一九四〇年七月纪念节宣传要点 184
训练乡村剧团的经验教训 187
本报同人纪念高尔基举行座谈会并欢迎陈克寒同志 191
反对查封、没收抗战书报 191
文教会议闭幕 194
华北联大成立一周年纪念宣言 194
推进边区剧运　边区剧协开二代大会 195
阜平教救会提出候选人并宣布政纲 196
边府通令各级政府社教由文救领导 197
全国文协边区分会成立 197
各艺术协会相继开会　讨论开展大众的艺运 198
乡艺干训班的收获、困难与缺陷 198
名记者顾执中在沪遭汪逆党徒刺伤　经医院救治生命无虑 201
三专区文救决定新工作　组织村文救 201
全国文协晋察冀边区分会成立大会宣言 202
论晋察冀边区的文化教育运动 203
学联电：广大学生抗日知识分子永远为中共注视与关怀 206

中共北分局"双十纲领"边区文救竭诚拥护	207
晋察冀边区文化界抗日救国会暂行章程	208
边区文救会为实行新的工作方针告全边区各界同胞书	215
纪念国际青年节与记者节	216
全国文艺界抗敌协会抗议敌机狂炸行都	219
阜平文救成立	220
舒同当选国大代表	220
联大江隆基当选参议员	220
抗大二分校全体教职学员誓培养大批铁的干部	221
国民党边区党部筹备处电聂司令	222
三专区各界成立"双十纲领"研究会	223
边区新闻界选出邓拓为国大代表	223
西北战地服务团办第二期乡艺训练班	224
刘澜涛获平定最多选票　抗院郭任之当选	224
晋察冀边区首届艺术节宣传大纲	225
加强边区文化工作的意义	229
祝晋察冀边区第一届艺术节	231
陕甘宁边区新文字协会开成立大会	234

唐县祝捷大会特写

流冰

阳光灼热地直射大地，树荫成了人们的良好伴侣，□然是四月时分的下午。

北店头村外的广场上，搭有一个木板造成的戏台，上边围绕以"救国剧团"的黑布幕，广场的最前面扎着一个很华丽的彩牌，"祝捷大会"四字就写在上边。

人们像潮水般地，从广场的四围蜂拥而来，在零星的人堆中，夹杂着不少的整齐队伍，每个人都兴奋地跃入广场，互相谈笑着。

"要收复失地，打倒日本帝国主义……"是一阵清脆振奋的歌声——儿童自卫团唱的——人民随着歌声移动着脚步。

从村庄的绿树堆中，拥出一群妇女来，前头是几个大脚的，后边跟着一群农村妇女，她们互相说笑着。

所有的人都转移了原来的眼光，一齐向她们注视，尤其是青年的自卫军总想找机会巧妙地看她们一眼。

"请妇救会唱个歌子。"县府和各群众团体所组织的啦啦队起了作用了。继而是一阵高兴的笑声从广场四围送过来，每个人都表示响应啦啦队这个提议。

"不要皱着眉头……日本鬼子欺侮我们不能再忍受……上起我们的刺刀来对准了敌人的头……"

"唱得好，唱得妙，抓着鬼子一个不要跑！"

强巨的吼声振奋着人们的心。

宣布开会了，歌声四散去，庄严的空气布满了全场。

在主席简短的报告中，大家都晓得这次大会是庆祝台儿庄之伟大胜利的，这个报告刺激并兴奋全会场的人们的心，笑容浮露在每个面孔上。

是一阵愤怒壮烈的吼声，□把人高劲起坚实的臂膀，汇成了一个强大的力量，兴奋团结了他们，每个人把自己忘掉了，各代表强有力而带感染性的讲演，更深入地把这次伟大胜利的意义，分析给群众听，人们的心随着讲词而跳动，民众兴奋在将来最后胜利的信心中。

又是一阵雄壮的口号声。

救国剧团的话剧，演得很通俗而动人，救国剧团的同志们在过去受过熊佛西先生的领导，使得台上台下打成了一片①，民众在台下不住地赞叹着民族英雄的人格伟大，辱骂着卑陋无耻的汉奸，摩拳擦掌地想打死那台上的日本军官，斗争的气氛充满了整个的会场。

天气已经是黄昏时候，夕阳到山后去休息了，安静地躺在血红的被帐里。

游行示威开始了，铁蛇般的队伍，刚毅的吼声，与沸腾热血交织着复仇的决心，群众被胜利的消息与斗争的奋焰鼓舞着。

伟大的胜利消息被广大的群众传播开去，散落在每个角落里，人们都抱着伟大雄劲的志愿，向着光明的解放途程迈进！

整个的村庄与山冈全浸润在青丽的月光中。

(《抗敌报》1938年4月24日)

外人在热河因摄影被日监禁

【北平二十二日合众电】最近到热河视察之英美人，已被日监

---

① 按，此处疑有夺文。其意当为：救国剧团的同志们在过去受过熊佛西先生的领导，故其表演甚为逼真，使得台下观众忘记了台上是在演戏，看到台上日本鬼子或汉奸们的恶行，气愤不已，台上台下打成了一片。

禁,其理由为彼等在游历时间摄影太多。

(《抗敌报》1938 年 4 月 27 日)

本报启事及代邮

一、本报自五月一日起除订户外,所有机关团体及私人一律停止赠阅,希为原谅。

二、唐县县政府:法币四十元已收到,自二十九期起,每期已交邮寄上报纸二百份。

三、完县县政府:法币二十元已收到,卅一期起每期已交邮寄上报纸一百份。

四、来函订报请随付报费,否则,恕不寄发。

(《抗敌报》1938 年 4 月 27 日)

本报营业部启事

本报欢迎订阅、欢迎推销,兹将优待推销办法列后:

(1) 推销十份以上者,每份每月二角五分,并赠一份。

(2) 推销百份以上者,每份每月照二角计算,并多赠五份。

(3) 推销五百份以上者,每份每月照一角五分计算,另赠十份。

(邮费均在内)

(《抗敌报》1938 年 4 月 30 日)

五一节纪念大会速写

沙冈 寄

【石咀通讯】快十二点半了，戏台下只稀乱地坐着几行人，有的不耐烦地抽着旱烟："怎么还不开会呢？"

突然，石咀镇的南端，送来一阵粗壮的歌声："起来，全国劳苦姐妹兄弟，今天是五一！"

藏蓝色的军服，藏蓝色的军帽，藏蓝色的铁的队伍，沉着地，向石咀移动，白杨树迎风欢舞着。

"多整齐的队伍，都是好样儿的！"人群不住地咂嘴。

这时台上有一位光头的同志在喊："注意，自卫队干部训练班第一队在左面，第二队在右面，赶快移动，坐下。"突然二百多个干部同志，矮了半截。

会场沉静着……

自卫队差不多都到齐了，只有南坪村自卫队没有来，正在顾盼之间，陡然，从小巷内，快步地冲上一队人马，大刀、矛子、棍棒，样样俱全，煞是厉害，一看，原来就是南坪村的自卫队。

会场上立即活跃起来，人群唱开了。

"大刀向鬼子们的头上砍去……"

一点钟到了，主席团宣布开会，首先由边区工会主任□文兴报告开会意义。

"同志们，今天开个会，这个会叫'五一节纪念大会'，在一千八百八十六年，美国芝加哥工人因受资本家压迫，大家起来罢工，提出'三八制'的口号，结果得到了胜利，从此以后，每到五月一日全世界工人都来纪念它，这是工人阶级要求解放的日子。但我们今天纪念'五一',正当日本鬼子疯狂地进攻中国、灭亡中国的时候,我们今天一起纪念'五一',不是打倒资本家,而是不分贫富,全国上下一致团结起来,打倒我们共同的敌人——日本帝国主义!"

这时主席团领导全场喊口号:"打倒日本帝国主义,驱逐日寇出中国,中华民族解放万岁。"全场沉醉在暴风雨一般的怒吼里!

他演讲词很长,接着是边区政府、自卫队总指挥部、边区妇救会、边区农会、南坪村自卫队各代表演讲。其中最引人注意的是南坪村自卫队长的演讲,他穿着黑马褂,戴上瓜皮帽,当他走上台的时候,台下许多人望着他笑,他的脸涨红了,但只有一秒钟,他把眉头一皱,嘴唇张开了,他讲得很简短、具体,博得的鼓掌比任何人都要多,很多农民都不习惯地拍起掌来,因为他——是他们中间的一个!

各代表演讲约一小时,便结束了。

这时台上有人报告,马上就要演戏了,请大家唱歌,说后、白幕布把台面闭住了。

自卫队干部训练班真起模范作用,第一队和第二队像比赛一般,这队还没有唱完,那队便接唱一阵。

台上的胡琴、笙、笛子、锣鼓有韵律地吹奏着,娘儿们也三个五个胆怯地走拢来了。

台柱上高高地挂着戏单:《乡村怒吼》《双簧》《放下你的鞭子》《家庭觉悟》《春耕》。

忽然"嘘"的一声闭幕了,人们的眉头挑高了两寸。

这一幕的内容,是描写×家有一个儿子要去当义勇军,隔壁一家地主劝他不要去,日本人来了,只要你好服侍他,也不要紧。但以后日本鬼子来了,地主的房子被焚毁了,家里的人也被刺死了,最后那个地主说:"现在我也要当义勇军去。""杀尽日本鬼子……""参加义勇军!""打倒日本帝国主义!""誓死不当亡国奴!"口号声像春雷一般轰鸣着,滹沱河的水声听不清了。

每幕演完后,不到两秒钟,群众便要求"快开幕"。

第四出戏《家庭觉悟》演得最动人,演员完全是五台人,纯用五台土话,是描写一顽固的家庭中儿子要去当义勇军的故事,最后他的儿子走出了村庄,他父亲带着可怜的绝望的声音,喊他的儿子:"当义勇军要爹不要爹?"

"要爹。因为我要爹,所以我要当义勇军,把日本鬼子打出去,叫爹过好日子。"是他的儿子倔强的坚定的回声。

台下有几个老汉,低头在回想,好像这故事就发生在他村庄上一般。

"五一歌"又唱开了:"起来,全国劳苦姐妹兄弟,今天是五一!"

太阳像沉醉了一般,停在西山巅上,不愿下去……

一九三八年五月二日

(《抗敌报》1938年5月4日)

冲锋剧社到各乡宣传表演

【灵山通讯】三军分区冲锋剧社,自成立以来,对于演剧宣传工作积极进行。近更为增加抗战力量,特于四月十四日,曾到唐县属之西唐梅村,演剧二日,项目有《亡国恨》《迷途孤儿》《林中口哨》《九一八》《阜平之夜》《张家店》《反正》等话剧,及各种最新舞蹈。该村所驻望都反正之独立支队,全体指战员及村中民众对于冲锋剧社的表演,十二分热烈欢迎,甚至当进行到悲伤之处,军民无不潸然泪下,抗日情绪十分高涨。该剧社社员,又利用余暇时间,与独立支队各指战员进行联欢,同时对附近各村庄,亦前去多方宣传,使民众对于军民团结有进一步的认识。离西唐梅村时,独立支队送慰劳品甚多,并捐助剧社经费,大有依依不舍之概云。

(《抗敌报》1938年5月4日)

第四军分区火线剧社到兴道村、上社、洪子店、洪镇表演

【小觉通讯】火线戏剧社宣传队,自从在军区受训回来,学习与训练工作,在王主任与赵指导员领导之下,格外积极起来。为了广泛地宣传,特出发到各地表演。四月一日至十五日在盂县兴道村、上社扩大表演宣传,十六日至十八日在洪子店、洪镇,表演项目有《十里铺》《再会吧》《火烧洪子店》《海军舞》《双簧》《儿童舞》《乌克兰舞》《合唱》等,各地军民观众均踊跃异常,精神紧张,表演技术与内容已博得一般观众的好评云。

(《抗敌报》1938年5月7日)

本报五十期纪念征文启事

本报自创办以来,是经过了不少的折磨——虽然不是什么沧海桑田之变,但是日本帝国主义的进攻所造成的许多困难(人力、财力和其他……)和它的野兽般的烧炸(进攻阜平),也还是给了我们不少的折磨的——但是,我们同边区的读者们共同努力、奋斗而维持下来,一天一天使它进步、充实,至今已快达到第五十期了。

本报为了纪念这一努力、奋斗,特定于第五十期出一特大号的

《抗敌报》五十期纪念特刊,希望各地通讯员、读者和爱戴《抗敌报》的诸君,推给我们许多文章(论文、诗歌、意见书……)、图画材料,和你们所愿意给《抗敌报》的鼓励,帮助一切。

本报同仁为着回答全边区同胞的爱戴,只好拼着自己一切能力、精气,使得《抗敌报》成为晋察冀边区内的真正的政府、军队、人民的喉舌,同时还要求全边区的爱国同胞们共同努力!

抗敌报社启

(《抗敌报》1938年5月13日)

五台杨西亭先生　有钱出钱的模范

五台一区的青年们,为了发展边区人民的文化教育起见,将发起成立一个新剧团,以活泼动人的歌曲、剧情、舞步去唤醒民众,发动他们积极参战,把日本帝国主义打出山西、华北去。杨西亭先生知悉这一事,立即激起其爱国热忱,而慷慨地捐出三十元以助剧团的发展。

"国家兴亡,匹夫有责。"况且既有良好的家境,而又有深博学问的杨西亭先生之此举,确真令人钦佩!

我们相信,我们边区内一定有千万位富有同胞,将不惜千金,慷慨地为国家、为民族、为自家而有钱出钱的。

(《抗敌报》1938年5月17日)

本报征稿启事

本报今后拟开辟《政治经济研究》《妇女工作》《文艺》等栏——是不定期的。望读者及爱护《抗敌报》的同志们,踊跃地、尽量地惠赐关于政治的、妇女的以及文艺的稿件，篇幅要精干，力避冗长。

（《抗敌报》1938 年 5 月 17 日）

向投稿者诸君声明

本报近来接到好些稿子，有几篇写得长又缺少具体实际内容，不便登载，特此声明，请原谅。并希望愿给本报稿件诸君，仍然源源不断地寄来，本报非常欢迎，并还在想从这个物质条件缺乏情况下设法酬谢。不过本报要求诸位尽力给我们以某村区县的各项工作，如何好？如何坏？为什么好？为什么坏？无论是政府工作，工、农、青年、妇女、自卫队……哪一方面的工作具体实际的材料，都是我们所渴望的！

编者启

（《抗敌报》1938 年 5 月 17 日）

本报优待推销

推销十份以上，每份每月二角五分，并赠一份；推销百份以上，每月每份二角，并赠五份；推销五百份以上者，每月每份照一角五分计算，另赠十份（邮费均在内）。

（《抗敌报》1938 年 5 月 20 日）

"五卅"纪念宣传大纲

一九二五年"五卅"惨案发生的直接原因,是上海日本内外棉纱厂的中国工人要求增加工资,工人领袖顾正红被日本资本家枪杀,引起全体工人的愤怒,联合上海各校学生示威游行。日本资本家勾结当时公共租界英捕房捕头爱活生,逮捕并屠杀讲演游行的群众,造成了空前的"五卅"大惨案。惨案发生后,各界人民一致愤激,同盟罢工和罢课、罢市的运动示威弥漫全国,是……一九二五至二七年大革命的序幕。

纪念"五卅"的意义

"五卅"惨案发生以后,激起了全国的反帝、反军阀的斗争,是中华民族的反抗侵略者的伟大精神的光荣标志,同时也是中华民族的统一与团结,是个伟大不可战胜的力量的明白例证。"五卅"惨案所促成的第一次民族统一战线的巩固与发展,给了我们今天的民族统一战线的巩固与发展以极宝贵的经验、教训,尤其是清楚地告诉了全国人民,只有团结到底,才能打日本到底和争取中国抗日战争的最后胜利。

今年纪念"五卅"的总的任务

1. 坚定地把握着抗战到底的方针去克服一切抗战过程中的困难、挫折,巩固加强全国人民的抗战胜利的信心。
2. 努力在正确地执行"一切为了统一战线,一切经过统一战线"的原则,去巩固和发展以国共合作为基础的各党各派各界各教……的民族统一战线。

3. 为了争取抗战的最后胜利，我们必须全部执行抗日救国纲领，我们要坚持"抗日高于一切，一切服从抗日"的原则，团结全国抗日力量。

4. 汉奸、托匪是目前中国人民内部最危险的敌人，对于汉奸、托匪的活动的任何姑息，都是对于国家、民族的犯罪行为，必须严密我们的队伍，统一我们的思想、行动，严厉制裁汉奸、托匪。

纪念"五卅"的口号

打倒日本帝国主义，争取中华民族独立解放！

坚决抗战到底！

拥护国共合作！

巩固扩大民族统一战线！

坚决反对悲观、失望、动摇、退却！

肃清托匪、汉奸！

一切为着前线上的胜利！

勇敢、坚决、爱国的男儿们！上前线去！

巩固晋察冀华北抗日根据地！

抗战胜利万岁！

独立、自由、幸福的新中国万岁！

（《抗敌报》1938 年 5 月 23 日）

石咀"五卅"纪念大会速写

天气阴森森的，细雨如丝网。

整齐的自卫队与军区司令部的直属部队，都大张着嘴巴，兴奋地哼唱着救亡歌曲,大踏步走进会场,空气开始动荡了。

红绿色的纸条在每个人的手里翻动,大家都开始知道这是纪念日本鬼子在上海惨杀的我们中国同胞的大会,愤怒藏在每一个人心里,都好像等待找着机会发泄似的。

大会开始了,主席报告开会意义后,继由黄敬同志讲演,他的讲词是自五卅运动的意义及经过说起,一直到我们边区目前应有的任务为止。虽然雨下得很大,但是全场的人们都在雨淋中不愿散去,这大概是愤怒团结着他们,"保卫大武汉!""驱逐日寇出中国!"……

人们怒吼了,面孔是铁青的!

演剧开始了,在广大民众热烈的鼓掌声中,演员出现在表演台上了。这时候全场观众的意识被剧情拉到斗争里去,他们怒目集视,愤气表现在面上,会场一会儿是可怕的静止,一会儿是激流怒愤的吼声,错综复杂的演变在全会场交流着,好像没有一个人感到天是在下着雨。

雨是越下越起劲,人们都在暮色苍茫中,冒着细雨,怒吼着救亡的歌声,都奔向原来的目的地前进!

(《抗敌报》1938年6月3日)

本报革新预告

本报是为着晋察冀的成立、巩固、发展而创办、巩固和发展的,蒙全边区军政民各界同胞之爱戴而得到今天的基础。然而,民族自卫战争是开展着,本报为着更适应目前开展的形势,更能够深入全边区的人民起见,特别从各方面努力,现在已经从冀中区找到铅印机。故此,自本报第五十期起,改用铅印出版,并且又改成二日刊。(价目下期发表)

内容将更充实，输送将更敏捷……逐渐将成为全边区军政民各界的代言者。

本报特向读者诸君预告，并希望在最短期内，争取到一万基本订户，望全边区军政民各界，给本报以各方面的帮助和指教！

抗敌报社启

（《抗敌报》1938年6月3日）

《战线》半月刊不久将出世

全边区各界同胞、各方面工作同志，不是很需要一个理论的指导机关吗？本报最近将出版《战线》半月刊（价目下期发表）以供全边区各方面的、有系统的、理论的指导，希望渴望理论上的进步的同志们，赶快订阅吧！您们将得到更锐利的武器，武装您们的头脑！（订购可寄本社转）

抗敌报社

（《抗敌报》1938年6月7日）

本报紧要启事

本报铅印机，现已运到，革新预告，已详志于本报四十五期，今后关于旧有订户我们决定：

1. 有订单的——凡有订单（收据）的，请将该收据于六月底以内寄至本社，以便从新编号寄发，过期作废。

2. 没有订单的——凡没有订单的，从革新号起，我们要一律收报费，否则恕不寄报。

以上两种办法，希各订户注意及之！

抗敌报社启

（《抗敌报》1938年6月10日）

从艰苦斗争中壮大起来的平青铁血剧团

【平山通讯】 平山青救会所组织之铁血剧团至今已有月余，自从成立后，经各方努力，积极筹备，克服许多艰难困苦，目前已经壮大起来了。他们曾经在平山各地演了不少的话剧，而且收获甚巨，关于这些有很多具体实事给我们：

当"五卅"纪念日的时候，该剧团为了扩大宣传，深入下层，使一般民众了解流血的"五卅"的意义。他们以一天的时间，曾经到了两个地方去演剧，第一次就在郭苏表演。当时到会民众共四五千人，情况甚为热烈，儿童团、自卫队和广大的民众都蜂拥地聚集在广场上，开会仪式完毕后，铁血剧团即在群众之热烈掌声中开始表演了。他们的技术虽然未能令人十分满意，但其剧情甚合一般农民的口味，所以受到广大民众之热烈欢迎，会后民众曾自动捐助了卅多元钱，以示他们对此剧团之爱护。

当在郭苏演完后，该剧团更不辞劳苦地当日又跑到回舍去参加该地之"五卅"纪念大会，其结果之成绩尤较郭苏初演时为佳。又因该地接近敌区，当地民众直接受到敌人的蹂躏，但该话剧内容正是日寇惨杀中国人民的写实，所以受到当地民众欢迎。当演剧完毕后，许多人自动高声呼喊"我捐三元"，那个说"我出五块"，不到多大时间已经捐到了八十多元。此足以证明他们对抗日救亡已有很明确的认识，他们都能够把钱拿出来捐助给抗日救亡事业的设备上。

凡此一些事实，十足地证明了铁血剧团在这短短的时间内，是有了长足与突飞的进步。他们在今日能够收到这样的伟大成绩，当然不是白白得到的，而是有着他艰苦奋斗的历程。但这些成绩该剧团并不以为满足，据说他们今后还要加倍积极工作，以达宣传民众、教育民众之重大任务云。

（《抗敌报》1938年6月14日）

戏台前小先生慷慨激昂捐款救国
台后边一青衣持款冲来不甘人后

当五台一区南教村演旧剧时，各团体借此要扩大宣传，在此大会当中发动募捐。当时有一小学生金世徐，听到了敌人烧杀的残暴行为和前方将士抗战的英勇，使得他痛恨敌人到万分，因此他气愤地跑回家去，将他自己所储存的零用费大洋一元，慷慨地捐给了募捐的同志，并且他自己也要了一本募捐册，跑到人群里去募捐。募捐同志收了这位小先生的捐钱后，他马上跑到台上把这个实事报告给大众，群众无不鼓掌称赞着。正在这时，戏台后边的一位旧戏艺员——唱青衣的，忽然从后台冲出，但他尚未化装完毕，手里拿了一元钱纸票，并且非常起劲地说："小学生尚能如此慷慨捐助，我焉能落于人后。假如没有前方战士英勇作战，我等岂能在此演戏。"话毕，台下观众鼓声雷动，每个人都为这二位爱国的同胞所感动，因此，观众都踊跃地把钱捐给募捐的同志们。

（《抗敌报》1938年6月19日）

献 词

浩然

《抗敌报》是随着晋察冀边区——华北抗敌根据地的成立而成立的，它将在边区永远——一直到抗敌取得最后胜利为止——负着同一命运，《抗敌报》在边区的一切抗敌工作、武装斗争、经济斗争、政治斗争、文化斗争中应成为一把战号。

今天，晋察冀边区已成了一巩固的抗敌根据地，所以《抗敌报》也随着有了它的巩固的基础了。在千百万拥护并为巩固和发展晋察冀边区而斗争的人民中，将也有拥护并为巩固和发展《抗敌报》而斗争的。

然而，斗争才只是开始发展，长期艰苦的、光荣胜利的事业还在后面咧！全边区的人民仍需要流血、流汗地配合全国的抗敌斗争，那么《抗敌报》也仍需要流血、流汗地与全边区人民携着手、齐着步伐前进吧！中华民族的独立解放是人民斗争的结果，也是《抗敌报》斗争的结果。

《抗敌报》截至五十期的收获是成千订户和成万的读者，虽然是坚决奋斗、积极努力的成果，但是，不能以为满足了，而且还要继续坚决奋斗、积极努力，争取成为全边区数百万人的喉舌、战友。那么只有紧握着"持久抗战"的大旗迈步，践踏着前进的路途上的荆棘，冲冒着暴风雨下的狂浪走去！

前面是胜利的光芒，凯旋的歌曲在向我们伸出它的温软而紧热的臂膀叫着前进！

"胜利是属于抗敌的战士们的！"

(《抗敌报》1938年6月27日)

《抗敌报》五十期的回顾与展望

《抗敌报》是晋察冀边区抗日武装斗争中的产物，它是在敌人猛烈的炮火进攻下、在全边区广大人民抗日救亡运动中成长壮大起来的。《抗敌报》的创立、发展与进步，就是晋察冀军区建立、扩大与巩固的象征。在过去不久的岁月中，它能够在极度的困难的环境的袭击下，英勇坚决地克服一切困难，向着胜利的路上迈去，而得到不断的革新与进步，不断地充实了自己、壮大了自己，这恰又象征了晋察冀广大人民战胜敌人、战胜一切艰难的不可制服的伟大力量。《抗敌报》的存在，在今天已经成为晋察冀边区广大人民抗日武装斗争的新时期的奋斗的证据！

《抗敌报》不断地革新、进步、充实与壮大，在另一方面，又表示了边区人民文化政治生活与水平的不断进步与提高。晋察冀边区，在华北这一块广原上，一般地说来，是社会经济生活比较落后的地区，因而在政治文化上也是比较落后的。但是民族自卫战争的烽火，替我们打开了旧的落后的阴霾，在文化政治生活上逐渐展开了新的局面。不断斗争中的锻炼，健全了每一个人，教育了每一个人。因而，边区人民的文化政治水平空前地提高了。五十期以来，《抗敌报》能够不断有着新的气象、新的姿态，也就是边区人民新的文化政治水平升涨的一个表征。

当然，《抗敌报》的产生是有它的任务的，它要成为边区群众抗日救亡运动的宣传者与组织者，它要代表广大群众的要求，反映和传递广大群众的斗争的实际情形与经验，推动各方面的工作，教育群众自己，但同时它又从广大群众的推动与帮助中，得到本身的进步。它是群众的报纸，它推动别人，同时也受到别人的推动；它教育别人，同时也受到别人的教育。就在这样交互的推动与教育下，它才能够有今天。

我们记得《抗敌报》的诞生是在去年的十二月十一日，那时正当军区部队粉碎了敌人的八路进攻，得到了初期的胜利，国民抗日军和八路军会合，人民自卫队大检阅，边区政府筹备委员会成立，军区的基础初步巩固的时候。那时的物质条件稍微有了一些可能，大家都觉得有立即开始建立一个群众的报纸的必要，虽然困难还很多，但我们在军区政治部的帮助下，终于在阜平创刊了。不过，当时因为人力、物力还极不够，所以只出了三日刊，同时也只能以幼稚而草率的面目和读者相见。然而，就在这幼稚、草率的面目中，却是最忠实地反映了当时军区在初期发展阶段中的新的变动的姿态和艰难创造的精神。我们当时已经在各部队、各机关团体、各学校商店中得到了相当数量的读者，他们并不以我们报纸形式的简陋与内容的空虚而见弃，相反的，他们表示了对我们报纸的极大的爱护和帮助，这实在使当时我们报社的工作同志感到无限的兴奋与感激。

初期的《抗敌报》就在读者们这样的热烈的爱护与帮助之下，逐渐发育滋长。同时由于政治部在政治上给了我们许多正确的指导和在技术上给予我们许多改进的便利条件，因此报纸的形式与内容等各方面，得到迅速的进步。到了今年一月二十日，第十二期的报纸出版的时候，《抗敌报》就获得了一副较为新颖的面目，以一种较新的姿态出现：它舍弃了用土黄色毛边纸单面的两版式的排印，而采用了洁白的新闻纸，双面的四版式的排印，同时在新闻材料的选择、整理和编排方式上也有了很大的革新。

十二期的革新之后，我们报纸的销数有了很大的增加。在我们的征求之下，订户已有千余，同时我们在边区各地也有了不少的特约通讯员。但这时我们仍然维持着三日一刊，原因是我们的力量毕竟还是有限，所以我们决定宁可继续着三日一刊，而求内容的充实，而不愿改变刊期、增加数量而使内容质量的进步受到阻碍。这样，我们连续出版到二十三期，就遇到了三月七日敌寇进攻阜平的事件，我们第二十四期的报纸，刚刚上版就被敌人的飞机炸毁。同时我们的石印机因过于笨重，且为时间及人力所限，未及搬出，亦为敌人所毁。这件事至今还引起我们无限的痛惜。

残暴的敌人虽然毁了我们的机器，却不能毁掉报社工作同志们坚决奋斗的精神，相反的，却更加刺激了我们每一个工作同志战斗的热情。当时我们决心以所有的力量来恢复和扩大我们的抗敌武器——《抗敌报》，去回答敌人的残暴进攻。终于我们在军区的中心地重新以较前略微扩大的篇幅和较充实的内容与较华美的形式，于三月二十四日继续出版我们第二十五期的报纸。这第二十五期的报纸，是《抗敌报》过去五十期的生命史中最可纪念的一页，它代表过去五十期的发展历程中的一半，同时它也是《抗敌报》走上更新的发展道路的关键，它是一个新的进步的开始的指标。

自二十五期以来，我们的报纸随着军区的扩展，而更广泛地流传开去。它不仅畅行于四大铁路干线之间的军区的中心地带，而且深入平汉路东的游击区中去，在冀中平原上我们得到了大量的读者，而在军区中心县份我们的读者更是大大地增加了。这时，报馆内部也增添了一些新的工作同志。我们的力量较前雄厚了。这样就一直发展到五十期的今天。在这当中，虽然报馆方面在人事上有若干变动，但是各个同志的工作精神却始终是一贯地往着进步的路上走。虽然，本报过去以及到现在由于主观力量的薄弱和客观条件的限制，在形式与内容各方面都还存在着许多严重的缺点，对于我们自身所应负的责任，尚愧未能完全担负，远赶不上当前战斗环境的需要。

最近由于边区各方面日趋正轨，无论军事、政治与社会建设，在战争的环境下，都具备了相当的规模，而文化教育出版工作也就要有更进步的开展，以适应当前的急需。因此，有许多热心战时文化事业的同志，拟议集资设立一个商业性的群众的出版社，本报亦极端赞同，现该出版社集股已将足额，不久当可正式成立。本报为了集中力量发展全边区的抗战的文化工作，已决定加入该社，为其整个出版事业之一部门。此后本报的发展，将走入一更新的阶段。我们希望不久以后，在新的环境下，竭尽我们的力量，对于边区的新闻出版事业，能够有更实际的贡献。

在民族自卫战争愈益开展的过程中，我们相信，《抗敌报》必然能够在全边区广大人民的督促推动与帮助下，而得到最后胜利的收获。《抗敌报》过去的存在，已经成为晋察冀边区广大人民抗日武装斗争的新时期的奋斗的证据，今后《抗敌报》的发展与存在，我们相信必将更进而成为中华民族持久的抗日民族自卫战争最后胜利的证据！

一九三八年六月十九日殷洲书于抗敌报社编辑室

（《抗敌报》1938 年 6 月 27 日）

本 报 启 事

本报第五十三期之"七七"周年纪念增刊中，所载军区部队纪念"七七"的战斗消息缺点甚多，一则因时间短促，采访不周；再则因写版时遗漏，如易县战斗之大胜利，只见诸标题，而事实未详，同人等深以为憾。本期第四版刊登本报记者殷洲特撰稿一篇，对于"七七"纪念之军区各部队的战斗实况记述较详，希读者特别注意。但本报人手有限，访问恐尚多缺略，未足以反映此次大战斗之全部动态，甚盼各方同志，不吝指教，并踊跃赐稿，其能详细描写作战之情形、群众之配合，并述说战斗之经验与教训者，尤为本报所热烈欢迎。

（《抗敌报》1938年7月16日）

晋察冀边区军政民联合抗敌俱乐部成立

【本报消息】军区政治部为使军政民能互相密切联系、提高工作兴趣，及鼓励群众抗日情绪，乃发起成立军政民联合抗敌俱乐部，随即于本月十三日正式开成立大会。俱乐部内设有墙报、体育、文化、娱乐、晚会、保管等委员会，并决定于每两星期开晚会一次，如此则以后对于军政民各界，不论在工作上或学习上定当有不少帮助。

（《抗敌报》1938年7月16日）

军政民抗敌俱乐部日前开首次联欢大会

【本报消息】晋察冀边区军政民联合抗敌俱乐部，于二十日开首次联欢大会，同时并欢迎一二〇师参观团同志。游艺节目有戏剧《卢沟桥》《游击队》及各种舞蹈、双簧等，大都由军区政治部抗敌剧社担任，此外尚有临时参加节目表演者，情况非常热烈云。

（《抗敌报》1938年7月27日）

军政民抗敌俱乐部首次联欢大会速写

是一个雨后的黄昏,空气中布满了潮湿的气息,紫铜色的薄暮已笼罩在原野上。×××旁的树林中,洋溢着人们的欢笑、愉快以及雄壮的歌声,是在等候着一个大会的开幕。

"今天的晚会是边区军政民俱乐部第一次晚会,也是欢迎一百二十师参观团同志的晚会……"这是主席的报告,在舒主任将俱乐部成立的政治意义解释后,一百二十师的同志说话了,南方的口音,声调中流露着诚恳,那样响亮、那样有力,每个字句都打进了听者的心,在每个人的耳边响着:"同志们!努力吧!将晋察冀边区造成更巩固的全国模范抗日根据地,这是我们的希望,也是全国大众的希望……"

幕开了,鼓有气无力地发出沉重而迟滞的声音,一个洪亮的嗓子在唱:"……林彪师长——正在计划守护——平型关……"字咬得很清楚,全场没有一点声息,人们在细味词句中的意味,但不时地发出兴奋的掌声……"那敌人跪在地下求活命,放出来的鬼哭狼嚎声——叫声中国爹爹、中国爷、中国祖宗……"台下涌起来了如雷的掌声和大笑。

接着是抗敌剧社的歌咏,台上整齐的两列小鬼,他们的声音在空中振动着,形成一个音波的巨流,向四外渐渐地扩大,起伏地奔流着,无阻碍地,它们怒吼、跳跃、激昂、冲击着。随着音节的起伏,指挥者振动着小棍,唱者的头摇摆着,在听众心胸中汹涌着情绪的波潮。在这里边听到了海燕般的响亮的胜利的呼啸。

戏剧有《卢沟桥》《游击队》。在绿色的灯光中,看到台上两座石狮子和赵得胜杀鬼子的情形,在人们脑海中又浮起了那雄伟的石桥和曾在那里浴血抗战的二十九军的战士们的影子！

几对小鬼在跳舞了，随着口琴的节奏，他们舞着，像蛇一样的灵活柔软，流露出孩子们的可爱的天真和活泼。有人被感动得这样说："我在别处从没见过这样活泼的孩子们，真可爱呵！"

夜深了，人们带着满怀的兴奋和愉快，走出会场，感到像八月风样的轻快呵！

（《抗敌报》1938年7月27日）

耿镇居民演戏　群众团体当场推销公债

【耿镇通讯】七月二十七日晚，耿镇唱戏，尚未开演之前，民众集合戏场，区公所牺盟会认为此种场所是推销救国公债之最好机会，于是协同各团体，到场推卖救国公债，一经报告之后，民众齐拥上前，唯恐不得公债为恨。开始至结束，不够半点钟，然已售出一百数十元。

（《抗敌报》1938年8月8日）

涞源民教馆的新设备

老乡

【涞源通讯】涞源县民众教育馆，自建立以来，由于葛惕非同志的热心领导，教馆各个部门即渐趋健全，前复聘到武术□手，耿延杰同志担任武术会及文艺股主任。此外，并设有漫画研究社、戏剧研究社、歌咏队、民众夜校等部门，馆内一切设置，亦甚堂皇。标语、漫画张满墙壁，故每日至此学习武术及识字民众甚为踊跃云。

(《抗敌报》1938年8月16日)

本报营业部启事

启者：本报原定价目，未尽合适，兹自本报六十五期起，除已订者照旧核价外，均按重定新价计算，望各界人士，幸注意之：

（一）零卖价目：

本地每期二分　　外地每期三分

（二）个别订户价目：（每月以十期计算）

本地每月二角　　外地每月三角

每三月五角　　每三月八角

每半年九角　　每半年一元五角

每年一元六角　　每年二元八角

（三）特别订户（联合订阅）价目：

每期足五份者，外赠一份。（如十份外赠二份，十五份外赠三份等。）

（四）附则：

1. 收款一律法币或边钞。
2. 邮票代洋不折不扣，惟污损不收。
3. 除特别订户外概不赠送。
4. 以上价目，邮费均在内。
5. 本报改为二日刊或日刊时，订户均按期数寄发。
6. 代销利益特别优厚，代销价目与办法，函索即寄。

(《抗敌报》1938年8月16日)

本报代销办法

中华民国二十七年八月重订

一、代销人须有本报社认为合格之保证人，保证人对于代销人偿还报费，应负法律上之责任。

二、报价须按月于月满前五日内结清。账目不清，报纸停寄。

三、由报社发往代销处之用费由本社负担，来款用费由代销人担负。

四、代销人如托人或专人来社取报时，须有代销人签字盖章之证明函件，因报社环境关系，来人恕不接待。

五、代销人住址迁移，须即时通知本社。

六、如停止代销时，代销人须于七日前同时通知报社与保证人，结清账目。

七、报社在未接到代销人停止代销之通知前，所有已寄发之报纸，照数计价，概不退款。

八、代销人得享受七七折出版社出版物之代销权。不欲代销者听便。

九、代销人得享受本社赠品，代销二百份以上者，年终享受特别赠品。

（《抗敌报》1938 年 8 月 16 日）

边区文化事业蒸蒸日上　出版刊物将达五十种

【本报消息】边区自成立以来，文化事业即呈示着蒸蒸日上之势，就出版刊物方面来说，仅本报所知，已在五十种上下。兹将所知报刊名字，列载于后。

半月刊有：

《民族革命室·工作通讯》（五台牺盟中心区）、《乡村妇女》（完县妇救）、《救亡半月刊》（保安一区军政教导队）、《实生活半月刊》（实生活学校）、《战友习作》（战友社）。

旬刊有：

《战友》（新二师政治部）、《战友园地》（战友社）、《人民旬刊》（边区工农青妇救会联合编辑室）。

周刊有：

《抗日周刊》（阜平县政府）、《奋斗》（定襄奋斗社）、《群众周刊》（唐县群众周刊社）、《救亡教育》（平山教联会）、《边教导报》（边区政府秘书处编辑室）、《武装自卫刊》（定襄自卫总队部）、《自卫周刊》（人民自卫□总指挥部）、《忻县周刊》（忻县周刊社）、《民众周刊》（涞源民教馆）、《烽火周刊》（平山烽火周刊社）、《民主政治》（盂县县政府）、《火线周刊》（蔚县县政府）、《前线》（繁峙前线周刊社）。

六日刊有：

《战友六日时事》（战友社）。

五日刊有：

《战斗报》（唐县民教馆）、《开路报》（灵寿开路报社）、《先锋报》（冀察游击某路总指挥部）、《先锋报》（望都县先锋报社）、《牺牲救国》（盂县牺盟分会）、《抗敌报》（军区政治部）。

三日刊有：

《开路报》（易县开路报社）、《战友三日刊》（新二师政治部）、《前卫》（平山前卫报社）。

日刊有：

《战友通讯》（新二师政治部）。

刊期未详者有：

《火线报》（平山火线报社）、《抗敌园地》（抗敌情报社）、《冲锋报》（曲阳冲锋报社）、《工作通讯副刊》（五台牺盟中心区）、《曙光》（五台抗日救国会）、《战友儿童特刊》（战友社）、《挺进》（保安一区政治部）、《先锋报》（定县民教馆）、《自卫军》（平山自卫总队部）、《广播台》（四军分区抗日救国会）。

（《抗敌报》1938年8月25日）

五文化机关团体加入边区文协

【本报消息】边区文化工作者救亡协会成立以来，即受到边区文化机关团体及文化工作者爱戴和同情，故最近加入文协者，甚为踊跃。单就文化机关团体方面，已有抗敌社、边政导报社、人民旬刊社、抗敌报社、抗敌剧社宣布加入文协云。

（《抗敌报》1938年8月27日）

涞源民教馆举行漫画展览会

到会观众甚为拥挤

【涞源通讯】本县民教馆，为了提高民众抗战情绪起见，特于前月二十一日上午八时至下午七时举行漫画展览会，是日到会男女观众，甚为拥挤云。

（《抗敌报》1938年9月2日）

自卫周刊社、自卫剧团加入文协

【本报消息】边区文协近来工作甚为紧张，故已引起各方面之注意，除边政导报社等五文化机关团体于日前宣布加入外，现又有自卫周刊社与自卫剧团宣布加入云。

(《抗敌报》1938年9月6日)

边区文协召开戏剧座谈会

【本报消息】边区文化工作者救亡协会，于本月四日上午八时，在军政民俱乐部召开第一次戏剧座谈会，出席者除参加文协戏剧组会员外，并有抗敌剧社、自卫剧社全体演员参加，有四十余人。讨论内容主要有两点：一、交换两个剧团过去的工作经验教训。二、克服话剧中文明戏的倾向。

(《抗敌报》1938年9月10日)

盂县正式成立解放剧社

【盂县通讯】本县救亡室成立以来，咸感文化教育工作不甚充实，因此该救亡室同人等遂发起剧社之组织。经过一较长时间之筹备，已于上月正式宣布成立，社名"解放"，系业余性质。由高校周校长、青救会张主任任正副主任，其余剧务股、布置股、编辑股、宣传股等各股由李伯强、王北海、王江凤、陈舜、王玉诸同志担任。现该各股正赶忙工作,以期于"九一八"时正式出演云。

(《抗敌报》1938 年 9 月 12 日)

揭破敌伪汉奸无耻的欺骗宣传

日本帝国主义强盗对于我们的进攻,从来是由多方面着手的:军事的、政治的、经济的、文化的,而且不惜用了最险诈的手段。凡可以帮助它遂行强盗侵略计划的一切卑劣无耻的阴谋诡计,它都无所不用其极,这是日本强盗及其鹰犬爪牙——托匪、汉奸一脉相传的故技。

因此,日寇在进攻我们的每一时期,在每一地区配合着它的军事计划,它必定要毫无例外地施展它的各种阴谋,特别是政治的阴谋,利用伪组织托匪、汉奸进行各种挑拨离间、污蔑中伤、散布谣言、捏造是非,从事无耻的欺骗宣传,企图分化抗日的力量,以达到它灭亡中国的目的。

最近,日寇在对我晋察冀边区进行新的疯狂进攻的时候,又在施展着它的故技,进行无耻的欺骗宣传,利用了汉奸、托匪,用各种花样,造谣中伤,挑拨离间,层出不穷,企图实现其政治阴谋。

首先,它们在进攻边区的开始就扬言"只打八路军",对于边区其他抗日部队,故意表示虚伪的所谓"互不侵犯"的"亲善"态度,企图分化边区各抗日部队的团结,以达到它的"各个击破"的目的。但是,我们边区各抗日部队的全体指战员,始终都知道他们自己是中华民族的忠实儿女,都认清了谁是朋友、谁是敌人,他们今天都站在一条战线上,为驱逐日本强盗、争取中华民族的独立解放而奋斗。日寇的无耻的分化政策事实上已全部粉碎,无所施其技了。

但是愚蠢可怜的日寇，却有更愚笨的想头，它甚且用了无耻的谰言，"劝"阎司令长官和傅作义将军"投降"，这更完全是公开污蔑我抗日高级将领的一种最无耻的，同时也是最可笑的伎俩。谁都知道阎司令长官和傅将军都是坚决领导抗日的英明的军事领袖，阎司令长官领导第二战区各部队英勇抗战了一年，得到了广大的抗日人民的拥护，日寇的这一无耻污蔑，只是表示它的心劳日拙罢了。

同时，日寇因为看到它过去一贯的烧杀、奸淫、抢掠政策，遭受了边区人民无限的愤恨与反抗，为了遮盖它那到处烧杀、奸淫、抢掠的野蛮强盗行为，于是，它在这一次进攻边区时，扬言只烧"通八路军"的老百姓的房子，企图减轻边区人民对它的仇恨，离间边区军民的关系，欺骗落后的民众，以达到它奴役边区人民，使边区人民驯服地去当亡国奴的目的。但是，它的这一无耻宣传，广大的边区人民都看得非常清楚，日本强盗以往在边区各地的屠杀、奸淫、抢掠的行为，还非常深刻而鲜明地印在边区每一个人的脑海里。敌人今天这种笑里藏刀的无耻宣传，是瞒不了聪明的边区人民的。

至于日寇用飞机散发的传单，满纸荒唐无稽的不通的词句，更欺骗不了人的（参看本期本报第四版转载的一篇文件）。

卑劣无耻的日寇、托匪、汉奸，目前正在用尽一切卑劣无耻的方法进行它们的欺骗宣传，我们要揭破敌伪汉奸这一无耻的欺骗宣传，不仅仅是在口头上、文字上，而且要在行动上予以彻底的粉碎，我们要用□久的流血的武装战斗来回答敌伪汉奸的一切无耻的造谣诬蔑、挑拨离间的欺骗宣传！

（《抗敌报》1938年10月20日）

鲁迅逝世两周年祭

伟大导师、民族战士的鲁迅先生，于两年前的十月十九日逝世了，巨星虽然陨落，但不灭的光辉仍照耀在人间。在抗战发展到严重阶段的今日，我们痛不能在上海鲁迅先生的墓前，报告我们在继续着他未竟的遗志，报告我们和敌人残酷的战斗。谨在遥远的边区，向我们前面的开路者，用我们烧红的铁、血、生命，作沉痛的祭礼。

一群青年

（《抗敌报》1938年10月23日）

发 刊 词（《海燕》副刊创刊号）

在粉碎敌人围攻的残酷斗争中，我们的《海燕》就这样和大家见面了。抗日的阵营中，任何一个岗位在总的任务上都是一样的，在文艺的领域里，我们要把笔尖化作一支长剑，对准敌人的胸膛！

文艺在战斗中，它不仅应该是一面反映活生生的现实的镜子，一支军号，一通战鼓，而且要作为胜利而呼啸的、勇敢活泼的、在暴风雨的海洋上面强健地翱翔着的海燕。

《海燕》的刊出，是为了开拓边区的文艺阵营。为《海燕》而工作的虽然只有几个青年，然而《海燕》是大家的，他现在刚才萌出一棵嫩芽，他的成长、发展需要大众的扶植和培养。在狂风暴雨猛烈地摧打下面，一切边区的文艺青年和文艺工作者应该赶快强健地翱翔起来，迎接着时代的暴风雨，像海燕一样。

怎样的时代决定了怎样的内容，有怎样的内容就有怎样的形式，《海燕》的内容当然应该是抗敌的。在形式上，我们要努力做到短小和通俗，适合于大众在抗战中行动的步调。因此，我们想在报告文学、行动的街头诗、墙头小说、街头剧等方面多加努力。我们也希望它在边区能成为一个运动，而这个运动是需要大家来推动的。

一切文艺青年和文艺工作者携起手来，巩固文艺的统一战线，站在同一的岗位上为共同的目标而努力！

（《抗敌报》1938年10月26日）

编　　后（《海燕》副刊创刊号）

第一期的《海燕》，就这样匆促地编印了，内容和形式上的缺憾是在所难免的，希望爱好文艺的年轻朋友及文艺工作者们，常常赐教，以资改进。

最后，我们坦白地承认，《海燕》是幼稚和贫□的，希望边区的工作同志，多多赐稿。凡文艺及批判的文字，我们都用最大的诚恳来欢迎。

编者

（《抗敌报》1938年10月26日）

莫斯科正排演伟大的影片——《英勇的中国》

我国英勇抗战粉碎敌军的伟大战绩上了银幕

【苏联二十五日广播】在莫斯科很快即完毕的《英勇的中国》影片，用来纪念中国人与日人的斗争。这影片表示出一九三七年七月由日人挑起的"卢沟桥事变"和日本军阀不经宣战而向中国袭击，开始强占华北；又表示出为拥护自己祖国的独立而斗争的中国人，所予日人的抵抗。前线上的摄影表明八路军各部队的编成及人民对自己军队的爱戴。影片摄下中国军在平型关的战争时，中国人切断日人后方、粉碎日人队伍，又摄下将流传万古的朱德将军，中国临时的新京城——重庆，以及各种新建设，自来水工程及和各地联络的铁路工程等。《英勇的中国》这一影片，表明在前线的行动，特别是在山西山地中及黄河一带胜利的作战，对中国技术设备及空军很注意，中国空军轰炸长江的日舰也摄入该影片中。

(《抗敌报》1938年10月28日)

先 讲 几 句

俗话说得好："秀才不出门，能知天下事。"咱们老百姓不是"秀才"，但天下事还是要知道的，为了这个缘故，我们出刊了《老百姓》。《老百姓》是给咱们庄稼人、手艺人、买卖人和所有做活的人看的，《老百姓》是告诉老百姓知道天下事。在今天来讲，就是告诉老百姓知道日本鬼子怎样不讲道理地来欺侮咱们，咱们又怎样起来赶走日本鬼子。简单地说就是："打日本救中国。"

我们出刊《老百姓》，还不单是上面的原因。咱们中国老百姓，向来是不敢随便说自己想要说的话，因为从前当官的不许咱们老百姓说啦，就是所谓"只许官家放火，不许百姓点灯"。但是现在，一天一天民主啦，就是说，老百姓可以说自己想说的话啦。当官的是咱们老百姓自己选举他出来的，他当然是不能不许咱们老百姓说话，所以这个《老百姓》报，还要咱们老百姓大家都在上面来说咱们自己想说的话。同胞们！在这"打日本救中国"的时候，咱们有什么话要说，有什么好故事要告诉大伙儿，有些什么歌子，大家都要写出来，都把它登在咱们这个《老百姓》报上。

《老百姓》除了印在《抗敌报》上，我们还印了一些单张。这是便利老百姓购买和看读的缘故。大家自己看了这个报以后,要把它送给亲戚朋友看,或者贴在墙上给大伙子看,使大伙子都知道"打日本救中国"。

总之,《老百姓》是咱们老百姓自己的报,所以咱们大伙子都要来帮这个报纸的忙,使得看它的老百姓一天一天地多起来,使它一天一天地好起来。

(《抗敌报》1938年11月21日,《老百姓》副刊第1期)

开展新战士的文化娱乐工作

尔康

一、文化娱乐工作的重要

目前怎样在军队中加紧政治工作,实在是一个非常重要的问题,而怎样开展新战士的文化娱乐工作,更值得我们注意。举如现在各战场作战的军队中,都有很多的新战士,他们来自不同的省份县市或城乡,来自不同的阶层,他们为了保国保家,抛弃了父母、妻子、儿女,而参加到抗战的军队中来。他们第一次开始尝试军队生活及习惯。毫无疑义的,他们感觉到,在加入军队的前后生活环境是变更了:由散漫的无组织的老百姓的家庭生活,变成严肃的有纪律有组织的集团生活。在这种情形下,自然地,会引新入伍的战士在心理上感觉不痛快、在身体上感觉不自由,过去散漫的自由生活受到限制了。因此有一个重要的问题就出现在我们的前面:如何去提高新战士的情绪?如何去使他们感觉军队生活不呆板、不机械,而意味到军队生活的饶有趣味,这是每一个从事新战士政治工作者应当急需解决与立刻用实际的工作来答复的。不然的话，就会遇到不堪设想的前途——如新战士思家，以致发生逃亡的现象等。

怎样来解决这一问题呢？苏联国内战争的经验，大革命时代国民革命军的实例，以及十年来斗争的许多宝贵的事实，都把这一问题给了一个明确的答复：建立与开展新战士的文化娱乐工作，是巩固与提高新战士政治情绪的重要条件之一。这一工作的开展，一方面，可以兴奋战士们的情绪，使战士们的生活更加有趣、更加活跃，打消战士们以为军队生活是枯燥、烦闷的心理；另一方面，活跃的文化娱乐工作可以消灭不道德的行为，如酗酒、赌博、斗殴甚至嫖妓等。

二、文化娱乐工作的方式和方法

甲、把新战士吸收到救亡室来

首先在连队驻地附近的一个中心地点，选择一个比较清洁、光线充足的房子，作为救亡室。在房内的四面墙壁上，贴上一些简单扼要的中心标语及一些抗战领袖的肖像，并在室中陈设一些必要的文化娱乐的工具，如乐器、乒乓球、棋及救亡书报等。此外在救亡室的附近去设一个体育场，备有篮球、排球等运动器具，供新战士运动之用。

为了管理救亡室，应该成立一个救亡室管理委员会，以五人或七人组织之。内中应该有文化、娱乐、体育、经济、卫生与墙报等委员，用这个组织来领导与推动全连队的新战士的文化娱乐工作。发动战士在闲暇时间都参加到救亡室中来，在自感兴趣、自愿参加的原则下，把他们组织起来，进行一切文化娱乐工作。一般的是下面几种：

（一）在文化娱乐委员的领导之下，把会唱歌的组织歌咏组，把会演戏的组织成戏剧组。经常把一些救亡歌曲在连队中唱起来，并利用集会的时间表演一些抗战新剧。洋溢的歌声与抗战的新剧，会使战士们忘记辛苦的。

（二）有计划地组织与领导体育运动，训练新战士的体格；同时常举行篮球、排球班排竞赛，与友军的竞赛我们更应极力提倡。

（三）组织读报会、研究会、座谈会，把对这些工作感兴趣的战士组织起来，经常讨论一些时事以及生活改进的问题，如怎样遵守纪律及服从命令等问题，来提高战士的政治认识及自觉，遵守纪律，服从官长。

（四）估计到才入伍的新战士，他们有十分之九是工人、农民出身，他们过去没有受过好的教育。在过去的实践生活中，深感不识字的痛苦，所以文化的需求是他们普遍的呼声。救亡室应根据连队文化水平的高低不同，像小学生的分班一样，分别编成甲乙丙丁等组，按照他们不同的要求，教以不同的识字材料和内容。教时应有适合不同程度的识字课本，对不识字的新战士的教法不要一个字一个字地教，而要教一个整句子，例如"坚决抗战到底"。不但要教识字，而且教写字，不是教一般的字，而是要教一般迫切需要的字。

乙、建立各种晚会

提起晚会，的确是八路军中的一个最好的文化娱乐的方式。当他们听到上级机关或本连队要召开晚会的时候，是怎样的兴奋欢喜。他们准备好了在大会上要当大众面演的戏，要说的笑话及有趣的故事。他们在晚会进行时，又是怎样的狂呼、欢笑，忘掉了一切，一直到大会闭幕时，每一个人的脸上还浮着愉快的微笑，兴奋欣喜的。特别在新战士中，要提高他们的生活的活跃、精神的愉快，这种△会的作用定有独到之处。△会可分为下列各种：

（一）娱乐△会：这种△会完全是娱乐的性质，就是团集大家在一块同乐，首先大家就要准备好娱乐的节目：戏剧、跳舞、笑话、有趣的故事等，在大会开幕后一个一个地表演出来，在空场上、在戏台上都好，同时利用空隙时间举行班排连的唱歌比赛，或者附近有专门的新剧团及电影，都可以邀请参加，来充实这个△会的内容。

（二）问答△会：在△会前，就要准备好要问的题目，一般是以目前军事、政治的形势，对目前抗战的认识，如何改进军队生活等作题材。问的方法，由指导员指出问题，指定战士答，或者是由各班排的战士根据这些问题的内容，互相问答。或者是采取抽签的办法，把问的问题写在纸条之上，搓成圆球，然后让战士们自动地抽，拿到什么问题就答什么问题，若战士答不完全，可以由另外一个补充。若完全答不出来，就由大家的公意给以娱乐的"处罚"，唱一个歌、说一个笑谈等。一方面提高战士的兴趣，另一方面也可以借此考察战士们的政治意识及思想。

（三）回忆△会：这也是一个较好的文化娱乐方式。在这些新战士的部队中，一定有许多的老战士及做救亡工作的干部，他们是亲身经过许多艰苦的斗争，可以在△会上使他们采取"旧事重提"的办法，作一些过去史事的报告。但是这并不是简单地把过去的所有的平凡的事情都搬出来，而是把那艰苦奋斗、英勇牺牲的故事，日本军阀的残酷，人民武装不屈不挠的斗争等最可歌可泣的故事来报告，这可以提高战士对敌人的仇恨心理及牺牲奋斗的决心。

上面三种方式是基本的，但可以按照实际环境，把这三种方式互相渗入，充实内容，更有兴趣。此外也可以举行同样性质的军民联欢△会，借以增进军民关系和使新战士百倍地巩固。

"△"——晚

（《抗敌报》1938年11月23日、25日连载）

重庆文化界决议成立中苏文化艺术研究院

将翻译高尔基的全部作品

【苏联二十七日广播】在重庆的中国作家、歌曲作家、艺术家、记者联席会议,决议在中苏文化协会之下,成立研究苏联文化艺术的研究院和苏联文学杂志的图书馆,最近在重庆映演《高尔基的童年时代》,已成立翻译高尔基作品的研究会。中苏文化协会四川分会已拨了基金,要把现在的苏联文化翻译成中文。

(《抗敌报》1938年11月27日)

援助游击队的游艺会及游行

杜铁

这篇通讯,是写湖南凤凰妇孺教养院,为了援助我们晋察冀军区八路军而举行的游艺会。原文登载于《新华日报》,当时并募捐得九十余元,托《新华日报》转来。从这篇通讯,我们就可以知道他们援助在敌人远后方的奋斗着的将士的热烈情形了。

——编者

一、我们

翻万重山,涉千条水,我们由浩浩沃野的江苏来到峦山叠叠、急水湍湍的湘西凤凰。我们是难民,我们不愿做亡国奴,我们愿意为了民族解放与祖国独立,贡献出一切。而我们虽然是不能拿起刀枪到前线去同鬼子拼个死活的老太婆和小孩子们,但我们却有我们的武器

——嘴！我们用嘴向后方同胞陈述出日本强盗的残忍和凶恶！描绘出日本兽军对同胞的屠杀、对妇女的非礼！这些悲惨的图画已深深地印入湘西民众的脑海里，而引起他们激烈的抗日的浪潮！

二、援助游击队

在星期六的晚会上，徐先生作了一个长篇报告，由目前抗战形势转到争取第三期抗战胜利，再转到我们英勇的八路军游击队深入敌人后方，在晋察冀边区建立起一个巩固的抗日根据地来。

当徐先生讲到："……八路军用空前英勇的精神维护这个政权，同时也给予日寇以大大小小的打击。这里的民众一手拿枪一手拿锄，在果决地保护自己的生命财产和土地……"

蓦地，马老太太站起来，从她那深陷于皱纹间的小眼睛里射出兴奋的光芒：

"徐先生！游击队打死了多少东洋鬼子呀！他们不怕东洋人吗？……"

徐先生微微一笑："游击队不但不怕东洋人，相反的，他们只怕东洋人不来！因为鬼子不去，他们就吃不到牛肉罐头和牛肉饼干了！"这时会场上洋溢着得意的笑声。徐先生又接下去讲道："在这区域里老百姓和军队完全打成一片了，他们坚强地团结在一起，共同对付日寇……"

"那么，徐先生，"马老太太又插嘴了，"游击队是不是住在老百姓家里？"

"那也不一定！"徐先生现出耐烦的好脾气，"如果营房不够用，事先得到老百姓的许可，就是住在老百姓家又有什么关系！他们就像父母兄弟一家人一样！何况八路军的军风纪律最好！差不多都是住在破庙里、祠堂里……"

坐在最后一排的六年生张式良,举一举手站起来:"徐先生,我们提议给这些艰苦抗战的游击队捐钱,也表示出我们后方民众没有忘记前线浴血抗敌的将士!……"

"怎样捐呢?"徐先生为难似的皱一下眉。

"开游艺大会!卖票!"有人大声说。

继而大家都一齐叫道:"好!我们演戏,捐钱!来援助游击队!"

三、"肉痕哪"

在未开游艺大会之前,我们决定先到乡村宣传,我们第二队被派到总兵营去,总兵营是苗乡,苗民占三分之二。

太阳高高地挂着,照亮了青山绿水,也照亮了每个快乐人的面孔:这是一个晒得人流臭汗的热天!

队伍排好了,旗帜开道,道具箱在中间,演员跟在后面,穿过街心,洪亮的歌声一起一伏地飘荡着。

出城,转一个山坡,队伍在山麓下河畔的石板路上整齐地行进着,明晃晃的太阳投射出一万只恶热金针!热极了!

到总兵营,因为没有适宜的舞台,我们只好演街头剧,一个是《放下你的鞭子》,另外一个是《觉悟》。

我们化了装敲起锣鼓,一刻儿,群众就拥拥挤挤地围拢来,张着新奇的大眼睛。戏在开始演了。卖艺汉打着江湖腔,……香姐哽咽似的唱着"高粱叶子青又青……"继而卖艺汉耍了两回流星。卖艺汉喘了喘气要求帮忙的时候,忽然"当!"的一声,一块生满了绿锈的银圆,丢在场子中心,闪闪地发光,又是"当!"的一声!……

我们换个地方演《觉悟》,观众也是一样的,围得个水泄不通。当《觉悟》煞尾时,大家高喊着:"湘西民众武装起来!""苗汉同胞团结起来!""打倒日本帝国主义!""中华民族解放万岁!"在这些口

号中间夹着"肉痕哪！""肉痕哪！"的沙哑欢呼声！这是苗语，就是"万岁"的意思。

我们回城时，太阳已经落山了。

四、火的铁流

刚交二更天，游艺会在狂热的掌声中结束了。

我们把已经预备好了的火把搬出来，每人擎着一只，在草场上站了一条长队。

月亮像女人的眼睛，涂上一圈青灰，更显出了她的冷逸，晴朗的天空轻浮着几朵白云。

"燃火把了！"一个火把亮了，两个亮了，三个、四个……"出发！"铜鼓配着军号，有节奏地前进！多么耀眼呀！一条蜿蜒的火龙，浩浩荡荡、摇摇摆摆烧红了半边天！熊熊的火光照亮每人脸上的笑容，心尖上都燃起了火焰山那样炽热的情绪！我们叫唤着，欢笑着，蝙蝠在红沌沌的烟云里飞来飞去！

行列穿过了大街、小巷、木板路、狭弄堂……满城火光，人们的眼睛像两团火星，射出逼人的兴奋的亮光。"起来！同胞们，起来和鬼子们拼！"——红光倒映在溪水里，鲜红的波涛响着清醒的歌声！

流汗、狂奔、尖呼、喘粗气，密密层层的人群挤拢来！"现在开群众大会去。"在街心，一个小伙子站在凳子上，面孔满流着热汗，"……要保全自己的生命财产！自己的母、妻、姐妹不被奸淫，只有贡献一切给祖国，有钱出钱！有力出力！……"一连如雷的掌声，接着是嘈杂的喊声、撕裂的歌喉、沙哑的口号，人狂奔、犬惊吠、蝙蝠穿梭似的乱飞！烟气腾腾！"出钱援助游击队！""把日本鬼子赶出去！"……鼓声、号声，震得耳朵发聋！血沸腾了！

马老太太满脸大汗，苍白的头发上冒着热气！战战兢兢地站在凳子上，泪水和汗水一同流下来："……我们要为子孙造幸福！现在不把鬼子赶出去，自己的子孙就要当亡国奴啦！……"拥拥挤挤的人群巨雷般地喝彩起来，噼啪噼啪的掌声升腾到空中，动荡了清凉的月色！

五、尾声

火龙又展开了，拖着一条长尾巴！

红光照亮古瓦、浊流、土墙、老树，也照亮了顽固的生锈的心，更烧毁了汉苗两族仇恨的长城！

在一块空场上，火把的残烬被丢集在一起，火光熊熊地吐出又长又弯的红舌头！我们面向着火围了一个大圈，炽热的心随着激昂的歌声在快乐的火尖上跳跃！张式良纵入圈里把拳头一画："我提议我们要为殉国将士、死难同胞静默三分钟！"蓦地鸦雀无声，千百颗头垂下了，烈火啪啪地爆裂着，一万头火蛇，红烟团团！

默毕，张式良又把拳头一画："我们为深入敌人后方的晋察冀游击队庆贺并致热烈的革命敬礼！""山洪"暴发了！"抗日游击队万岁！""统一阵线万岁！"……这狂欢的怒吼，震动静穆的远山和微红的月华，在严肃的壮烈歌声中散会了！

火光映红了我们的背！

八月二十七日

（《抗敌报》1938 年 12 月 13 日）

论边区的文化运动

晋察冀边区，在华北这一块广原上，一般地说来，是社会经济生活比较落后的地区，因而，在政治文化生活上，也是比较落后的。但是神圣的民族自卫战争的烽火，替我们打开了旧的落后的阴雾，在政治文化生活上逐渐展开了新的局面。这里，最主要的事实的表现就是边区文化运动的开展。

边区的文化运动，完全是边区人民抗日武装斗争中的产物。它是在敌人不断的猛烈的炮火进攻下，在全边区广大人民抗日救亡运动中成长壮大起来的，同时，这一文化运动本身，也就是边区人民抗日救亡运动与民族自卫斗争的一部分。在边区，抗日的群众斗争促进了文化运动，而文化运动却更推动了这一斗争。

一年以来，边区文化运动的发展和边区整个抗日武装斗争的发展一样，已经是经过了一个极艰苦的历程，而且有了不可忽视的成绩。我们今天在边区，在这敌人的远后方，在往日文化落后的地域，能够看到一些民族的新闻事业与出版事业，看到一些文学的创作和戏剧运动，不管它是何等的孱弱，这显然已经不是一件很简单与容易的事了。

在边区创辟和发展的初期，一般的文化业绩在质的方面还是很幼稚的，这是不可否认的事实。就以当时的出版物来说，虽然根据调查可考者已有四十一种之多，量的方面似乎很可观，然而在质的方面却极难使人满意。虽然，当时那种数量上的发展，正是表示了边区人民对于抗战文化工作的初期的热潮；而其质量上的幼稚，又恰恰反映了边区创辟和发展的初期的艰苦斗争的姿态。经过不断斗争中的锻炼，随着边区人民政治文化水平的提高，终于在质的方面也有了很大的进步了。今天我们看到，出版物的种类已不如从前多了，仅仅只剩了屈指可数的几种。而各种出版物的形式与内容却都有了极大的进步，这一质的提高与发展，必然要引起新的量的变化。今天的出版物已经不是表面上出版的数量的多，而是在质的提高后的发行数量的增加。目前各种出版物发行的数量都比过去增加了两倍以上，拥有很大数量的读者。这不能不说是一个基本上的进步。这种发展的特征，就是在文艺创作方面也是同样的。

虽然，目前边区文化的进步，文化运动的发展，还远不足以配合边区抗战形势的发展。以边区三省七十二县十万平方公里一千二百余万人口的广大地域，只有屈指可数的几种出版物，它们所拥有的读者还不及人口的百分之二。只就这一件事实，该使我们感到何等的惭愧！至于说到文学的创作与戏剧运动，也还只是在比较狭小的范围里活动，还没有能够大踏步地跑进广大的群众当中去。行动的街头诗和街头剧的口号，虽然也被人喊出来了，可是也还没有见到普遍的推行。甚至有些文化工作部门，至今还是一片荒芜，没有经过任何的开拓，这些更是严重的缺憾。

造成这些缺憾的原因虽然很多，但是主要的我们认为不外以下几点：

首先，是由于边区处在敌人的远后方——在敌人的包围封锁之中——和全国总后方，也就是和我们文化的总后方隔绝了。这里是一个单独的游击战争的区域，因此在文化运动上也免不了要带上浓厚的游击的非正规的性质。这一游击性的文化运动，和全国文化的主力军的正规的文化运动失去密切的联系，这就必然要使边区的文化运动的发展遭遇到许多特殊的困难。

其次，我们在文化工作上缺乏组织性与计划性，没有建立统一的健全的文化工作的领导机关，没有整个的文化工作的计划，这也是边区文化运动所以表现零星、散漫、不普遍、不深入的主要原因之一。

同时，边区内一般人对于文化工作缺乏全面的注意，对于文化工作抱着狭隘的功利主义的观点与态度，没有尽最大力量来推动和帮助整个文化运动的发展。甚至于有些人由于不了解文化运动的重要性，因而表现了对于文化运动的某种冷淡与不关心，这又是一个重要原因，致使边区文化运动不能充分地发展。此外，文化工作干部的缺乏、领导的不健全，当然也是造成许多文化部门荒芜、阻碍文化运动开展的不可忽视的原因。不过，我们相信在今后抗战形势的发展过程中，边区和后方的关系将日益密切，而边区自身也将更趋扩大与巩固，这一干部问题当易于得到适当的解决。

目前为了开展边区的文化运动，加强抗战的文化工作，针对着过去的缺点和造成这一缺点的各种基本原因，我们主张今后必须：

第一，用一切力量和总后方文化界建立密切的联系，取得文化主力的帮助；

第二，建立并健全全边区统一的文化工作的领导机关，提高文化工作的组织性与计划性；

第三，纠正与克服文化工作中狭隘的功利主义的观点与态度，全面地开展文化运动；

第四，大量吸收与培养文化工作的干部，健全文化工作的领导；

第五，推进文化工作，大踏步走进广大的群众中去，面对广大的群众，开展通俗的文化运动。

（《抗敌报》1938年12月29日）

向同志们致慰问的敬礼！

八路军总政记者团第一组

在我们正进行彻底粉碎敌人围攻的战斗中，八路军总政治部前线战地记者团第一组来到这里了，他们为了把边区的实际斗争情形报道给关心这个抗日根据地的全国以及全世界的人们。他们不远千里，冒着炮火，冲过敌人的封锁线到达这里，这是值得我们兴奋的事。下面就是他们给军区全体工作同志的一个慰问。

——编者

八路军总政治部为了建立像网似的通讯组织，规定了具体明确的任务组，设前线战地记者团，于武汉、广州相继不保后的十一月二十日在延安命令第一组首先出动。

第一组是由雷烨、程追、林朗、沈蔚、范瑾同志所组成。在这五个青年记者中间，值得介绍的是：步行三千余里，穿越敌人封锁线的英勇的新女性——范瑾同志。

第一组受着八路军总政治部的领导，以向全世界人民控诉日本法西斯军阀罪恶暴行的原告者资格而受命出动到抗日模范根据地——晋察冀边区，也将奔赴第一线与各个军分区投入英勇与广大的群众队伍里去，跟我们武装的战士肩并肩地配合战斗。

就在向我们英勇的同志们学习战斗、配合战斗中间，作为一员青年记者的我们担负着这样一份任务：

将我们八路军及一切抗日军队英勇的、光荣的胜利向全国、全世界输送。

将我们边区群众热烈进行抗战、建国工作的模范行动向全国、全世界反映。

将我们边区以国共两党为基础的统一战线的模范事实，向全国、向全世界作最翔实的报道。

将日本法西斯军阀对中国人民的非人的虐杀及一切恶毒及其走狗、托派分子与汉奸的无耻阴谋汇集起来，作为判决日本法西斯军阀的最后命运的证据。

同志们！我们边区的艰苦奋斗跟光荣的模范事实是需要有组织地、有计划地、积极地、及时地、足够地向外发扬、向外输送！青年记者的我们，愿意作为发扬的工作者、一个输送支队，而且愿意为这一工作而流血！

我们向同志们伸手！我们恳切要求同志们给我们帮助、给我们指示，因为只有依靠同志们具体的帮助、关怀的指示，我们所努力的工作才能扩展。

我们是要向、正在向同志们学习。因为我们恰恰是青年的记者，只有向同志们多多地学习，才能大大地提高工作的质量。

我们将要出动了，准备和各个军分区各个部门的、前线上的英勇的同志们见面。

我们是非常挂念同志们的！我们健好地工作着，并且将要把从延安带来的工作热情作为见面时慰问同志们的礼物！

（《抗敌报》1938年12月29日）

《晋察冀的一周》征稿启事

同志们：

我们晋察冀边区的存在与发展，已经引起了全国以至全世界人士的亲切的注意和无限的关怀，他们都迫切要求知道边区的情况和边区里生活着的每一个人是怎样在斗争着的。

为了回答后方广大同胞和全世界人士对我们的关切，同时也为了扩大边区的政治影响，我们每一个人都有把边区的实际情形忠实地反映出去、传达到全国和全世界的责任，这在政治上是有非常重要的意义，是绝对必要的工作。

现在经各方面的商量，除了对外发表关于边区的有系统的著作之外，更决定发起编辑《晋察冀的一周》。选择了比较适当的一个礼拜的时间，要边区各方面的人、各部门的工作同志，把他在这一周里最有意义的工作或生活的片段写出来，经过一番整理，合成一本书，使它能够最活泼地反映出全边区各方面的动态。这本书就叫作《晋察冀的一周》。

为了完成这个工作,已经由边区的政府、部队、群众团体,共同发起组织了一个《晋察冀的一周》编辑委员会,现在我们就开始搜集稿件了。

无论是做哪一级政府的领导工作或勤务工作,无论是部队里的首长、指战员或杂务人员,无论是工、农、商、学、妇女、青年、儿童哪一团体的负责人与会员或非会员,都应该积极参加写稿。各机关、各部队、各团体的各级负责同志必须帮助督促大家努力投稿,通过各种组织系统,保证这一工作的完成。

《晋察冀的一周》的时间是定在新年一月十日至十七日,写稿的人就在这七天内选出工作上或生活上最有意义的一段,抓住一个中心,把事实具体地写成故事、报告等。不管哪一种体裁的文章,有什么写什么,不要说空话,能够写得漂亮当然最好,不能写得漂亮,只要能把事实写得清楚也可以的。能写的不但自己要写,还要帮助不能写的写,不能写的要找能写的替他写。写出的文字长短不拘,写好以后要在稿子上注明本人的姓名,以便发表。稿子一律□在一月底由各级直属机关转到编辑委员会来,写稿的人在写稿时遇有困难,可以写信通知编辑委员会帮他解决。

编辑委员会在收到全部稿子经详细整理编制完竣后,即寄交后方出版。写稿的人由编辑委员会发给书籍、文具等适当赠品。

同志们!这件工作非常重要,做起来倒并不难,希望各部门各级的负责人切实保证负责督促,并且希望能写稿的人积极努力,坚决完成这个工作。

《晋察冀的一周》编辑委员会启

一月一日

(《抗敌报》1939年1月1日)

小 启 事

本报因新年停刊,重要电讯拥挤异常。《谈延安文化工作的发展和现状》一文,暂延至下期续刊。特向作者雷烨同志及读者致歉。

编者

(《抗敌报》1939 年 1 月 5 日)

《救国报》已出版

文字通俗　适合大众口味

【特讯】筹备已久之《救国报》,已于本月十五日创刊。内容丰富,文字通俗,甚合一般大众口味。闻刊期暂定七日一期,俟印刷配置完备,即渐将刊期缩短。定价每期二分,甚合一般人之负担云。

(《抗敌报》1939 年 1 月 30 日)

一个胜利和团结交流着的晚会

林朗

洪子店的进攻、五台县的荒淫,是法西斯敌寇所给予我们军区民众新年的"礼物"。谁也不能忍受!愤怒的火、沸腾的血,在兴奋着每一个壮实的人、活跃的心,在激动着每一个勇敢战士的斗争的火焰。觉醒了的兄弟们,武装了的同志们,老年的农夫,缠足的妇女,还有那长途跋涉、辛勤劳苦的晋西北的□□和运筹帷幄的军区首长们，都像洪流似的涌进会场来，没有疲倦和寒冷。敌人的炮火、残杀、奸淫、抢掠，不能阻挠坚强行列的前进。

高耸的重山，残存着未被融化的白雪。低凹的沟溪，发出流水冲击冰块的响声。严肃而雄秀的大自然，拥抱着千百个战士的身躯。皎洁的月，升在正空中，周遭散布稀疏的星，光亮通过秃树的交错的枝干，直射到万头攒动的会场上，使得就是陌生的面孔，也能相互地看清楚了和善的态度而亲热起来。

联欢晚会开始了。首先是一个精干的南方人对于今天的晚会在做详尽的说明，老百姓对他都很面熟，指向台上说："这是军区政治部主任舒同志。"

"……现在欢迎贺师长讲话！"

春雷似的鼓掌声，狮吼般的口号声，震彻整个的山野。

贺龙同志庄严而有力地说："在这炽烈着斗争火焰的时候，能够参与用流血和生命的代价而换的晋察冀军区的晚会，内心充满了愉快！模范抗日根据地的边区的建立，有两个原因：一、正确地坚决地建立抗日民族统一战线，巩固国共两党的亲密合作，以团结的力量，击败敌人。二、充分地开展民主运动，真正从事于组织、训练、武装和动员民众的工作；正因为信任民众，让民众拥进抗战的队伍中来，所以才能不断地粉碎敌人的围攻……"

全场一致地举起千百只的铁拳，放出同一的吼声："拥护国共合作！""开展民主运动！"

欢欣的情绪，不容许任何人有一分钟的沉默。一位六十多岁的农会会员的老乡，对那入伍不满三月的十八岁的儿子说："贺师长说我们觉醒的老百姓，是最大的抗日力量，这话一点也不错呵！"注视儿子肩上的步枪和一副青春的面孔，在花白胡子的嘴上，挂起一丝的微笑！

蠕动的场面顿归平静，很多人都在努力使呼吸减少，以便更能深刻地听到年轻活跃的萧克同志的演讲。

"……我们都是共患难的战友,是站在同一岗位上,对准同一敌人,愿以头颅与牺牲的代价,誓死保卫国土的战士,所以你们这充满热爱的欢迎,最好是专为接待新由南洋归国、奔赴前线、服务于抗战的新加坡工人华侨同志吧!……不久以前,敌人集中兵力,进攻五台山,把五台山当作华北的武汉,这正说明边区对于敌人威胁的深刻,边区已是腐烂敌人心脏的药针,敌人终于狼狈地败退了!我们要疲惫和消耗敌人,缩短过渡时期,缩短第二阶段的相持局面,提早进入反攻时期,驱逐日寇出中国,那必须在敌后方,建立多块的根据地,从内线作战逐渐变成外线,把敌人的后方改为我们的前方……只有创立多块的抗日堡垒,连成一片,才能成为一支无敌的铁流,击败敌人,恢复国土……"

群众发出雷动的呼声,千百只眼睛都向贺师长、萧副师长、聂荣臻司令的座位射去,殷切地在致关心的慰问,祝福他们一九三九年的健康!因为这一次的莅临,更能亲密兄弟间的联系,将给敌人以更大的打击。这些抗日的将领们同样报以诚挚的微笑。内心在共鸣着,热血在交流着,相互间永远在怀念着。

欢迎华侨服务团领队的讲话,欢迎前线记者团代表的演说的喊声,立刻又在寒风中激荡。

揭开游艺会的序幕,精彩的节目在吸引观众的注意。《汉水月》的演出,使得每一个人都愿做活跃在水中的击沉敌舰的英雄。《红灯》中爱国的老头子,为着英勇地"扳铁轨",被残暴的敌人炸伤了!可是他感动了懦怯贪生的司机,他得到了全场同情的敬意。这是一位模范的爱国工人呵!看到群众的表情,谁都相信:"自己就是他!"

虽然群众置身在游艺场中,但没有一个人会忘记那呻吟在铁蹄下过着奴隶生活的两万万同胞！在这风寒冰结的深夜，在那沦陷已一年的水深火热之中，在那朝不保夕的一九三九年的日程上！

要想呼吸自由，享受幸福，惟有全国同胞举起斗争的火把，毫无畏怯地正视着敌人，吹起反抗的怒潮，准备英勇地贡献生命，牺牲自己。新的一九三九年的历史，是流血、斗争和创造新力量，获取新胜利的记载呵！

游艺表演完毕了，铁的集团披着灿烂的月光，分成无数坚强的散兵线，回到各自的岗哨上，拿起武器，搏战在快要破晓的新的一九三九年的血道中。

（《抗敌报》1939年2月3日）

四分区文协筹委会成立

宋主任、徐专员及各县长均热烈赞助

发起人会议推定筹委会及基金募集委员

【四分区通讯】上月二十二日，在平山开了一个组织文协筹委会发起人会议，发起人是四分区军政民各界从事文化工作的同志。开会后首先由青年记者林朗同志作了一个报告，大家紧跟着就热烈地讨论工作，又通过了以下的决定：

一、决定成立四分区文协筹委会，推选谷荣章、冯海宿、田冀、白冠亭、孙玉培等为筹备委员。

二、决定成立第四分区募集文化基金委员会，聘请田冀、老刘及四分区军政领袖等为委员。

筹委会自成立后首先拟定颁发了宣言和纲领，又在丁丘山同志、浦金同志等协助下开始发动各县组织文协分委会建立小组，发展会员，进行募集文化基金等工作。四分区筹委会每周出定期刊物《战斗文化》。以上一切获得了宋主任、徐专员及各县长等热烈的赞助并引起了各界的注意，预料今后边区文化界将有新的开展云。

（《抗敌报》1939年2月11日）

边区文协改名文救

健全组织产生新执委

号召抗战建国宣传周

【边区通讯】晋察冀边区文化工作者救亡协会自成立以来，各地建立分会，成绩颇佳。最近新加入团体会员数目激增，力量更为充实。该会鉴于目前抗战形势转入新阶段，今后文化动员任务愈趋严重，为集中力量确定新工作方针起见，特于本月十五日召开第三次执委扩大会。当时除留住边区中心地带之各执委及原有会员团体代表全数出席外，并有四分区文协及西北战地服务团、前线记者团、文艺工作团、海燕社、战地社、铁流文艺社、美术协会等新加入团体代表参加，经决定将执委扩大会改为临时代表会。首由文协主任常委洪水及四分区文协代表谷荣章同志报告文协过去的工作，并提出统一与健全边区文化工作领导等要求案多起。经长时间热烈讨论，结果一致通过文协改名为"晋察冀边区文化界抗日救国会"，统一各地名称，重新确定各级组织系统及新阶段工作方针，并改选叶正宣（铁流社）、李宗美（边政导报社）、邵子南（战地社）、周明（抗敌报社）、陶宗侃（抗敌剧社）、鲁萍（海燕社）、白冠亭（平山教联）、张维（美协）、邱溪映、谷荣章、邓拓等十一人为执行委员，复推叶正宣、李宗美、邵子南、周明、陶宗侃等五人为常委，该会已决定利用农历新年各地农村娱乐之机会，发起抗战建国宣传周，内容见该会所发之"号召"，发行通俗小册，编制活报及街头剧本，发动各剧团届时下乡表演。闻该会即将出版《边区文化》旬刊一种，今后边区文化预料必有猛烈之发展云。

(《抗敌报》1939年2月19日)

推行合理负担　剧社教师分头努力

【平山通讯】平山县的村长办起事情来都是很积极，没有一个逃懒的。可是村长们时时地说，我们摊派什么款项，我们一时一刻也不愿意迟延，老百姓也是很踊跃的。往出纳就是一样困难，没标准，庄户人虽然不说，但是我们当村长的，实在觉着不妥。根据了这个反应，所以县府想给村长们解除摊派款项的困难，使村政权进一步地加强起来，所以把推行合理负担规定成了目前的中心工作。

铁血剧社——铁血剧社是青救会所领导着的一个宣传队，无论是政权的工作，无论是群众的工作，他们在未做之前都要很好地宣传，到乡村里去，使每个老百姓都知道这一工作的重要，所以在过去他们是起了不少的作用。现在政府提出了这个推行合理负担的中心工作，他们便踊跃地出发，到第五区——接近敌人的一区，来配合着完成这一工作。每到一地方，他们通过自卫队及各团体的组织关系，并且用剧社的号召力量，吸引了无组织的群众，实行广泛的宣传解释。每一个人都知道为什么推行合理负担，怎么来推行，每个人都了解之后，他们还分头下乡实际上帮助评议会工作，这一区的工作是很快地完成了。

小学教员——在推行合理负担的任务下，为了使教员们做一点群众教育和帮评议会的忙，所以要把小学教员抽出来做这个工作。小学教员们知道这是一个很重要的工作，有的教员不分昼夜地东奔西跑，指示各村。政府为了奖励教员们，已决定把这个工作中教员的积极与否，当作考察之一。

小学生——教员们去推行合理负担了，小学生没有了人给上课，所以决定小学生拾柴一周，由校长事务员带领着上山打柴，把拾下的这些柴，作优待抗日军人家属用。做得最好的很有几个村子，像觉石院村，仅有八个学生，可是两天之内，他们除了站岗以外，还拾了一百二十斤柴。湾子村的学生三四天内拾了四百斤，村里有四家抗属，每家分到一百多斤。这样一来，使抗日军家属感到了无限的安慰。

（《抗敌报》1939年2月19日）

《海燕》第一期出版

【特讯】海燕社所编印之月刊第一期业已出版，内有关于剙作方法的论文、小说、报告文学、翻译、诗歌、民谣等文章，约二万六千字。在边区纯文艺刊物之铅印出版，此为第一册云。

（《抗敌报》1939年2月19日）

边区文救号召抗战建国宣传周

亲爱的边区各界同胞们：

我们是呼吸在这战斗的坚强的抗日根据地晋察冀边区，我们是中国人，我们都是抗日救国的英勇的战士。神圣的民族自卫战争在督促我们，在需要我们。为着配合政府、领袖、军队而战斗，我们应该拿出所有的力量，来维护抗日的政府，巩固和扩大边区，坚持持久战，争取最后胜利。

因为要使我们的抗战很快转入相持阶段，准备大规模地反攻，我们便要在敌人后方广泛地发挥战斗的威力，使敌人在我们伟大的行动面前倒毙。

亲爱的边区各界同胞们，拿出我们所有的力量吧，迅速地！迅速地！

边区文化界抗日救国会现在发动在农历元宵——三月一日到八日，民众传统的盛大的娱乐期间，来一个盛大的抗战建国宣传周，应用街头剧、活报、舞台剧、朗诵诗、街头诗、木刻、漫画、音乐、小册子，以及其他形式与大众汇合起来，携起手来，一致行动在这战斗的土地上，在这战斗的情绪里。并号召全边区同胞，积极参加和配合这一行动！

我们要拥护国民政府，拥护国共长期合作，拥护边区政府和边区抗日武装，坚持抗战到底，反对一切动摇、妥协、投降。最近汪精卫甘心叛国，被国民党永远开除党籍，被全国人所共弃，这证明统一战线是更巩固了，一切动摇、妥协的败类是会被全国人民所判罚的。为着加强长期抗战的力量，巩固根据地，粉碎敌人的一切进攻，我们号召全边区同胞加紧完成边区当前最基本的两个任务：

第一，春耕运动是边区的一个民生问题，同时也是支持长期抗战的物质的源泉，我们应积极号召开荒、播种，增加生产，用突击的精神扩大春耕，完成春耕，动员一切力量，保卫春耕。

第二，村级普选运动。加强我们的村级政权是加强我们整个边区政权的基础，村一级的民主是整个边区民主运动的基础。我们要根据政府已定的计划，彻底迅速地完成村级的普选。我们愿意帮助每一个村民，了解普选的意义，提高他们的政治生活，积极参加选举的竞争。

只有抗战建国的大道理是引导我们走向自由的、独立的、幸福的道路，谁能够跟着它一路前进，他一定不会灭亡。亲爱的边区各界同胞们，响应这里的号召吧，迅速地！迅速地！

我们号召：

  迅速完成村级普选运动！

  努力开展春耕运动！

  拥护政府抗战到底！反对一切动摇、妥协与投降！

  巩固扩大边区！

  坚决保卫边区！

晋察冀边区文化界抗日救国会

（《抗敌报》1939 年 2 月 19 日）

文救座谈会召开第一次会

【特讯】边区文救会为征集各文化团体及文化工作者之意见，拟定经常召开各种座谈会。闻已于十九日开始召集第一次文艺座谈会，参加者有战地社、铁流社、海燕社三文艺团体，内容多为文艺团体间之联系、分工及出版刊物等问题，会场空气至为热烈。闻即将召开更盛大之座谈会云。

（《抗敌报》1939 年 2 月 21 日）

边区农会要求各界援助加紧春耕运动

边区农会前在指示各级农会进行纪念"三三"的工作中，决定先以村选举运动为中心，村选举运动完成后，即以加紧春耕运动为中心。现在旧年已过，△◎就要开始了，边区农会为了加强今年对△◎运动的领导，除已向各级农会印发△◎运动宣传大纲和进行△◎运动的指示外，兹特发出公函多件，请求军政民各界人士团体，切实帮助和积极领导△◎运动，请求边区文救、战地服务团、抗敌剧社等文化团体编制鼓励△◎的诗、歌、漫画、小调、剧本、鼓词等，以进行△◎的深入宣传教育工作云。△——春　◎——耕

（《抗敌报》1939年2月23日）

平山县各界热烈响应边区文救的号召向全边区各县提出抗战建国宣传周挑战书

自从边区文救及四分区文协先后号召抗战建国宣传周，平山县就首先响应，迅速地建立了县区指挥部，组织了各种宣传队，积极地准备街头诗、街头剧、活报、漫画、舞台剧等工作，并向全边区各界提出下列挑战书：

（一）发动全体同胞积极参加抗战建国宣传周，保证抗战建国宣传周的成功。

（二）迅速完成村级普选运动。

（三）努力开展春耕运动，普遍建立春耕委员会。

（四）开展边区文化运动，各县成立文化界抗日救国会的组织。

（《抗敌报》1939年2月23日）

边区文救召集文艺作家座谈会

决定三民主义现实主义的创作方针
聂荣臻、彭真均出席，相继发表演说

【文救通讯】边区文艺作家日见增多，力量渐形庞大。文救特于二月二十六日召开文艺作家座谈会，有三十余作家出席。先由《抗敌报》主任邓拓报告，提出三民主义现实主义的创作方法，热烈讨论，一致承认三民主义现实主义为现中国的创作方针，并准备向全国文艺界提出号召。聂荣臻、彭真均出席，相继发表演说，誉为边区文艺界空前的座谈会，边区文艺将有盛大的发展云。

（《抗敌报》1939年3月3日）

盂县文协分会成立

大会通过议决案多件　募集基金已快要完成

【盂县通讯】盂县在三日接到四分区文协的宣言和纲领及前线记者浦金同志各方面征集意见后，才于四日由政府马秘书召开盂县□界、文化界抗日救亡协会发起人会议。特阐述成立文协之意义及重要性后，即进行讨论四分区文协拟就的宣言和纲领。继而按照纲领之规定，推定公道团蔡仲德同志为常委兼文协分会主任，盂高校郝性怡同志为常委兼组织股长，妇救会陈舜玉同志为常委兼训练股长，牺盟会朱雅珍同志为常委兼宣传股长，盂高校周校长为常委兼总务股长，及马学冰等八个同志为执委或候补委员；其次决定第□次筹委会常会日期在二月十日召开。具体工作须于下次会议中进行讨论。

【又讯】盂县文协分会自四日成立,遂决定于十日下午四时在公道团团部召开盂县文协筹委会第一次常会。出席有朱雅珍等九同志,列席有前线记者浦金同志、第二战区司令部盂县吴视察员,主席蔡仲德报告后提出讨论案十件,交由大会讨论。今择重要议决案报道如左:

(一)如何扩展会员案:按照组织纲领规定的条件,经过私人的关系,尽量介绍,但每个委员最低限度须介绍会员二个以上。(议决通过)

(二)四分区分来之基金募集捐册应如何分配案:除以各五册寄发平定、寿阳外,余下十五册按照委员人数每人分配一册,各自进行募集。(议决通过)

(三)月底代表大会议决如何推选案:四分区规定盂县代表人数为五至十名,决定由县政府教育科推定代表一人,公道团推定代表二人,小学教员推定代表二人,名单限二十五日缴到,二十六日出发。(议决通过)

(四)定期周刊如何决定案:军政民联席会议上议决成立之编辑室,因为干部的缺乏,时间上的不容许,直到今天,编辑室依旧是一个空架子,如果办一定期周刊,一样是困难。因此代表成立一个研究会,以研究会研究的结论,不定期地印成小册子,以作教育材料,较可减少困难。至于研究会,由训练股负责筹划办理。(通过)

(五)发动抗日救国宣传周工作应如何进行案:抗日救国宣传周日期自二月十九日至二十八日,即自农历初一至初八日,元月一日刚是村级选举宣传开始。尤其是理论的宣传是空洞的,要与民主运动绝对取得联系和配合,抗日救国的宣传不应与村级选举的宣传分离。具体办法,由教育科通知各高小、初小组织宣传队,宣传内容由宣传股

拟就。与解放剧社取得密切联系，与各团体配合行动。（议决通过）

【盂县通讯】在四分区文协筹委会的号召下，盂县文协由于各机关团体的爱好文化者的发动，筹委会已在二月五号成立。半月来的工作，预定募洋二百元的基金已快完成，文协研究会在训练股的领导下已能定期开会，最近正在开展组织中。

寿阳、平定文协亦正在积极筹备中。

会议至天黑始散，预料盂县文化界今后将开放□枝灿烂的鲜花。

（《抗敌报》1939年3月5日）

边区民众和我们

——华北游击宣传大队通讯稿

我们为了到敌人后方来巩固与扩大我们的抗日根据地——晋察冀边区，散播抗敌复仇的种子，远从黄河西岸，徒步来此。□天我们这一行列到达了目的地，在□□处的大道上，站满了老的、小的、男的、女的，他们热烈地唱着歌，高呼着口号，欢迎我们。并且拿出了龙凤旗，敲打着大锣大鼓，一直把我们的队伍迎接到宿营地。老百姓都把好的房子让给我们住，附近的老乡们恳切地携茶带水来慰问我们。一切日常的用品老乡们都不吝惜地借给我们，那种殷一□招待使我们的同志们都异常感愧！有些事我们自己去干，老乡们无论如何要帮我们做，据说，我们的队伍是怪面善的，一见就叫人喜欢！

我们住处停妥以后，为了感谢老乡们的盛意，特别在那一天各队都开一次盛大的军民联欢会，并且邀请各房东聚餐。

我们的队伍除以实际行动表现外，并贴出布告与民众订立条约：互相帮助，公卖公买，保证绝不侵犯老百姓丝毫利益。因此，本来就好的老乡们，不但帮助我们买东西、搬行李，代我们送信、看门，而且自愿地送给我们两千双鞋袜和无数的菜蔬、猪羊，同时在我们所驻的地区，无论房子里、田野间、树林中，都可以看见老乡们和我们的同志不分年纪、性别地谈天。

我们的壁报、标语、诗传单贴遍了各个村庄，并派专人经常地向老乡们解释着一切关于抗战与民生的问题。另外我们以队为单位迅速地在各村组织成了农民识字班，灌输以军政的简单常识；还有儿童歌舞班是利用旧歌谣的形式，赋予新的意义，并配合新的舞蹈。此外，我们做妇运的女同志也经常到妇救会去参加她们的座谈会，介绍给她们一些现代妇女的生活知识及抗战中的模范女人！

民众是那样真挚而热烈地对待我们，而且说："从来没见过这样好的军队！"我们也诚恳地爱护着老百姓，而且说："我们从来没有见过这样好的老百姓！"彼此的关系是那么亲密而和悦！

边区的民众是觉醒起来、组织起来了，在这样军民合作的条件下，是不难粉碎敌人的进攻，赶它出中国去的！

因此，现在我们宣传大队愿与其他友军边区民众共同提出"军民亲密合作起来，巩固与扩大晋察冀边区"这一口号！

(《抗敌报》1939年3月5日)

抗战建国宣传周　平山已热烈进行

文协发动募集基金竞赛

【平山通讯】平山县各界接到四分区文协筹委会抗战建国宣传周号召，决定要在三月一日举行，立即全体动员，热烈准备起来。总指挥部在本月十二日成立，推定总指挥一人齐辑瑞，副总指挥二人魏精、章汪阳，指挥六人白冠亭、封云甫、王植庭、陈静如、高忠五、谢文义，并聘请谷荣章、老刘、田冀三同志为顾问。由总指挥部拟定工作计划大纲，分头下乡工作，不到三天，各区指挥部及宣传队完全成立。总指挥部直属宣传队，区指挥部□直属宣传队及中心村队宣传队，共计五十多个单位，此外还有县区教联会直接领导的三十多个小学生宣传队。这些宣传队尽量应用旧形式、新内容宣传抗战建国的意义。总指挥及区指挥部分为总务、组织、宣传三部，确定具体工作：总务部筹划经费；组织部划分宣传区，组织提灯大会，组织检阅及抗日游行示威等；宣传工作，有旧剧、漫画、宣言、传单、标语、街头剧、街头诗、救亡歌曲、大鼓词、小调、灯谜、争取敌伪军歌曲及传单等十余项，现在大鼓词、抗战春联、街头诗已由教联会、青年会印发出去，积极准备其他宣传品，在二月廿三日前亦可编印完毕，开始练习。这个伟大的抗战建国宣传周，第一阶段（二月十三日至十八日），发动张贴抗战春联，发动△劳部队，发动△问抗属，优待抗属，业经顺利完成。第二阶段（二月十九日至廿八日），准备各种宣传材料，请抗属会餐，向抗属拜年，排演新旧剧，推动村民代表普选运动及筹备检阅示威等，亦加紧工作，保证十足兑现。在这样热烈的准备下，现到第三阶段（三月一日至八日）实行期，正分头进行，待总结成绩时定为可观。同时全县妇女自卫队及抗日游行示威，亦定在三八国际妇女节、抗战建国宣传周总结的一天来举行检阅，更会有伟大的收获云。

【平山县教育界救国联合会通讯】文化基金是完成抗日文化运动的重要条件之一，四分区文协筹委会在抗战建国宣传周特别号召募集文化基金，并发起捐助一大枚运动，平山各界特向四分区各县挑战竞赛，条件有下列两项：

一、如果完成，并超过原定募集数额；

二、一大枚捐助运动,以普遍深入、能扩大政治影响者为优胜。

四分区文协筹委会,业经议决三月底为完成期限,并分别规定募集额数。经此竞赛,当更能胜利完成。　△——慰

(《抗敌报》1939年3月9日)

边区美协召开成立大会

【美协通讯】中国美术家协会晋察冀边区分会,简称"美协",为了团结全边区的美术工作者,集中力量开展文化美术工作,迎接当前紧急任务,于三月三日开成立大会。到会有西北战地服务团、抗敌剧社等十余人,边区政府及游击宣传大队因不及通知未到。

首由张维主席报告美协成立经过及现阶段之意义与任务。次由筹委会委员李劫夫报告全国美协成立经过,并代表筹委会读简章,经大会通过后修改之。当推选张维、李劫夫、凌风、唐焱、郑同羽等五人为执行委员,复推张维、李劫夫、郑同羽三人为常委,并选举李劫夫为木刻组组长,徐灵为漫画组组长,钟蛟蟠为标语组组长。

关于该会工作,同后方总会之联系及地方支会之设立诸问题,现已开始处理,并拟将来出版画报及各种漫画、木刻小册子等。并希全边区军政民各机关、各团体及各界人士之帮助与推动,以期开展边区美术工作云。

(《抗敌报》1939年3月11日)

《胜利报》出版

【二分区通讯】二分区八路军办事处为开展文化教育工作,筹备

创办《胜利报》为时已久。近闻该报业已筹备就绪,定期出版,对于二分区今后文化教育工作,当有极大补益云。

(《抗敌报》1939年3月13日)

战斗中的行唐

文救成立

【行唐通讯】行唐的敌人最近大肆活动,不断逮捕工作人员及做种种欺骗宣传,文化界人士为粉碎敌人这种欺骗宣传和帮助各团体的工作的推进,于三月十七日召开行唐文化界抗日救国会筹备会成立大会。首由发起人王智同志报告成立的经过及意义,李九虎等同志热烈发言后,即进行讨论组织工作纲领及组织草案,并推《抗敌报》通讯社李九虎同志为常委兼主任,民众教育馆王智同志为常委兼组织部,王清同志为常委兼总务部,教育科张真为常委兼宣传部,国民党代表耿湘为常委兼训练部,正积极进行工作。已发出宣言及纲领,计划将全县文化界及小学教员完全团结在这个组织之周围而为抗战胜利奋斗云。

(《抗敌报》1939年3月31日)

这儿的抗建宣传周

——文化工作团通讯

方璧

为了响应文救的号召,尽一点我们愿意而又能做的力量,无疑的，我们是愿意竭力干去。因此，当我们得到县政府的通知后，政治部立刻规定了各大队要在这几天里，以暴风雨般的精神去完成这重要的任务。

于是很快地在横顺几公里内大小村庄中，出现了几十个宣传队、街头诗、标语、巨型漫画贴满了村子里的每一个角落，抑扬的歌声引得老乡们快要发狂，口里不住地叫"沾！沾！沾！"那边锣鼓响处，老乡们又蜂拥去看了些把戏，他们不但快乐了，而且明白了。有个性急的，天已要黑了，拿着家伙到地里去说"要开荒"去了，人们的家又坐着并不陌生的客人，在那儿谈天。

几天内，天气是特别的晴朗，阳光也增加了温度，同志们脱下了棉军衣，穿上红绿的衣衫，他们有精神、有生气，因为这是自己愿意做的事情！

排着行列，敲着锣鼓，嘭咚的声音打中了人们的心底。

全村子的老百姓，聚成了一个人环，大家倾听着，眯细了眼睛，流露出无限的欣喜、满意！

自己的事，是应该自己来管，唯有共同生活的人才能彻底改善人民的生活。

街头巷尾，他们议论着。

矮矮的土墙上，贴上了耀眼的大纸块，人们于是像争夺着什么宝物似的，挤上去，摇摆着脑袋，啧啧地念着：

"春雨下过了，我们现在要，
　拿出铁耙，
　牵出老黄牛，
　到地里去。"

"……

民主的春风，

吹着秧苗。"

"干吗不自己去搞，

不论男女老少，

只要也秉公正……"

不认识字的人，贪婪地听着。

新编的《春耕曲》，伶俐地在小嘴巴里唱，尖的声音钻进了大人的耳膜。

在接秧歌儿的神龛前，他们虔诚地叩着头，让秧歌儿神也知道今年的收成不是比不得往年了，要以突击的手法来帮助着春耕的胜利完成！

黄牛牵出来了，锄头、犁耙擦去了腐锈，当稀落的寒星还闪闪地发光时，寂静的村子清脆地响着铁器冲击的声音。

沙土翻了一个身，怪鲜明的，似经大雨冲洗后那般清净！

整齐的麦行，在山顶，在山腰，有着布样的条纹，是人们的血汗所印成！

忙完田地里的事，又得忙村里的事情。选举，大家已知道是每个人的责任，放下了犁耙，计划着选举怎样的人。要公正、能干，并且要能够替大家去说话，能够真正代表大家的利益，才是大伙儿要选举的人。墙上、人们的口里，都这样地告诉了他们。

他们一点也不放松，一定要具备着这许多，才使他们满意、放心。

××村的村长，在一个长长的下午，召集了全村的人民，熟思考虑地，更非常慎重地选举了出来。

他们笑，兴奋，一个新的变动，在每个人的脑海中波动。

润湿了的泥土，终于冒出了肥厚的嫩芽，在鲜明温和的阳光下，嬉笑！

(《抗敌报》1939年4月16日)

晋东北纪念儿童节

陈波儿向全体儿童提三要求

【晋东北通讯】四月四日，晋东北举行儿童节纪念大会，附近十余里村庄的儿童团自卫队均踊跃参加。在儿童歌声入云的时候，战区妇女儿童考察团陈波儿等五人莅会。开会后，首由主席报告略谓："今天是儿童的纪念节，全体小同志都是非常兴奋的。小同志们虽然年龄小，如站岗放哨、捉拿汉奸，在抗战过程中已有很大的功绩。"继由陈波儿女士向全体儿童提出三个要求：第一，妇女儿童考察团愿意携带此地儿童团的信件，转汇到总后方去。第二，请此地儿童团派代表到总后方去，□总后方的儿童发生联系。第三，请以"四四"儿童节纪念大会的名义通电全世界儿童，表示我们今天在这里检阅儿童的队伍。继有好几位儿童代表讲演，他们很有兴趣地讲述出站岗、放哨、盘查行人的故事。随后检阅儿童团，检阅项目有讲演、步法、唱歌三项。检阅后，由专区公署、牺盟中心区、民中学校等，赠送优胜旗及其他许多奖品。大会决议：通电慰问并写□□慰问宋主任、聂司令，同时通电全国儿童保育会转向全世界儿童致敬。晚上并有大众剧社演剧。

(《抗敌报》1939年4月22日)

华北游击宣传大队文救分会成立

【华北游击宣传大队通讯】华北游击宣传大队自来边区后，对于边区文化□莫□推动。近因边区文化界救国会成立，他们要很好地配合文化运动起见，特发起组织分会，在很短时间内筹备就绪，并征得一千□□会员，于上月二十六日即星期日，在□□村举行成立大会，到会代表□五十余人，他们的邵队长、政治部袁主任及□副主任□□□会指示一切，并作训话，鼓励文化工作□及指示今后文化工作方向。在开会□□关于今后具体文化工作，曾有热烈讨论，并发挥每个议案□□议案内容，当时选举徐明、吴亮、岳川、范肖明、郁充宇、沈萧萍等同志为执委，会后又选岳川、徐明、吴亮、沈萧萍、郁充宇五同志□□委，领导分会经常工作。闻今后该会□对文化工作，在行政口号配合下，进行大众化教育、新文字运动……及提高自己本身文化理论水准，并准备和他们队刊合编一综合性刊物，以推动此项工作云。

(《抗敌报》1939 年 4 月 24 日)

晋东北：文救召开成立大会 专署举行教育会议

公牺中心区及专署慰劳×部

【特讯】晋东北文化界抗日救国会，经第一次筹委会决定于二十八日在晋东北五台公牺中心区所在地召开晋东北文化界抗日救国会成立大会，业已发出通知，邀请各方派代表列席大会，想将来晋东北文化工作定有猛烈之开展云。

【特讯】山西第□区行政督察专员公署在目前抗战阶段全国奉行精神总动员之际，为了检讨以往，并布置今后晋东北教育工作，保证国民精神总动员之彻底实现，定于二十五日在专署召集晋东北第一次教育会议，现已通知各方参加云。

【又讯】山西第一区专员公署五台公牺中心区以△部作战辛劳，特电灵邱县府借款百元，购买猪羊等物，慰劳×部全体指战员云。

(《抗敌报》1939年4月24日)

边区文救响应政府识字运动号召

拟定具体办法通告会员执行

【特讯】边区文救为响应边区政府"五一到五七识字运动周"的号召，特定出具体办法及执行步骤，通知各会员执行，兹将其拟定办法摘载如次：

甲、关于宣传的

一、组织大小各种宣传队，普遍深入地宣传识字的重要及识字工作的具体办法。

二、宣传队每天至少要出发宣传一次。

三、特别在五一、五三、五四、五五、五七各纪念大会上扩大宣传。

四、在本会经常的宣传工作中特别侧重识字的宣传。

乙、关于组织的

一、组织识字班。

二、扩大与健全已有的其他团体的识字班。

三、指导协助小学生去建立识字班。

丙、关于教育的

一、有教育经验的同志到识字班中去作上课的模范，以加强识字教育。

二、指导教学的方法。

三、解释指导小先生制的办法。

四、参阅本会宣传教育工作计划大纲草案中的口头的及文字的工具，这样来做：

（一）利用墙上现有的布告、壁报、捷报、画报等作为识字课本。

（二）利用各种现存的标语、报纸、传单、宣言、歌篇小册子等代替课本。

（三）把本会发的街头诗及《五月的歌》朗诵给群众听，写在墙头作为识字工具。

（四）翻印现有的识字课本或识字画片。

（五）出识字墙报，利用墙头的布告栏（黑墙）代替黑板教生字。

（六）利用救亡室，尤其是到田野里去教字。

丁、用竞赛的方式组织识字，以识字的多少争取模范。

（《抗敌报》1939 年 4 月 26 日）

战区妇女儿童考察团访问记

梅洛

在妇救代表大会开幕前一天各群众团体的联欢晚会上，"欢迎考察团唱歌"，所有坐在会场的人都一齐喊着，把目光投向前面几个穿秋草般黄色衣服的女同志。她们□是不怕千辛万苦越过千山万水和正当敌人进攻晋西北最紧时冲过敌人封锁线而来晋察冀考察的战区妇女儿童考察团的同志。真的，当她们和我谈到她们怎样在星夜被人背着渡滹沱河时敌人的炮弹落在她们的后面，又谈到当她们和护送部队在山道上行进时怎样被游击队误认为敌而开了枪时，还咋舌了呢！"一点也不苦，看到了路上的一切，心中非常舒服，还学习了唱歌子。"陈波儿说。

她们在一个月中已经走过了晋察冀的几个重要地方，她们到五台山上研究过喇嘛的生活习惯，并向那里的妇女救国会贡献了许多工作意见。当她们听见边区妇救会三次代表大会将要开会的消息时，就从晋东北赶来参加。陈波儿并在大会上作了妇女问题的报告，介绍欧美各国、日本、朝鲜等各处的妇女生活；并告诉了大家我们总后方妇女在抗战中动员的情形及晋西北的妇女动员组织工作已有相当的基础，怎样在一天一天开展、进步中；并代表考察团对大会贡献了许多宝贵的意见。

她们生活很紧张，每天除了列席代表大会外，都忙在写作中。她们的写作是有计划的、分配的，就是日记也分为工作的与生活的。

"我们来到晋察冀主要的是要知道华北各战区的妇女儿童在抗战中所表现的力量，将来亦要到华中、华南去考察。"当夕阳已经落过村西的土坡的时候，在村边河旁的林间沙地上，陈波儿向记者这样说，"后方的各种情形，如对抗战的信心，一切各方面的建设的处理，群众的动员，人民生活的改善，妇女的团结，儿童教育等，可以说天天都在进步，不过因历史、商业及城市生产的关系，它的各方面的进步发展形势、方式方法与战区的进步是不相同的。"

"关于来到边区的□□，我觉得各方面与后方不相同，尤其是妇女运动的开展、广大妇女的动员，这是后方没有做到的。在今天后方的动员远谈不到全面，而在这里可以说是全面的了。还有与后方不同的是注意与开展敌区工作，后方是赶不上这里的，后方对这方面现在虽注意，但还没有好好去做。"

关于这里的儿童方面，她也讲了些："我们想农村的儿童是没有什么可爱的，一定是很脏的，但是事实却不是这样。他们吃的穿的虽然很不好，但是他们是快乐的，有精神，尤其是智力的发展也不是我们所想象的，一点也不比都市儿童差，尤其是军事常识特别发展。他们懂得游击战，对他们在全民族抗战中的责任，普遍都能了解。一提到日本汉奸就知道是我们的敌人，无论是大小儿童。还有给他们家庭的影响也是很大的，他们能够把自己的认识去影响、感动他们家庭中的人。"说到这里她笑着说，"这等于帮助我们的干部工作。"于是又谈到了干部，"这里的干部都非常吃苦耐劳，不怕路远山高，吃的睡的都不舒服，但却在艰苦地工作着。所以这里的妇女虽然都是小脚，但对于打日本都是坚决的。她们的文化水准虽然低，但是政治认识□□识，都是进步的。这里的民众已经不畏怕敌人的残酷了，而是认识了并相信政府军队有力量打倒日本，现在已是想法怎样抵抗日本强盗的侵略了。"

"边区的进步，还有一个特点，过去我们的口号是军民合作，在边区则是军政民合作，而且达到了不可分的程度。我们从前在外边，听说这里是统一战线的模范区，但是它达到了怎样的程度都不清楚，今天证明了，不是表面的，而是很彻底的，互相批评的，研究讨论，以统一战线推动各种工作，完全开展了，拿抗日为前提，没有你我的分别。"

她大概忽然想了村选的事情，说："民主运动的普遍开展本来除了一般知识分子外，是不容易使农民了解的，但是这里的民主不但很广泛地开展，而且每个乡村妇女真都已有了很清楚的认识。"

"边区虽与中央政府地区隔得很远，但我们在边区到处都听到、碰到他们对于后方建设或领袖的健康、民众动员的关怀和热情，同时表示这里能打破地势、军事的隔离，能很快地、直接地得到中央领导的热望。这就是我整个新的认识与深刻印象。"

当记者问到了她对边区的意见，她说："只有希望这里未收复区的工作经验能介绍到后方，也希望后方文化人或妇女干部能来这里，大家努力。"

她重又提到了她们的任务："我们应该反映这里的特长和经验，不但使后方，还要使全世界，使各地华侨，知道边区是怎样建立的，坚定他们抗战的信心，使他们在经济上多多地、积极地给我们以援助。"

最后她作了一个我们谈话的结论："我们相信全中国无论哪些地方都是在进步，我们希望这里与后方各地更密切地联系起来，互相交换工作经验，督促各方面工作，使得更快地进步，顺利地克服抗日第二阶段的困难，达到最后胜利的目的。"

据说她们还要在晋察冀边区停留一个月，到各分区尤其是几个妇女工作最模范的县份考察。有一位同志讲她们将来回到四川去预备出一种刊物，在那里将看到各个战地和敌后方的游击区的群众工作的开展与成绩，用刊物的联系来交换工作的经验教训。

就是在边区妇救代表大会闭幕的那天晚上，陈波儿向代表留了她的永久通信地址和将要去到的战区的通讯处，她估计她们的刊物在二月后两个月内就可出版，希望她们的计划能顺利地实现，完成她们的任务及对抗战的贡献。

(《抗敌报》1939 年 4 月 28 日)

一分区文救五月的文化突击竞赛

向各分区文救分会提出挑战书

【一分区讯】一分区文救为了推动"五月的文化突击竞赛',特向各分区提出挑战书,兹将原信志如次:

我们为了在革命的五月中,以突击的姿态来开展一分区的文化工作,发展与健全各级组织,充实宣传教育的内容,因此提出五月的文化突击竞赛,向各分区文救分会挑战。竞赛的项目如下:

一、建立并健全各县分会,发展会员总数在一倍以上。

二、保证战斗五月的宣传任务完成。

1. 通过每个五月纪念日的宣传鼓动去普遍深入地发动群众的抗战热情。

2. 准备迎接敌人新的进攻,广泛地进行宣传解释,保证战时动员工作顺利地完成。

3. 揭穿和驳斥日寇、汉奸、托派各种欺骗宣传阴谋。

4. 利用各种有效的宣传形式,歌咏、演剧、街头诗、漫画、墙壁宣传画、标语、各种小册子及各种宣传品以达到上述任务的完成。

三、五月的中心教育计划的完成。

1. 保证每一个会员对于五月各纪念日(五一、五三、五四、五九、五卅)的正确了解。

2. 做到每一个民众了解和厉行国民公约。

我们要求把竞赛的结果,由边区文救总会来评判。

争取数量与质量上的优胜啊!(一分区文化界抗日救国会)

【又讯】一分区文救已于三月廿七日宣告成立,并由于各负责同志积极努力,工作极为活跃,曾召集座谈会一次,讨论政治形势□到会百三十余人,曾印街头诗甚多,如给自卫军小册子,翻印书籍、文章在十种以上,更拟于五月一日出版月刊《文化前哨》。于抗日拥蒋大会上团体会员出演新剧数次,颇受群众欢迎。现内部各种工作制度均已建立与健全起来!并于五月内向边区各文化团体提出"文化突击竞赛"。最近西北战地服务团到达一分区,拟于明日举行联席座谈会,讨论文化工作诸问题云。

行唐文救开展极速

【行唐县讯】行唐文救筹备会成立以来,前日边区文救会史轮同志到县督促指示工作,当即召集全体会议,由史轮同志报告总后方和边区文化趋势和消息,以及我们当前的任务,并决定三项具体工作:(一)扩大组织;(二)翻印出版刊物;(三)与小学教员抗救会合流。最近召集小学教员开会,布置工作,为便利工作,改选职员,正式成立。计分主任、宣传教育、组织、总务四股,短期内行唐文化工作定有飞速开展云。

(《抗敌报》1939年5月10日)

本报各地读者、各通讯社、写稿诸君公鉴

本报自成立以来,辱蒙各地读者、各界人士,踊跃赐稿,本报各地通讯社纷纷成立,惟以本报人力有限致与各地写稿诸君及各地本报通讯社,未能取得最密切的联系。现边区晋察冀通讯社业经成立。本报为谋统一各地通讯社工作,使新闻报道更能迅速敏捷起见,特与该社商定将本报一切通讯关系转移该社,该社组织章程及对通讯员之待遇条文等即将公布。希本报各地读者、写稿诸君、本报各地通讯社暨热心新闻事业之各界同志,自即日起直接投函与该社接洽,此后稿

件请径寄该社为盼。

抗敌报社启

(《抗敌报》1939年5月16日)

"晋察冀通讯社" 启事

  本社经长期筹备，现已就绪，即将公布组织章程，正式成立。现经与抗敌报社商洽，该社所有通讯关系自即日起即行移交本社，希各界人士、《抗敌报》各地读者、各地写稿诸君、各地《抗敌报》通讯社，此后通讯稿件请即径寄本社，以便汇集、转发边区内外各地。至一切登记手续、联络办法等，通讯关系之建立，亦请径与本社接洽为荷。

晋察冀通讯社启

(《抗敌报》1939年5月16日)

边区剧运将有新开展　戏剧座谈会积极筹备

  【本报专讯】边区戏剧运动，一年以来极为活跃，深得军政民各界之欢迎。近闻各戏剧团体亟谋检讨边区一年来戏剧运动工作成绩以及讨论今后边区戏剧运动新方向，并为促进边区戏剧界坚固的团结与推动戏剧运动，曾由华北游击宣传大队文化工作团、抗敌剧社、大众剧社、奋斗剧社等，先后致函边区文救会请求举行集体讨论。边区文救会现已发出启事，召集全边区各新旧戏剧团体、服务团、工作团、宣传队、剧社及文艺工作者、剧人、戏剧爱好者、有志戏剧运动者，于本月二十日开盛大之座谈会，并邀请新抵边区之国内著名戏剧家袁牧之先生参加指导。该座谈会现正积极筹备中，深信今后边区戏剧运动当有新的开展云。

(《抗敌报》1939年6月11日)

纪念高尔基

——肃清托派汉奸的活动

民

三年以前的今天，站在全人类的面前，为全人类的解放和全人类文化的现在以及将来而斗争了一生的高尔基，竟遭受了托派的□害残杀而离开了世界，离开了劳动者的祖国苏联。这些托派分子，简直已完全没有了作为人而存在的良心，不惜毁灭这个人类的智慧的明灯。这一惨痛的事件，是我们在未最后扑灭法西斯、托派汉奸，取得人类解放斗争以前，永远使人愤恨的事情！

众人皆知的，托派早已经成为法西斯的走卒，他们破坏苏联社会主义建设，出卖西班牙抗战，搜集情报，阴谋煽动、企图破坏和平阵线，帮助法西斯侵略。今天托派汉奸更积极地帮助着日寇侵略中国，配合军事侵略，制造摩擦，破坏统一战线，特别是破坏国共合作。而他们用毒辣阴险的恐怖残杀手段毒杀高尔基，更给了世界文化、世界文明以不可弥补的损失，增加着世界文化界、世界人类对法西斯刽子手托洛斯基派的更深的仇恨。世界每一个文化人、每一个人民，要向法西斯蒂、托洛斯基派讨还这笔血债来。

在今天，我们在伟大的高尔基逝世三周年祭的前面，我们要以实际行动打倒日本法西斯侵略者，作为真实的祭礼。我们为了加强整个国际反法西斯、反侵略、反托派汉奸的斗争，为了扩大与巩固统一战线，为了争取相持阶段迫切到来，首先，就应该以最紧张的斗争精神，加强我们全国、我们边区的反托派汉奸的斗争，驱逐这些人类蟊贼、文化败类，为高尔基复仇。只有彻底粉碎敌人的进攻，肃清托派汉奸的活动，才算是对全人类文化导师——高尔基的真诚的纪念。

(《抗敌报》1939年6月19日，《高尔基逝世三周年纪念》专刊)

创 刊 词（《抗战农民》副刊创刊号）

随着全民抗战形势的发展，特别是边区抗战形势的发展，我们站在农民工作的立场，觉得只有更进一步开展我们的组织，巩固下层基础，才能□□□将到来的更艰苦、更残酷的战斗环境。到时我们更感觉到在巩固下层基础中，加强干部与会员的教育□有强调提出来的必要，因为□□在已□农会工作中宣传教育工作是最薄弱的一环。今天我们为了克服这一弱点加强宣传教育工作，《抗战农民》便应运产生了。

无疑的，《抗战农民》的任务是重大的！

怎样完成《抗战农民》的任务呢？我们诚恳地希望：边区内各级农会工作同志经常供给它稿件，大家交换工作经验，充实与健全它的生命。

我们更希望各界人士不断给《抗战农民》以严正的批评和指示，我们坚决相信：《抗战农民》只有在边区内各界人士的热爱和扶植下，才能生长和壮大起来。

谨以《抗战农民》献给边区内艰苦奋斗的农会工作同志！

谨以《抗战农民》献给边区内一切热心救亡的各界人士！

(《抗敌报》1939年6月23日)

创 刊 词（《文化界》副刊创刊号）

我们边区的文化界逐渐团结起来了！我们文化的游击队逐渐长成了正规军！

以后，对于大众的文化教育工作就可以有系统地来推动，可以有计划地来进行。

以后，我们的文化工作将对抗战建国的大事业，更经常而切实地来帮助、来参加。

以后，我们正义的、进步的文化将由我们的笔杆、口舌、墙头、钢板等武器来更高度地发扬；敌人的欺骗、麻醉、荒淫、兽道的文化——不，那是毁灭文化的法西斯妖氛——将在我们正义的旗帜下现出原形，四散奔逃，以至于崩溃！

我们的担子是多么重大，工作是多么迫切！

我们需要训练干部，我们需要检讨工作，我们需要把工作中的经验教训及学习研究所得的收获互相公开地观摩，我们需要计划怎样把文化工作更好地开展，我们需要纠正过去的错误，准备应对将来困难的办法。模范的例子需要给其他的同志仿效，不良的例子需要给别人以警惕！……

因此，我们决定创刊这文化界的小会场、小战场般的刊物。那么这究竟能胜利与否，还需要大家来一同洒血汗！

(《抗敌报》1939年6月27日)

什么是文化

史轮

文化跟空气一样，就在我们身边，和所有有人的地方！

文化跟粮食一样，我们每天离不了它！

除了小孩子，只凭着本能来吃奶、来哭，除了猪狗只凭着本能去吃喝、去生儿子之外，现在的人类，都有他们的文化的。哪怕是不很进化的人，因为他们的腰下也悬着几片树叶，还会用长矛打猎，或者戴耳环，或者在身上刺花纹……

要是我们没有文化，现在一定还过着猿猴的日子。要是我们的文化不进步，现在不会变成遍地皆是百兽之王的人，那么牛马就不会替我们耕地，火车也不会驮着我们一日千里，什么仁义道德，什么抗日救国更谈不到了。

《边区文化》创刊号的第一篇里告诉我们——文化就是知识，又告诉我们——是斗争和劳动的结果。因为人类和天气斗争，才发明了穿兽皮、穿丝麻；和野兽、洪水斗争，才发明了弓箭、刀矛和锹、锨、镢头。因为要抬木头、要搬石头，才喊出了"哼、唉"的指挥劳动的语言和原始的诗歌。要把这宝贵的发明告诉今后的自己、别人和儿子，又发明了结绳记事，以后又发明了图画式的文字。

到今天，当然文化是高级的、复杂的东西了，而且因为人们的劳心劳力之分歧，因为像住在空气里不注意空气似的，有许多人对它马虎起来。

所以有些人看到一点（没有看到全面）就说文化不过是能写作的人们的私产罢了，文化不过是弄弄文艺罢了。更有些人似乎不爱想（不用脑子去劳动），不知道（别人没有教育他），而说——我们不需要文化！其实要真像他们所说，哈哈，他今天会光着屁股到大街上去的……

更有些人说文化不如军队能抗战。其实，哼，军队用的枪、炮、火药不是科学（文化的一门）的产物吗？地形学、射击教范、筑城学、战略战术，哪一样不是文化的儿女？军队所非依靠不可的政治、民运的知识、学问，不都是文化的一只手、一只脚吗？

没有文字，现在真会把人累死！没有语言、知识的人类，在现在就绝对不能生存！

所以，我们不能轻视文化，也不能故意和文化闹别扭不去理它！——如果真心闹别扭，除非自杀了，其实自杀还得用个把工具！

在抗战中，所有的社会科学、自然科学、文学艺术都需要许多人来研究、来发扬，这是抗战建国所需要的知识，每个人也要赶快充分地具备。民众需要识字运动、军事政治常识，边区需要大量的文化食粮！

所以，不要再和它闹别扭了，记着——一支笔是一支枪！

（《抗敌报》1939年6月27日，《文化界》副刊创刊号）

边区最近出版物统计

一、杂志类

《边区文化》　　　　　边区文救会出版
《山洪》　　　　　　　华北游击队宣传大队文救分会出版
《战地》　　　　　　　西北战地服务团出版
《大家看》　　　　　　救国报社出版
《边区教育》　　　　　教育处出版
《老乡》　　　　　　　老乡旬刊社出版

《教育点滴》　　　　　　　唐县民教馆

《晋察冀通讯》（第一期）　晋察冀通讯社

《边区通讯》（第一期）　　民族革命通讯社

《通讯网》（已出七期）　　抗敌剧社

二、报纸类

《新建设》　　　　　　　　晋西一区专员公署

《战斗五日刊》（已出二期）山西一区战斗出版社

三、单行本类

《论新阶段》（铅印）　　　抗敌报社

《论新阶段》（油印）　　　阜平民教馆

《大众丛书》　　　　　　　教育处

《"新民会""东亚新秩序"是什么东西？》　平山文救会

《晋察冀边区汉奸、托派的卖国罪状》　望都群众团体联合编辑室翻印

《人多主意多》　　　　　　边区文救会

《粮食》（以下诗歌）　　　边区文救会

《街头诗》　　　　　　　　边区文救会

《五月的歌》　　　　　　　边区文救会

《参加军队保卫麦收》　　　边区文救会

《五月的歌》　　　　　　　华北游击队宣传大队文救分会

《在太行山上》　　　　　　华北游击队宣传大队文救分会

《五月的吼声》　　　　　　望都群众团体联合编辑室

《给自卫军》　　　　　　　一军分区

《战士万岁》　　　　　　　战地社

《文化的民众》　　　　　　战地社

《街头》　　　　　　　　　战地社

《在晋察冀》　　　　　　　战地社

《诗建设》（诗刊）　　　　战地社

《歌创造》（新歌）　　　　战地社

《血的教训》（独幕剧）　　陈镜吾作

《关于健全通讯网组织》　　抗敌剧社

《边政导报论文集》　　　　边委会

《中国青年运动新方向》　　青年出版社

《妇女运动论集》　　　　　妇女问题研究社

《政治经济学》（通俗大众自学丛书）　　大众读物编刊社

（《抗敌报》1939 年 6 月 27 日，《文化界》副刊创刊号）

关于《文化界》

　　《文化界》是我们全边区以及由边区以外到来的各文化人所共同检阅阵容的大操场，是我们团结着和敌人战斗的阵地。所以它欢迎任何人的稿件。

　　它欢迎各地文化运动的消息、报告及通讯。

　　它欢迎对文化工作的检讨、商榷的文章。

　　它欢迎在文化工作中所得的经验教训的文字。

　　它欢迎短小精悍而又相当通俗的学术研究及文学、艺术的理论与创作。

　　而且，它欢迎对它自己的批评和意见！

（《抗敌报》1939 年 6 月 27 日，《文化界》副刊创刊号）

怎样解决文化食粮的困难

克和

边区因为处在敌人的后方,四面被铁路线割断了我们和我们后方的联络,新的书报很难运来。而边区的人民又因为抗战的需要和被抗战给了猛烈的觉醒,所以学习的空气特别浓厚、高涨,因此普遍地感到文化食粮的恐慌,精神的饥饿!

在这里,我想贡献一些解决文化食粮问题的办法,希望文化界同志都要对这问题注意,并提出更多的高见来,以便互相讨论、执行!办法如下:

第一,建立图书馆。本来边区过去在平、津、保、邢……上学的相当多,他们家中大半都有许多藏书。譬如农会的同志居然借到很好的《译文》,因此我想为了补救目前的困难,可把他们收藏着的书或用募捐,或用借贷的手续拿来存放于图书馆中,登记起来,供给大家借阅。这一个大事情可由群众团体共同办理,按期流动地供给读者更好。但借阅者须绝对负责,在这时期书籍就等于黄金哩!

第二,动员所有印刷工具,有计划地来翻印。这项工作可由铅、石、油印一齐下手,而且要有计划地来翻印。在边区各地过去也有些翻印的,如阜平的油印《论新阶段》,望都的《晋察冀汉奸、托派的卖国罪状》等,这都是艰苦奋斗的表现。不过还嫌不甚普遍,而且应当好好地分工,不使重复,不使偏于一种读物、一个地域才好。

第三,加强出版及写作。这是一项顶实际、顶艰苦而又顶是自力更生、埋头苦干的办法。这需要改良和扩充印刷机关,建立手工业或小规模的机器的生产,如造纸厂、油墨厂……像最近一位同志发明的制造油印磙子,及陈南庄的木匠曾造油印机,都是值得鼓励与提倡的。此外，写作也是重要的，我们不能一定认为边区落后，老抱着"远路和尚会念经"的观念，我们需要有自信心，有自尊心（当然，不是自大、自满），努力地写作。只要干，什么都能干好，什么都有办法。

第四，造成口头文化和墙头文化的热潮。这是更艰苦的工作了，但这是最能解近渴的办法。它不但使我们□试验作品真正适合大众脾胃与否，而且更借此教育了大家。如果地区所有的文化人把谈天、谈爱情（尤其是那些恋爱职业家们！）的时间用到朗诵书籍报纸（不只限于诗歌、戏剧、歌咏、讲演等）上来，如果我们所有文化工作者把下棋、打乒乓球、散步（尤其是抗战的混子们、流氓知识阶级！）的光阴用到去墙头上写墙报、画画子、写捷报、写实事、写抗战的真理（不只限于墙头诗）上来，那文化食粮问题就"沾"了一大部分。

第五，建立联合书局或文化站。这可由军、政、民合作，分工来办。因为运转书报，需要军队保护。需要什么书，需要政府计划，教育界、文化界调查统计。出钱需要商界，分配售卖时，每一个地区需要的数量，需民运工作来做很好的估计。不过这一工作是颇费事而又很困难的。

这些计划需要全边区领导抗战工作的同志们共同来洒血汗！

（《抗敌报》1939 年 6 月 27 日，《文化界》副刊创刊号）

见面几句话

《边区妇女》第一次跳到读者面前，读者一定很兴奋，可是仔细看一下，噢！太不沾，还是请读者不要失望，因为她这次的出生，太缺乏食粮，太缺乏资料，编者又是初次学做的。假若大家能热烈地帮助她，积极地供给材料，不断地批评与指示，她是非常愿意努力学好的，她很有些理想。

她希望做边区妇女学习写作的学校，因此要求能写最简单文字的妇女同志都要努力写作，多多地投稿。

她希望做边区妇运的推动机，因此要求忠实于妇女工作的同志们把你们工作中宝贵的经验教训和意见贡献给这刊物。

她还希望做一个播音台，把边区的妇运向全中国、全世界关心妇女解放的同志们作报告，那就更需要妇运工作者把各地妇运进行的情况，不管是多小的事情都要能活跃地反映到这刊物来。

这理想还希望很快地变成读者们看到的事实，那就需要大家伙来努力，大家伙努力的结果，在不久的将来她将让大家伙满意。

（《抗敌报》1939年6月29日，《边区妇女》副刊创刊号）

苏联列宁格勒布置中国战时艺术展览会

【列宁格勒一日塔斯电】此间正布置中国战时艺术展览会。举凡中国国画及现代画、印刷品、木刻、招贴之壁报标语等，收罗丰富，其中大多数均系反映中国人民抵抗日本侵略者之英勇斗争。展览品中间尚有中国画家所做说明，与中华民族解放战争有关之革命传单与标语等。

（《抗敌报》1939年7月3日）

一分区民中纪念高尔基逝世三周年

筹组文救分会

【晋察冀社讯】前世界大文学家高尔基逝世的三周年时,在一分区民族革命中学召集了一个纪念大会。参加的除民中校长、教员、学员外,还有专员公署教育科科长、一分区政治部代表、《新建设报》代表、本社的记者,总共有八十多个人。大会上专员教育科科长讲高尔基的一生的大事,一分区政治部代表讲高尔基跟中国文化运动的关系,民中教务主任讲高尔基的伟大,还有人讲到学习高尔基的问题,引起了大家的兴味。有一个民中的同学,提议筹备组织文救分会,发展文化工作,结果全体通过了。料想最近时期一分区民中的文化工作一定会有大的开展的。

(《抗敌报》1939年7月5日)

边区剧协成立

辉

【晋察冀社讯】在上月二十八日边区文救召开的戏剧问题座谈会上,各剧团代表为了开展和统一将来全边区的戏剧运动起见,曾经提出建立边区戏剧界抗敌协会的问题。这一个建议提出以后,立刻便得到了全场代表的一致拥护和通过。接着便在大会上选出了抗敌剧社等剧团的九个代表,做边区剧协的执行委员,另外选出西北战地服务团、战线剧社和抗敌剧社的三个代表做常委,这样边区剧协便在全体代表的欢呼中宣告成立了。

(《抗敌报》1939年7月9日)

边区剧协成立宣言

【本报消息】晋察冀边区剧协前经成立,业志本报,兹将该会"七七"宣言及通电载如次:

中华全国戏剧界抗敌协会晋察冀边区分会成立宣言

在抗战里,一切是为了抗战的,一切是服从抗战的。今天,我们要动员全国所有一切的力量,争取抗战建国的胜利。

我们知道:动员工作的前面,宣传工作是起着先锋作用的;而宣传工作最有力的武器,便是戏剧。我们拿它可以鼓励前线的战士,我们拿它可以粉碎敌人的欺骗,我们拿它可以反映一切血的故事,我们拿它可以动员一切新的力量……因此,戏剧在抗战里是最重要工作的一环呵!

晋察冀边区的戏剧运动,在粉碎敌人屡次的进攻,巩固与扩大边区的过程中,是起了应有的作用,留下了不可磨灭的功绩。但我们是否就认为满足了呢?不,随着抗战形势的发展,戏剧还需要更伟大的力量产生,还需要更进一步地向前发展。因此,在抗战二周年的纪念日,正式成立了中华全国戏剧界抗敌协会晋察冀边区分会。

各界同胞们!同志们!正当全国抗战渐要走进新的阶段,停止敌人的进攻,准备我们的反攻,广大的人力、物力、财力,都迫切需要动员的时候,全国剧协晋察冀边区分会的成立,无疑地是有着它历史上伟大的意义的。

它是在全国统一组织的领导下面,根据全国及边区现实情形,而决定一切工作的。三民主义现实主义是我们今后戏剧的总方针。我们要开展新剧、活报、儿童戏、子弟班(即旧戏班),使一切新旧戏剧都为抗战建国的事业而服务。

　　它是团结着边区各戏剧工作团体与戏剧工作者总的组织。把晋察冀边区戏剧运动的情形，报道给总会及各分会，取得工作上的联系；同时它以集体的力量，讨论戏剧各方面的疑问，解决各戏剧工作及团体的困难，将来有计划、有组织地开展晋察冀边区的戏剧运动。戏剧运动的开展与扩大，也就是抗战力量的增强与坚强。

　　它将把边区的现实情形，更加普遍地、深入地通过戏剧的形式反映出来，以艺术的力量，更有力地配合着军事、政治，扯破敌人政治上的阴谋，粉碎敌人军事上的进攻，巩固与扩大晋察冀边区。

　　所以在这里，我们呼喊着：给我们更多的帮助与指示哟！全边区及全国各界的人们。我们更呼喊着：亲密地团结起来哟！全边区的全国戏剧工作团体与戏剧工作者们，在抗战的战线上，握紧我们的武器，守住我们的岗位。工作呵！战斗呵！

中华全国戏剧界抗敌协会
晋察冀边区分会
中华民国二十八年七月七日

附 电 二 则

电一

　　重庆中央张道藩先生转中华全国戏剧界抗敌协会并转各地分会鉴：我边区远处敌人后方，两年艰苦奋斗，剧运已渐有基础。值此抗战更形艰苦之际，前途已露胜利曙光；边区各戏剧团体，咸感团结统一，为今日剧运之急。又适逢贵会理事袁牧之先生远道莅临，指导一切，于全边区戏剧座谈会上讨论并建立全国剧协晋察冀边区分会，确定三民主义现实主义为今后戏剧总方针，誓为抗战建国奋斗到底。特此电达，并祈时赐南针，俾资遵循，是所切盼。

中华全国戏剧界抗敌协会晋察冀边区分会叩

七月七日

电二

苟岚战总会转晋西北剧协分会筹委会鉴：前已接赐贵会刊物《戏剧阵线》，深悉贵会在困难之下，艰苦奋斗，至为钦佩，并给同人等以极大鼓励。现我边区戏剧工作团体通过建立中华全国戏剧界抗敌协会晋察冀边区分会。特此电达，切盼晋西北剧协分会在贵筹委会艰苦努力下，早日实现，并希亲密联系，时赐南针，用匡不逮。

中华全国戏剧界抗敌协会晋察冀边区分会叩

七月七日

（《抗敌报》1939年7月15日）

关于阜平文救会

SL

阜平，总说是边区的模范县，可是县文救会的工作却很差，这是因为：

一、干部缺乏。像那位主任吧，过去是民教馆长、救亡室主任、宣教联席会的负责人，后来又被选上了抗敌后援会的副主任。况说最近又病了好几天，这样忙的□，哪里还能病□□真是……他在民教馆结束后，就到抗敌后援会去工作了。看吧，我因为水灾因了阜平，开了好几次会，总是□□这位能干的同志为主席。会场上他总说他是"白话主席"，还有"边区名流"等也不断说着□其他的负责的常委、执委，没一个不是兼职的。

二、经费困难。那位"白话主席"为什么不到文救会，偏到抗援会去呢？还不是因为文救会没有钱吗？当然，不能说，有钱才能工作，可是人总得吃饭哪；不吃饭，饿死了，拿什么去工作呢？道理很好明白，你看，开了□次执委会（七月□□），提到募捐，可怜，他们说募好了，也要募到五块钱？这真不沾，没有钱，就不能安置专门负责人来领导、担□工作，所以该县的出版《阜平文化》仍不容易实现。说五块钱时，那还是没来水灾以前呀，如今一块也怕不□了！收会费吧，就□都交上，一月还收不到一块钱。

三、组织重复。阜平有宣教联席会，为各机关、各团体担任宣教工作人员的定期会议，推动宣教工作者，□□□级、村级层层□□。又据说边区政府见他们□□成绩，□各县照□哩。他们说，文救会成立得太晚了，所以文救会负责人多是宣教负责人，所以文救的工作都被宣教会□了。另外还有宣教会、救国会，如民教职员们加入文救，得拿几份会费，也不大好。

如此这般一大套，就真的泄气吗？文救会永远没办法了吗？我说，不，绝不！我想应该如下地去做，还是有办法的：

第一，教救会可以加入文救会，算作团体会员。宣教会存在，不光不妨害文救会，工作深入普遍了，与文救会有便利处。目前应当加强宣教会的工作，使文救会将来也有人参加宣教会，而且帮助宣教会。文救会应该多成立各级研究会，召集讨论会、座谈会，以吸收会员，创造自己独立的干部。

第二，各常执委，除了做自己本部门的工作之外，应帮助文救会扩大组织，动员号召所有文化程度高的加入文救会。同时各常执委□请求委员以外的人来帮忙文化的宣传工作。

第三，固然，常执委多系宣教会人员，没有一个不参加宣教会的，所以这些工作少的应首先加紧文救会工作，"人多主意多"。所以，文救会应该帮助教救会，开□会教育，学校教育研究会，贡献他们许多救亡的文化工作及教学上的意见及方法。

第四，关于经费。1. 应当按规定按期收会费，□二月了，收齐当有六元多。2. 扩大组织，会费□多。3. 募捐应经常□做，切实地做，只要有益□□，没什么不可以的。4. 以会费来出版画报售卖，不但收到钱，可保证长期出版，且可扩大文救会的影响及收到教育大众的效果。边区人民不是常喊缺乏文化食粮吗？5. 其他的办法，待将来说！

我冒失地说——只要努力工作，人、钱都容易解决！阜平的文救会同志□阜平造成文化的模范县，文化的阜平！

（《抗敌报》1939年8月6日，《文化界》副刊第2、3期合刊）

易县文化工作一般

晴云

易县文化工作，因为军队中的同志特别努力，又加以西战团到了这儿帮忙，所以很□□。这边在过去文化工作很落后，但在易县文救建立之后就飞快地进步起来。据西战团的同志们说，我们这一分区是文化模范区，易县是模范县！我现在简述于下边：

一、建立文救会。一分区的军政首长特别热心文化工作，由于政治部宣传科及地方的同志共同努力，经过了五月文化突击月之后，冀中一专□区各县文救会都成立了。

二、通讯工作。如今战士们的通讯工作大为开展了，以前只有连指导员写，但因教育的关系，战士们不但写而且写得颇好了。他们不但在墙报上贴出，而且规定了每连队每星期至少要写一篇通讯，向

《抗敌三日刊》及其他报投稿。

三、诗的热潮。这里不光经常见到街头上红红绿绿的诗，遇着大会时，还发传单诗。在欢迎国际友人史品烈先生时，有英文□□诗、传单诗。大龙华战役，在欢送军队赴战及庆祝凯旋时都有诗，而且更□青年诗人们朗诵，简直把战士们的心都打动了。以前西战团的《诗建设》只到营，因□□紧了教育，如今□边铁流文艺社的《诗战线》已达到连队的战士了。

不过，我们希望全边区都和这边一样才好。

（《抗敌报》1939年8月6日，《文化界》副刊第2、3期合刊）

文化界广播

一、边区各民众团体，素有抗战理论、哲学、社会学等研究会。如今，爱好文艺的同志又组成了边区民众文艺研究会，目前开座谈会，讨论大众化问题，并将出版《诗文》一刊物云。

二、边区各民众团体许多同志，鉴于边区识字运动，极感切要，已发起新文字研究会，现正着手组织中。

三、边区文救会拟出版译诗选两部，计十四册，清晰油印，三十二开本。第一册已由大歌唱社编辑，正印刷中。零售每册一角；合购第一部六册，五角；两部一元。

四、边区文救会发出通知：（一）号召会员用文化教育、帮助武装动员工作，拟作各县文艺及团体会员之比赛。（二）号召各县文教等建立各种研究会加紧学习。（三）《边区文化》拟于十月（十月十九日系鲁迅先生逝世三周年）□出纪念鲁迅先生特辑。现已征稿

（设计封面，鲁迅先生及其作品插图的木刻尤受欢迎）云。

五、边区第一、三专员区都建立了县文救，二专员区也有半数建立了，最近灵邱、浑源也都建立起来了。

六、《边区文化》□四期要目预告：《反汪逆精卫》（□□）、《邓拓同志在戏剧座谈会□□□□报告》、《怎样写通讯》（西战团集体创作）。戏剧特辑：（一）《戏剧的总方面》（袁牧之）；（二）《旧形式应该利用否》（晋察冀通讯社□晋程□□）；（三）《怎样利用□□□》（袁牧之）；（四）《□□理论与技巧》（□□记）；（五）《关于街头剧、儿童剧、歌剧、活报及舞蹈》（陈辉记）、《王家庄》（陈镜□）、《荣誉战士》（报告）。目录繁多，不及备载。

（《抗敌报》1939年8月6日，《文化界》副刊第2、3期合刊）

街头诗运动周年纪念

艾□

今天是八月七日，去年的今天，我们跟好些人在延安举行了晴天霹雳似的街头诗运动，那是延安的战歌社跟战地社联合举行的。

哈！热闹的延安市上，飘满了红的、白的拦街的大字布标语及国外名诗，如苏联的白德内依、玛耶克夫斯基，匈牙利的彼多斐，西班牙的□得内宜等。在顶拥挤的□楼前，顶上有一条是"街头诗运动宣传日"，它和那太阳、人们像一同高兴着，只要这一天你是在街上，那就随处看见墙上红红绿绿的纸写的街头诗，多是柯仲平、田间、高敏夫、史轮、张季纯、方绥、柳御写的。

街上到处拥挤着满脸喜欢的少年及岁数虽老、但也看得很年轻似的人们，这里一伙、那里一堆地趴在墙上，或躲在街道边上阅读。

那些简短有劲的诗呀，那红布上的"让诗歌和大众一起"呀，还有那诗的壁报呀，简直□□走在延安街上的学生、工人、军人……攀谈，谈得那么知己，那么醉迷迷的。

这一天，延安像开晚会，像过年，街头上成了那里的"工人俱乐部""机关人员合作社"（注）！

从这一天，延安的军政首长及各界人们对街头诗注意了，从这一天产生了抗大的街头诗运座谈会，八一□的陕公、鲁艺的街头诗，《新中华报》及《西北文艺》的《街头诗运特刊》。从这一天，产生了高敏夫、铁流社、战歌社及西战团到前线去的街头诗运动。总之街头诗在延安随着好多生力军向各军区出发了。

今天，街头诗已遍布了晋察冀边区的乡村及山路的岩石上。看到这里的蓬蓬勃勃的街头诗，对于一年前的今天，街头诗的生日，我们当怎样高兴地来纪念它呀！

同志们，诗歌工作者们，努力写街头诗，以诗的质量和美，深入大众来纪念去年延安的"八七"吧！

（注）"机关人员合作社"为机关人员办的合作社性的饭馆，菜饭极美。

（《抗敌报》1939年8月6日，《文化界》副刊第2、3期合刊，"街头诗歌运动周年纪念特辑"）

晋察冀边区的街头诗运动

冀林

在晋察冀边区，除在《抗敌报》的《海燕》上见过论街头诗的

文章，在《抗敌报》和《海燕》（单行本）上见过街头诗以外，许多石、油印刊物上差不多都有街头诗——不，占了大块的篇页！专门的诗刊更不用说了。诗的小册子，除了《粮食》，半年以来出版的也不下二十几种，那些多是通俗的街头诗的形式。

当边区文救会没成立以前，墙头上的街头诗都是战歌社、铁流社的人写的。如今在×庄，有××县文救常写；在××庄，阜平×小学的学生继续边区文救会在写；在××小村中也常见到边区民众宣传队的街头诗。前些日子妇救代表大会场上也布置了街头诗，在×县由铁流社写着，战地社的街头诗随着他们的脚布满了各处的墙头山路。总之，街头诗在边区是普遍了。

易县，欢送战士出征、欢迎凯旋（如大龙华战役）时有传单，并□朗诵。欢迎史品烈先生也用诗。在边区纪念抗战二周年大会场上，边区文救会的传单，送给男女自卫队、青抗先儿童团等，在这里尽着抗战建国的重要任务，扮演着动员群众的必不可少的角色。

如今，由于街头诗歌①工作者的提倡，由于文化教育团本的逐渐深入，首先，许多战士们都在写诗了，县文救会也好几次对街头诗产生了兴趣，诗歌在这里的前途是光明的！我们不能否认量是质的初步，不久，会有好的报□诗由这些□的诗人□□全国、全世界，这是可以预卜的。

记得去年在延安，所谓老诗人的×先生，看了工人饭馆中有贴在墙上，大大表示反对。其实反对新的进步的事物的，也只有他们这般有成见的人。如果他看了晋察冀这块地方，大概他思想会变一下了吧？

（《抗敌报》1939年8月6日，《文化界》副刊第2、3期合刊，"街头诗歌运动周年纪念特辑"）

---

① 按，"街头诗歌"报纸原作"诗头歌"，疑报纸排版时有颠倒脱漏，今改。

创 刊 词（《工人先锋》创刊号）

《工人先锋》在全中国悲壮热烈地举行"八一三"两周年纪念节日里，在敌寇正企图更疯狂地向边区新进攻的战斗环境里出现，与读者见面了！

"八一三"是中华民族抗日自卫战争全面展开的开始，同时也是全中华民族统一动员武装抵抗日本法西斯强盗的开始。《工人先锋》降生的呱呱第一声，也就是她今后第一个战斗任务，就是要继承与发扬团结统一全民族的一切生动力量，坚持抗战到底！坚决反对一切破坏、分裂、妥协、投降、出卖民族利益的阴谋诡计！① 首先就要团结全中国的工人阶级，动员大批工人武装上前线，为着民族的彻底解放，工人的彻底解放而斗争！

全中国的工人兄弟！在这神圣的民族自卫战争中，是保持了一贯的光荣的先锋队的传统。晋察冀边区工人，在坚持华北敌后抗战里，同样地也是起了英勇的先锋作用！《工人先锋》是全边区工人的喉舌，要保存与发扬她光荣的传统，更加英勇地为着保卫边区，巩固和扩大华北游击战争，配合主力军作战，不仅是要做抗战中的先锋，而且是要做收复失地、彻底完成抗战建国事业的先锋！

我们除以所有的力量为着胜利地完成这个艰巨的任务而奋斗外，尚希我先进的革命同志们，经常地加以帮助和指导。谨以最高的热忱，诚恳地表示欢迎与感谢！

(《抗敌报》1939 年 8 月 14 日)

---

① 按，此处原文作"就是要继承与发扬团结统一全民族的一切生决反对一切动力量，坚持抗战到底！坚破坏、分裂、妥协、投降、出卖民族利益的阴谋诡计"，语义不通，疑因排版时相邻两行间出现了字词颠倒。今据上下文文义略做修改。

边区的子弟班团结起来!

艾牧

抗战进到更高的阶段,也就是更艰苦的阶段。要渡过、战胜这艰苦,用我们的一点一滴的力量去对付日本法西斯是迫切的任务,也是顶好的办法。

子弟班,不是一点一滴的力量。反之,如果团结起来,如果用了旧形式新内容的有力武器,那无论用作政治动员,用作改良我们的生活、意识,用作把中国民间艺术提高,变为一种崭新的、大众喜见乐闻的艺术……其效果是不能以数字来说明的!

因为子弟班虽然是一种"五四式"的文人不屑一顾的团本,但是他们是中华民族的优秀子孙,是在农忙及抗战工作之外,更希望以正当文化娱乐来自学教人的。当他们锄地完了,不怕疲倦,仍披星戴月地吹拉弹唱,几至忘掉了自己明天还要下地。而他们的艺术又是老百姓最爱好的,老百姓的悲观、失望,甚至自杀的企图都曾被这种能为百姓懂得的艺术所教化、所激励。

像阜平、平山的秧歌,像四弦,像落子,如果好好利用起来,这力量将是一支艺术的生力军。因为这是一个生动的力量!

这种艺术,简而省力,民众既懂且爱。这种团体,不脱离生产,不用耗费许多金钱,若能在农闲时期,如冬天、新年、佳节……研究、排演出抗战建国的剧来,在中心政治任务布置下来,用它宣传这一任务,这效力是会如山高海深的。因为这种艺术普遍地在民间存在着,绝不是像向来没了解过(更莫说研究)秧歌的人,就"事实如此"地武断为"残余""击碎""毒素"呀!

所有边区的子弟班、所有边区的戏剧工作者及文化运动者,勇敢地利用旧形式，组织起子弟班的抗战生动力量来！

我们绝不能不理子弟班，否定旧形式，只求阿Q的胜利——大叫什么我们理论胜利了！要知道，把日本兽军驱逐到鸭绿江那边才是胜利！要这胜利到来，得把一点一滴的抗战力量团结起来呀！

（《抗敌报》1939年8月20日，《文化界》副刊第4期）

文化界广播

一、唐县文救会在军政民合作的正确路线下，在艰苦奋斗的勇毅中，在热爱文化的精神支配下，团结干部，自动筹款。现已筹到必需的一部分办公费，建立文救独立的机关，并使工作开展了！

二、《边区文化》四期不日出版，内有戏剧座谈会特辑之一，甚为充实。

三、平山文救会近组文化突击军，工作颇活跃。

（《抗敌报》1939年8月20日，《文化界》副刊第4期）

边区文艺研究会、新文字研究会相继成立

【晋察冀社特讯】不久之前，由边区各群众团体发起，边区文艺研究会宣告成立。听说已经集体讨论过两次，第一次是大众化问题，第二次是写作的政治问题。最近还要出版定期刊物《诗文》，创刊号现在编排中。

【又讯】边区文、青、工剧协，民众宣传队等许多同志，在日前发起成立新文字研究会，听说不久就要印出新文字刊物。

以上两研究会特别欢迎有兴趣研究的同志们参加。如欲报名，就寄边区文救会转云。

（《抗敌报》1939年8月26日）

前　　言（《剧运》副刊创刊号）

我们的剧运是配合着政治任务前进的！

从无数斗争的现实里，我们要把晋察冀边区的戏剧运动，创造出一支伟大的新的力量。

这些新的生命、新的力量，会兴奋着我们，会鼓舞起我们斗争的热情。

所以，我们创刊！

让边区戏剧运动斗争的热情、英勇甚至于残酷，都在这旦告诉出来吧！

把千百的子弟班组织和团结起来

戏剧座谈会上曾热烈地讨论过关于旧形式新内容利用的问题，并且决定了要把一些不脱离生产的子弟班，很好地团结和组织起来！

剧协分会根据这一个讨论，也准备了和决定了"团结组织子弟班"作为它的一个中心工作，而且要用很大的注意力去完成它！

新剧在抗战里发挥了它非常生动的政治宣传职能，灌输了而且也提高了群众的艺术素养和水准，这些功效还要在不断的工作里，更加发挥和滋长起来！

但不可否认，今天新剧运质和量上都还不能非常广泛和深入每一个乡村角落里去。事实上也证明了这点，过高估计了它，对剧运开展的正确认识，是很模糊的！

因为，我们可以注意到这些乡村角落里，它还有自己的戏剧存在着！而且拥有广大群众基础，那就是子弟班。据说阜平一县，为数达四十个。这种数目，在某几点意义上来说子弟班恰好是农村角落里的戏剧艺术工作者！

不过，子弟班演出的东西，到今天为止，还不能脱出封建意识狭隘的范围内。虽然他们比起京戏来，要自由，要不凝固！

有人也就拿这个理由来反对利用它！

越是自由和不凝固的戏剧形式，我们越能够很好地把握它和利用它。旧形式不□根本去其毒素是不对的，但新内容可以削弱它、改造它！使千百子弟班今天也能利用新的内容为着政治目的来服务、来奋斗！

"争取一切可能争取的力量"，是抗战里动员人力、物力的基本口号。因此，问题在于，子弟班的力量是不是需要争取！

答复是肯定的！

子弟班是乡村角落里农民自己的一支戏剧力量，可以利用，而且很容易争取。它将是一支戏剧游击队，配合着新的正规军，站在戏剧前哨斗争着！

但是最重要的问题在：所有先进的戏剧工作者、文化工作者要注意他们，组织他们，团结他们和领导他们！

一九三九年八月二十日

(《抗敌报》1939 年 9 月 1 日)

边区戏剧运动的总方向

——六月廿七日戏剧座谈会上讨论确定

以话剧为主流,并发表街头剧、活报、新型的歌剧。利用旧形式,号召旧戏班充分利用和尽量充实新内容,加强子弟班的领导,并训练干部。

在剧本创作方面,以边区实际情形,配合政治任务,在三民主义的现实主义口号之下,从事创作,并注意大众化、中国化、地方性,使新剧能够深入群众里去!

(《抗敌报》1939年9月1日,《剧运》副刊创刊号)

建立起我们的"通讯网"

东

全国剧协晋察冀边区分会的成立,说明了今天边区已经有了戏剧界的统一组织,也说明了,我们的戏剧运动将更能密切地、平衡地为政治服务!

边区的戏剧运动,虽然蓬勃地发展着,可是过去、现在依旧存在着很多缺点。这些缺点需要在剧运开展的过程里克服它、消灭它!

为了这些,为了我们剧运的前途,我们严格地提出和号召一个最基本的问题——建立健全的"通讯网"!

建立"通讯网"的问题,早被抗敌剧社同志提出了,而且也相当地做到了,可是这工作做得非常不够。因此,不仅需要抗敌剧社贯彻始终的努力,而且要全边区所有戏剧工作团体的努力!

"通讯网"建立的意义,不仅在各剧社对于剧协分会的关系可以密切起来，各剧社通讯员对剧协分会的联系可以加强起来，而且各剧社与剧社之间的关系也可以密切和加强起来。这样，大家才能经常地、有计划地、集体地来讨论一些问题，解决一些困难，克服一些弱点！

具体要做到：我们希望，各剧社通讯员在每月每旬初（即每隔十天），不间断地寄剧协分会一份通讯报告；各剧社之间的剧协分会至少每半月互相给一个通讯。这种通讯的形式，可以像战斗剧社的"小舞台"（其中一部分），抗敌剧社的"通讯网"□□□及过去□部分剧社曾经有过的"通讯网"都可以！剧协分会方面，半月一期的《剧运》某些部分也属于这种形式。

当然，我们希望这里要充实新的内容，工作情况和动态的报告，新创作的交换和批判，实践的经验教训的相互报告和讨论，工作中困难的报告和集体解决等，都应该是这里的一个内容！

戏剧工作同志们！"通讯网"的联系是开展边区剧运的基本着手点，中华全国戏剧界抗敌协会晋察冀边区分会谨希望全边区所有戏剧工作团体来响应这一号召！

(《抗敌报》1939年9月1日，《剧运》副刊创刊号)

致——

边区各戏剧工作□及戏剧工作同志们：

全国剧协晋察冀边区分会已于七月七日正式成立了！

本会是以团结全边区戏剧界，共为开展抗战建国的戏剧运动为宗旨的。凡是在边区现存的戏剧工作团体，及愿意为抗战建国戏剧运动服务的个人，我们热诚地希望着都来参加这一组织。

现在尚未加入这一组织的团体及个人，请向本会直接通讯联系起来吧！团结起来吧！

　　特致

戏剧之礼！

全国剧协晋察冀边区分会

（简章函索即寄，通讯处阜平邮局转）

（《抗敌报》1939年9月1日，《剧运》副刊创刊号）

一个号召

在最近一个多月的时间里，整个的边区被连绵的雨压盖着，被山洪的水冲击着。尤其是敌人用最残暴毒辣的手段与行为，在其占领区内到处挖掘河堤，因此造成这次惨重的水灾，几十年来从未有过的水灾。

这种不幸的遭遇，多少是影响到一般群众悲观的失望的情绪与意识，多少是增加了坚持在敌后方抗战中的新的困难，同时也给了敌人、汉奸、汪派、托派施展它政治的阴谋的活动和进行欺骗的宣传的机会。

戏剧界的同志们！我们应当拿着最高度的积极与热诚，把我们面前摆着的使命，现实所给予的重大的使命，肩担起来呀！我们希望着迅速地把这一问题通过戏剧艺术的形式，配合着其他宣传的方法，进行广泛地、深入地宣传；以戏剧伟大的力量，来粉碎敌人、汉奸的欺骗，□坚持群众抗战最后胜利的自信心。

这一工作是我们现在最中心的一环呵，我们拿出最大的热情来，拿出最大的努力来，完成我们的任务。

（《抗敌报》1939年9月1日，《剧运》副刊创刊号）

抗联召开文化座谈会

【晋察冀社平西讯】七月十九日下午抗联政治部召开文化座谈会，到会有白司令、吴主任、王参谋长、田间、雷峰、文救会代表、妇救会代表等三十余人。讨论的中心问题是：如何将文化深入部队和今后文化发展诸问题。开会后先是田间、雷峰两同志报告后方和晋察冀边区文化动态，接着便是自由谈话。当时大家对这个问题都热烈发言，其中白司令和吴主任亦有许多宝贵的意见贡献。最后由雷同志做了结论，就圆满地散会了。

（《抗敌报》1939 年 9 月 3 日）

苏联名歌曲作家翻译我国抗战名曲十五种 编制乐谱灌成留声机

【莫斯科十三日专电】著名苏联歌曲作家克利曼蒂克基马利夫采，已将中国抗战歌曲十五种，编制乐谱，有数种且已灌成留声机。进行曲中最受人欢迎者为：《义勇军进行曲》《大刀进行曲》及《流亡曲》等等。其词意均由名诗家沙诺宁尔托森及山鄂山阴等翻译为俄文云。

（《抗敌报》1939 年 9 月 17 日）

欢迎新战士　×分区开联欢晚会

【晋察冀社讯】×军分区在上月二十九日举行欢迎阜平营、望都营、曲阳营、完县营、唐县营、定县营共一千四百多新战士入伍联欢晚会。除×军分区政治部冲锋剧社主持的各项游艺节目外，并有×军分区黄副司令员、朱政委和二专员公署、各县机关团体代表演讲，以鼓励边区子弟兵，保卫家乡，上前线杀敌。

（《抗敌报》1939年9月21日）

文 化 消 息

【晋察冀社特讯】最近很多剧团都到了×××一带工作，边区剧协为了加强边区剧运和剧团工作上的联系，特别在本月十三日在×××召集了各剧团举行联欢大会。出席的有边区剧协、西北战地服务团、抗敌剧社、四军分区火线剧社、冀中火线剧社、民众服务队、××团、光复剧社、边区文救会等团体的代表和本社记者二十余人。此尚为剧协成立以来所召集之第一次盛大的座谈会云。

（《抗敌报》1939年9月21日）

深入边区的文化运动

边区的文化事业将近两年来随着边区的产生与发展逐渐地成长壮大起来，边区的存在与发展固然助长了边区文化事业的进步，且边区文化出版事业的活跃无疑也促进了边区抗战工作的开展。

边区的文化工作从开始以来就与抗战的政治任务密切地结合着，它曾经配合着现阶段的抗战任务在宣传、教育与组织群众的工作上起了很大的作用。它将新世纪的歌声与言语带给这一荒芜的落后地区的千百万与文化几乎绝缘的群众,并将边区广大群众从几世纪前思想上被蒙蔽的生活中逐渐地解放出来,使无数的同胞把他们的眼光从自己的一块狭小的土地上,转向广大复杂的世界,并使他们从自己贫困疲倦的破碎家庭生活中推向新的政治舞台,因而也进一步纠正了他们一向局限于日常琐事的纠葛、对政治取着无关心的态度的狭隘观点,而日益提高了和提高着自己的民族意识。所有这些文化政治水平的提高,都是由进步的革命战争所带来的进步的革命文化所赐予的。

然而边区文化事业的开展,绝不是一帆风顺地成长起来的,而是在今天抗日反汉奸的血腥的斗争中经过艰难困苦的历程壮大起来的。到今天为止,虽然边区文化事业已获得一些成果,但在最初,由于边区环境的特殊困难,不能不使它表现出素朴、幼稚、零散的现象。现在,经过了将近两年的不断斗争,已渐次地走向正规化的道路。这里,我们首先看到,过去文化工作的缺乏计划性与统一性的现象,今天已在逐步克服。在这一时期中,边区曾经建立了一些新的文化组织,使边区的各个文化工作部门得以在统一的领导下有计划地进行工作,这是一个大的进步。其次在出版物方面,无论在数量上和质量上都有了新的进展,现在单就铅印的定期出版物讲,目前已有四五种,而适合于今天抗战需要的各种丛书□已开始在现有印刷条件的可能范围内大量而有计划地刊行着。虽然目前还不能满足大众的要求,但无疑地,边区的文化出版事业今天已随着抗战形势的发展和要求在迅速地向正规化的道路发展着。即使在边区文化工作中比较薄弱的文艺工作方面,这一时期也呈现了新的姿态。譬如各种小型文艺创作刊物的增加,特别是在群众中起着很大作用的剧团工作的活跃,都是值得注意的。此外,如文艺大众化、通俗化问题与三民主义的现实主义创作方法问题,以及最近关于旧形式利用问题的提出与检讨,都不是偶然的,而是与今天的抗战、与边区文化运动以及整个文化运动的发展有着不可分离的关系的。这些都是边区文化事业发展不可否认的收获。

  但是我们不能不承认,目前边区文化工作的进步,尚不足适应于今天抗战形势的要求这一事实。尤其是当敌我政治斗争更加锐利而要求我们集中一切力量配合当前政治任务打击敌寇及其豢养下的各色鹰犬的投降、妥协、破坏、分裂的阴谋的今天,边区文化领域中所表现的工作成绩显然是不充分的。这主要的是因为今天边区文化工作部门中尚存在着一些缺点。首先应该指出,领导边区文化工作的组织以及各个文化特殊工作部门的组织还不够健全,它们还不能够充分发挥其组织的力量和作用,因而也未能表现出应有的成绩。同时,由于一些文化工作者工作的不深入和因不接近或少接近群众的实际斗争生活所导致的与斗争脱节的现象还依然存在,特别是少数个别从事文化工作者,由于本身从过去生活中所带来的旧时代文化人的不健康的传统习惯还未完全克服,致使在工作上表现出某些偏向和损失。此外,如少数人对于文化工作与文化工作者的某种冷淡、歧视与偏见的存在,也使边区文化工作的发展受到阻碍。这些都是今天亟待纠正与克服的现象。今天,为了边区文化工作的迅速开展,为了使它真正能够站在文化的岗位,担负起自己的战斗任务,我们必须彻底纠正以上这些缺点,健全与加强文化工作部门的组织,转变文化人的传统的不良作风,克服对文化工作轻视的、不正确的、偏狭、无远见的观点,使今后边区的文化工作真正能够适应和服从当前的政治任务,并深入大众的斗争中去,这是全边区文化运动当前的中心问题。

(《抗敌报》1939 年 10 月 11 日)

发　刊　词(《边区民众》创刊号)

  正当陈庄的胜利传遍全边区的时候,《边区民众》降生了。无疑义的,《边区民众》的降生是具有它伟大历史意义的。同时,它结束了过去边区各群众团体各门独立的副刊,而造成了新的联合的副刊。现在让我们来制定《边区民众》的公约,让《边区民众》中的每个民众来尊□它吧!

一、《边区民众》是边区民众的喉舌,我们要使它真正担负起代表边区民众意旨的刊物。所以,它要求广大边区民众对《边区民众》的反映和具体意见,欢迎每个边区的民众踊跃投稿!

二、把每个实际的抗战建国工作的经验、教训、成绩和缺点,积累起来,拿到《边区民众》中来,互相交换工作意见。

三、它应该是有深切内容、谦和态度和理论探讨的文字,来指导《边区民众》的实际工作。

四、把边区民众的英勇伟大事迹借《边区民众》来反映到全国、全世界去。

《边区民众》在短期间匆促地出刊了。不管我们几个同志的编辑经验如何缺乏、我们力量之如何薄弱,而我们敢于大胆地来出刊这个刊物,唯一的原因是依靠了边区民众给予我们的信心!纵然这刊物的缺点如何多,我们愿以赤诚的意志来接受边区广大民众——我们同志们的爱护、指导与批评!只有这样,才能增加我们的经验,让我们来深刻地学习到一点真的东西。

最后,我重复地说一句:欢迎不客气的批评、指导与指正!

(《抗敌报》1939年10月13日)

论文救会的组织法

文化工作是抗战建国的一部分,当然原则上和一般抗战动员工作相同。但工作的方法、方式却有着很大的不同。比如其他工作吧，组织起群众来是为了便于配合作战，所以他们有组织上的小组，另有学习小组。前者是为了工作方便，后者是为了教育方便。文化工作就不是这样，像参加文救会的会员，总不外自学、教人两个任务：前者是对自己教育；后者是教育别人，也可说是宣传工作。所以文化工作不是叫会员们也去担架、送子弹、充春耕、公粮等突击队等等，要是这样的话，就是没抓紧文化本身的工作，是变成一般的工作了，那么要文救会干什么呢？

另外文救会也不像宣教联席会——是行政机关及各团体的一个共同宣传教育机关（当然联系、配合是必要的），文救会应当抓紧自己的学识的深造及对大众的教育，所以对文艺、新文字、抗战理论、社会及自然科学、哲学的运动……才是文救组织的目的。目前在边区最实际、最需要的也就是如剧团啦，子弟班啦，歌咏队啦，诗歌啦，木刻漫画啦，时事啦，各种学术座谈会、讨论会啦，出版啦——这些工作的开展与深入。

关于这些，在边区文救会的简章、宣传教育大纲草案及组织办法内部说明了，同时在视察工作中解释过这意思。但因为边区一向文化落后，干部经验缺乏，所以在组织上，有的竟仍如一般工作一样。有的对会员无限制地吸收，以致会员极多，而这些会员实际上不但对文化工作没有帮助，反而有碍一般动员工作了！

原因是他们文化程度太低，有的更是怕出抗战必需的各种勤务而到文救会中躲懒来了。

但是，文救会不是不热心抗战的人们的休养所呀！

其中的原因固然是征收会员者的昧于文化工作的目的而致，但也由于对编小组的不明了。文救会的小组顶好是不机械地分成什么组织的和学习的两种小组，其实只有在具体工作中吸收会员——如以文艺研究会、抗战理论研究会（以上所举出的）吸收会员，就够了。新会员也只有参加这种会社，才能发挥他的实际力量。按地域、按喜爱学科的相同所编起来的这各种研究会也就是文救的小组——唯一的小组。至于什么读报小组、识字班等，那只能算文救会员工作的对象而已，那不是会员，不够会员的资格，同时他们仍需去参加一切应参加的动员工作的。

所以，文救会的组织小组与学习小组实际上就是一个——这唯一的小组即是文救会的细胞。

(《抗敌报》1939年11月17日，《文化界》副刊第6期)

建立和健全群众的剧团

夏鹰

一般地说今天边区的戏剧运动不差于任何地方，相当的普遍，也得到了广大群众的爱好。但是，是不是已经够大众化和已深入民间了呢？我以为不是！照今天的边区剧运来说，最大的缺点就是这方面。拿剧团的性质来比例，群众性的剧团还不到边区剧团总数的十分之二，这十分之二的剧团还是力量不很强的；其余十分之八是各个部队组织的剧团，他们的工作范围是部队，群众是附带的。因为他在部队里还轮流不过来，我们无法再苛求他们去深入民间。可是我们的戏剧不能只停留在部队里，它需要深入群众中去，而且还需要发展成为群众自己的东西。今天边区剧运急需要走这条路，但是光靠这十分之二而且力量不很强的群众剧团能到群众中去开展剧运吗？那是不顶多大事的。

铁血剧社能流动在平山县，但灵寿呢？

最近听说各专员公署准备成立剧团，这是个使人非常兴奋的消息。我们对于政府这种重视戏剧、提倡戏剧的态度十分拥护。

今天只有建立更多的深入群众的剧团和健全已有的群众剧团，才能完成这一艰巨的工作。戏剧也只有真正深入大众里去，才能真正使它大众化。

另外一点，我希望大家注意的：就是我们不能让某些群众剧团（如盂县解放剧社、灵邱的吼声剧社）因经费困难而解散的不幸事情再发生。我们希望各地方的领导机关和群众团体多方帮助解决经费问题，因为今天的戏剧是种很好的教育群众、组织群众的艺术。

（《抗敌报》1939年11月17日，《文化界》副刊第6期）

边区文化消息

1. 唐县文救会不久以前建立了文化书店以利文化食粮之传播云。

2. 灵寿文救会帮助当地建立一文化合作社。最近又举行代表大会，改选新执常委。闻会已开毕，今后工作当有新的开展云。

3. 边区文救最近油印出版物如下：《译诗选》（已出三册），《反对妥协投降倒退》，《大歌唱》（已出三期），《诗文》，《诗的形式技巧》；乙种诗歌丛书已出六册，计有《边区自卫军》《高粱叶》《给战斗者》《大堰河》《一支笔的故事》《诗人》；《新文字》（已出二期）。

4. 平山文救会建立文化合作社，集股千多，已在代售抗敌报社及边文救出版的书报了。

（《抗敌报》1939年11月17日，《文化界》副刊第6期）

两 月 剧 运

这二月来我们的剧运有了不少进步,尤其是创作方面。据我们统计二月公演过的剧,有不同的剧本三十七个和不同的活报七个。这里面有一半以上是边区的创作。这是值得欣喜的现象。

我们再看看二月来的创作吧!有《讨还血债》《我们的乡村》《往那里去》《粮食》《火线下》《村长》等十五个,另外在舞台技术上也有了些进步。汪洋同志的帐篷舞台已演过几次戏,据说很好。

(《抗敌报》1939 年 11 月 17 日,《文化界》副刊第 6 期)

广泛开展边区通讯写作运动

两年来,边区民众不屈不挠的艰苦斗争,已经在敌后创立了模范的抗日根据地。这一伟大的奇迹,引起了全国同胞与全世界人士的关怀和注意。但是我们边区人民对于自身的英勇事业和工作的介绍,显然是不够的。虽然成千成万的人们在渴望着了解这一地区,可是我们还没能满足他们的要求,我们还没有大量地、有计划地将边区坚持敌后持久抗战和建立敌后抗日根据地的各方面的具体工作和经验教训充分地介绍给国内外人士。因此也还未能将边区坚持敌后抗战的全貌和未来的三民主义民主共和国的雏形清楚地呈现于世人面前。因此,今天我们为了有力地回答全国同胞和国际人士对于我们的关怀与期求,为了提高与激励全国同胞的抗战情绪和国际的同情援助,为了提供坚持敌后持久抗战的经验教训和以边区千百万不愿做亡国奴的同胞的崇高行动和坚强的意志与言语,粉碎日本法西斯强盗及其走卒汉奸、托派、汪派等无耻败类的狂吠与造谣污蔑,大量而有计划地反映与报道边区坚持敌后持久抗战的事实,将边区千百万民众抗日反汉奸的英勇斗争事迹介绍给国内外人士是必要的。

为要完成上述的任务,我们觉得必须加强边区的文化工作,其中尤其是通讯工作,在目前边区的战斗环境下是更为必要的。因比这里我们首先要求边区的新闻记者和一切文化工作者能够勇敢地走入斗争的最前线,彻底深入一切武装与非武装的抗日战士的队伍中去参加实际的斗争,并迅速大量地将各方面斗争的英勇姿态与悲壮的事迹有计划地写成通讯,反映到全国和全世界去。

同时我们更希望边区的一切文艺工作者能够真正抱着埋头苦干的精神,进一步地深入现实斗争中,亲身体验今天摆在全中国人民和全世界人类面前的伟大的反法西斯侵略者的历史的神圣斗争;并将这些激动人类心灵的可歌可泣的血的故事,通过作者敏锐的眼光,用自己的笔写成伟大的英雄叙事诗、生动的故事、报告等,以便逼真地反映今天边区英雄多难的现实;指出在凶恶的民族敌人面前,今天边区各阶层人民在残忍艰苦的斗争中发生的思想上与生活上的急遽变化,并无情地揭穿和暴露日本法西斯强盗的无耻罪行,向全世界人士作正义的控诉。只有这样才能充分利用作家的锐利的笔和艺术的才能去绞死残暴的敌人,并以三民主义的精神教育中国广大人民;只有这样才能将作家的笔变为一支"拿破仑的宝剑所不能到达而我们的笔却能到达"的无敌的文化武器。

然而要将边区的斗争生活充分地反映到全国以及全世界,使我们全世界的朋友和敌人响亮地听到边区人民雄伟的歌声和怒吼,单单靠边区几十个或几百个的新闻记者和作家是不够的。我们必须将边区的文化运动和文艺运动开展成为一种广泛的群众运动,使边区千百万同胞都热烈地参加这一工作,随时随地将自己看到、听到和感到的生活和言语写出来,才能充分反映今天边区的丰富的现实。因此目前我们还应该而且必须在边区广泛地发展工农士兵通讯员和培养大批工农士兵作家。为实现这一任务，除应动员边区所有文化工作者积极组织并指导帮助群众进行这一工作外，边区各地群众同样应该热烈地响应这一号召，积极主动地参加这一工作。

是时候了，今天边区伟大丰富的斗争现实要求我们向全国人民和全世界人类喊出我们民族的伟大的新世纪的坚强语言和胜利的信号，我们应该毫无迟疑地接受这一现实的要求！

（《抗敌报》1939年11月19日）

关于《我们的乡村》及其演出

——只有我们的乡村，才能产生《我们的乡村》

田间

《我们的乡村》的作者企图表现的主题是很现实而紧要的。只是在全剧的中心点令人看到似乎偏重奸细这一方面，这是可惜的。

依我看：主要的还是因为它的故事性不强，而已有的片段故事也未有适当地展开。从那里我们看到作者在用心要把边区儿童团、妇女会、自卫队，甚至落后分子如老太婆和李四之类都要放进《我们的乡村》，想成为一个完满的剧。但也正因为如此，作者是各方面都抓到一些，而各方面都不能达到作者和读者所理想的、所希望的。

同时，这是三幕剧，而三幕的景少变动，因上面的原因称它为三幕剧，恐怕不如称它为一幕三场或者要适宜一些？

大致从演出上看，它触动现在的心并不强烈。由于发展不够，它的悲与喜的感情不很鲜明、不很充分。——如果仅仅从这一面说，那不妨稍为和《突击》对比一下，《突击》的故事也单纯，但它发展相当充分，特别是它的中间的悲剧与喜剧的气氛很清楚、很浓厚，对观众的印象也深些。

在人物的个性上，当然以李四和大队长这些角色把握得比较好些，其他的则较差。以李四来说，像李四那样的农民走入汉奸之路，我还认为转变的过程不能征服观众。虽然像李四那样的农民是可以变成汉奸的，不过，一般的小汉奸的典型还是属于本来在破落的农村里还过着卑污的生活的抽大烟、好赌钱、贪吃懒做、鬼混、爱小便宜这些恶棍的可能性最大。

至于演出时的灯光和布景是很可观的，可以晓得抗敌剧社同志的努力与进步。那我也稍为感到一点——就是那还没有尽可能地把那个时候接近战线的空气没有加得更浓厚，所以除了听到炮声与看到人物的活动以外，那时候的景与光至少对我的印象还是平静的。

最后，有人说："假如读这个剧一定还会比看这剧的演出好。"是这样吧。我因为很爱好这个剧，觉得它对于我们，对于广大的群众，可以对我们乡村产生更大的希望，加强对我们乡村战斗的梦。因之，我更要大胆地提出这些问题，借以给作者和读者参考。我想任何人都不能认为有了这些问题就肯定这剧就坏到那里。今天，我们还没有看到一个真正完全健康的剧……

向我们的乡村戏剧前进！

十一月十二日

（《抗敌报》1939年12月22日，《文化界》副刊第7期）

一封珍贵的信

亲爱的五台山的新闻战士们！

在过去廿多月的抗战行程之中，在我们暂时驻守的广大土地上，同志们以最艰苦的工作作风，最缺乏的物质条件，开拓了广大的敌后新闻领域，打击敌寇、汉奸的无耻的宣传，培养抗战建国的反攻力量。在中国新闻事业的历史上，由于同志们的艰苦奋斗，由于同志们的优良作风，由于同志们的血汗与努力，已经写上了最光辉的一页，它将随着民族解放战争的胜利而站在最光荣的前哨！

我们——中国青年新闻记者学会，纵然由于交通与通讯上的限制，与同志们无法取得顶密切的联系。然而，我们没有一天不在关切着同志们的行动，没有一天不在留心着同志们的工作，我们为同志们的胜利而鼓舞，为同志们的成功而欢忭。我们在万里关山之外，默祝同志们的努力与健康！

我们知道同志们的环境十分艰苦，即使在我们也十分困难的状况下，我们仍愿给同志们以最大的帮助和声援。在北方大平原上，我们将有不少的同志越过黄河，与同志们作亲切的携手，与同志们共同为创造伟大的时代，争取中华民族之解放与建设而努力！同时，在其他方面，我们也愿给同志们以协助，希望同志们经常与我们通讯，将需要我们帮助的事情告诉我们，当为同志们尽最大之努力！

乘我们陆×同志北上工作之便，谨以此信，向你们衷心地慰问，并要经常与陆同志取得联系。

致以

解放的敬礼！

中国青年新闻记者学会启

（《抗敌报》1939年12月27日）

冬学与妇女

【晋察冀社讯】不管敌人对边区怎样疯狂"扫荡"和无耻烧杀，

人们的心还是向着未来的幸福，人们还是拥挤在冬学的每一个角落里，艰苦地战斗着、学习着。随着边区冬学运动的广泛开展，各地的妇女们都踊跃地上了冬学，每天午后和晚上到处可以看见妇女们三五成群地到学校里识字、听课去。据去年十二月十日的统计，在虐县开办的妇女冬学就有七十二处，上学妇女八千三百二十人，这里，游击区和十区的冬学数字还没有计算在里面。各区又开办了十五六处妇女识字班的（如五、八、九区）。各区有一千八百多妇女在冬校里听先生讲抗日的道理。完全处在游击环境里的——定县的妇女冬学是直接和敌人汉奸进行着各种各样的斗争而获得她们的战斗的学习的，因为学习的机会得来颇不容易，她们的学习情绪极为高涨，虽更深人静也有诵着课本的。在那个县里，有妇女民众学校八十六处，学生四三〇〇人；妇女识字班四十二处，学生二三六〇人；妇女识字组五十二组，组员一八〇人。此外还有二十四处妇女冬学正在开办，有一千二百多个渴望着上学的妇女等待在学校的门口，后来的人还不断地向冬校的大门拥来。敌人这次在边区烧杀得最无耻的要算曲阳了，老百姓受害也很大，然而，人们的心还是向上的。在曲阳，有六十处冬学开办了，几千个妇女享受到学习的幸福。各区的成绩要算五、七、八、九这四个区最好，三区的冬学近来也有好的开展。同样的，完县的冬学运动经过宣教会的宣传督促，已有八十多个妇女冬校开办和五千零七十七个妇女上了学校，山后各区的冬学尤其普遍深入。近来教育科认为冬学干部还有加强的必要，特地开了一个冬学干部训练班，那么，对以后完县冬学运动的开展，将有更多成绩的获得，这是不成问题的。

（《抗敌报》1940年1月7日）

反"扫荡"中文化的胜利

兴奋，鼓舞！敌人准备了大半年的冬季"扫荡"，被咱们很快地粉碎了。《论新阶段》老早就料到了——在持久战里，我们一方面遭敌破坏，但另一方面却生出新的力量。（大意）是的，这里关于军事、政治、经济的暂且不谈，而单说文化一方面的，的的确确表现出咱们沉着作战、不屈不挠的姿态来：

看我们文化界的坦克车一样的《抗敌报》吧，敌人不能损伤他一根毫毛，反而比以前更生动、活跃地供给大众以精神食粮。晋察冀通讯社的记者们冲着敌人的机关枪声去找咱们的队伍采访战况，在雪山上饿着肚子摄取敌人烧杀的暴行，在敌人包围窥伺的山沟里写着通讯稿。学校也在游击中上课，而剧团都更加紧张地工作着。边区文救会临时改变了文化工作团，出版文化壁报、边区诗歌，准备建立诗协，提倡新文字，并讨论召开代表大会的计划，重新讨论边区文救在新阶段的任务，而且完成了灵寿文救的改组及平山重新登记会员的计划工作。唐县文救会在游击中配合其他群众团体做了战地文化动员工作，出版了《救灾与冬学》的小册子。灵寿文救会编辑着《灵寿文化》。平山文救不光做了重新登记会员的工作，出版了第二期《平山文化》，更针对着敌人对文化机关的摧残，完成了"九个子弟班"（秧歌七、雅乐二）的组织工作。更有些县纷纷响应了边文救的号召，有计划地开展冬学及提倡新文字的工作。

的确，在两年多的持久战里头，边区的文化工作者们也像军事、政治及其他民运一样获得了很多的经验，足以粉碎敌人"扫荡"的阴谋。他们半点不慌张、不动摇、不悲观地在拿他们正义的、新生的、进步的文化武器粉碎着歪曲的、死亡的、野蛮的法西斯的毒药文化。

文化工作者们！光明向我们跑来，尤其是各县文救的同志们，突击吧！加紧冬学工作，开展新文字的带头文化运动！不久把你的宝贵的经验在代表大会上互相讲述吧！拿认真耐久的工作建立我们文化的据点！拿我们的血汗在相持阶段里准备反攻的力量！

（《抗敌报》1940年1月7日，《文化界》副刊第8期）

新文字与冬学

司徒隆

我们的边区政府老早发出了号召——加紧冬学工作。这种利用农民的农闲来普及大众教育、提高大众文化水平及政治水平的办法，我们是极拥护的。对于这一工作，除了边区的教育界同志们，首先是文救会应该特别抓紧这个机会，突击这一工作，使边区消灭最后一个文盲。

文盲的存在应该看成是文救会的耻辱，同志们呀！

文救会的会员更应该首先大胆地拿新文字作为识字运动的旗帜，拿新文字教育作冬学中的近代化武器！如多编印新文字识字课本，多写新文字壁报，多写新文字的街头诗歌，在墙头、书上多用新文字作标题、作注解……这都是普及新文字并使冬学能够得到大的效果的具体办法。

如能大量地、普遍地建立新文字研究会，开办新文字训练班，出版新文字报纸，那是更好的。

（《抗敌报》1940年1月7日，《文化界》副刊第8期）

文化界广播

★音协已由吕骥同志等着手组织,诗协亦在酝酿中。新文字研究会、筹备会参加者极为踊跃,该会出版的《新文字》已出至第四期,最近又将有新文字识字课本的出现。

★边区政府不久将召开文化教育会议,联大要召开的文化座谈会因故延期。

★在成仿吾、徐懋庸、李凡夫、沙可夫、何幹之、吕骥诸文化人来边区后,闻留苏诗人萧三又将到边区。

(《抗敌报》1940年1月7日,《文化界》副刊第8期)

中苏文化交流

莫斯科中国艺展

参观者络绎不绝　《真理报》著文称赞

【莫斯科四日专电】中国艺术展览会已于二日在此开幕。《真理报》特为此在显著位置,揭载专文加以论列。谓中国艺展,非仅在艺术上具有伟大之价值,并且足以表示中苏两大民族具有如何之友好关系。苏联各界人士,对于争取国家独立之中国人民具有如何热烈之同情,对于中国人民之生活如何关切也。今兹之艺展,必能引起苏联各界之注意,而尤能有助于中苏两大民族友好关系之日臻于密切云云。中国艺展内之陈列品,除苏维埃博物馆所搜集者以外,尚有中国政府特别运来之雕刻陶器、瓷器等作品，莫不为稀世之珍。人民委员会代表特为此于艺展开幕时致词申谢。艺展内□《洛阳故宫》古画一幅，其完成之年代，为纪元前七百十六年，当时欧洲各国尚在野蛮时代，中国文化发达之早，水准之高，由此可见。另有宋代无名氏孤松残月古画一幅，亦极珍贵。中国人民目下如何英勇抗外御侮，多可（电码不明十八字），艺展中亦有现代中国作品，表示中国抗战之英勇。

【莫斯科九日专电】中国艺术展览会开幕以来，前往参观者，极为踊跃。计开幕后五日内，即有七千人之多。列宁格勒及卡路夫艺术家，并特组参观团来此。"中央社"记者顷叩谒名作家托尔斯泰等之感想，莫不赞不绝口。托尔斯泰称："余入会场后，恍如置身神仙境界。"著名影剧家莫基那对于中国古画传统之超逸手法甚为推崇。苏联最老之画家格拉巴称："苏联人民，对于为国家独立而战之中国人民，寄予无限之同情；中国之历史，充满灿烂之文化与伟大之艺术；苏联人民对于中国悠久之历史，莫不感觉深切之兴趣。中国政府此次特运其艺术作品来苏，使吾人得知中国艺术发展之历史，盛意隆情至深感激。"云云。参观艺展者，有作家，有画家，有演员，有音乐家，有学生，有红军官兵，有工兵。凡入内参观者，欣赏之余，莫不为之神往。少年学生对于抗战图画尤为注意。《女队员开上前线》图画一幅及《妈妈》木刻一幅，感人尤深。莫斯科交通研究院学生某，在来宾感想录上批评："具有如此先进文化、如此伟大艺术之民族，绝非其他民族所能奴役者也。"云云。此生凡言，或足以说明数千参观者普遍之感想云。

（《抗敌报》1940年1月11日）

新文化运动的一支主流

全国文化界抗敌协会陕甘宁边区分会首次代表会在延安开幕

【新华社延安七日电】经过数月筹备之全国文化界抗敌协会陕甘宁边区分会首次代表大会，于本月四日在延安女子大学开幕了。该会会场布置虽简单，但极其庄严，而又美观，有各地区及各市各机关送来之匾额不下百余幅。下午一时许，参加大会之代表及来宾均纷纷进入会场，数达五百余人，济济一堂，象征着文化界的伟大团结。下午二时许，由柯仲平同志正式宣布开会，旋即选举斯大林、季米特洛夫、罗曼·罗兰、爱因斯坦、萧伯纳、绥拉菲莫维支、法捷耶夫、米勤伐尔加，中国为××××××（电码不明）蔡元培、宋庆龄、邵力子、于右任、冯玉祥、孙科、何香凝、××××××毛泽东、王明、洛甫、周恩来、吴玉章、凯丰、徐特立、董必武、博古、张鼎丞、成仿吾、潘汉年、茅盾、郭沫若、杨秀林等三十六人为大会名誉主席团。吴玉章、王学文、杨松、吴亮平、艾思奇等四十四人为大会主席团。议事日程第四项为吴玉章同志致开会辞，他首先指出文化是时代的本质的反映，它又是时代的先驱，继续说到中国新文化运动的史的发展，颇详尽，历时四十余分钟始毕。接着是陈伯达演讲。

在热烈的掌声中，中共领袖之一王明同志报告文化界的统一战线问题。演词全文待后另发，他的讲演仍然是那么清晰、流利、响亮，历两小时始毕。是时已六时矣，大会第一天于是就此结束。大会第二天、第三天、第四天是由洛甫同志报告中华民族的新文化问题，对于当前新文化运动的方向□极确切的指示。艾思奇、周扬二同志报告了边区文化工作与国民教育工作。闻该次大会将还需数天始得结束。该大会的举行不仅对全边区新文化运动有很大的推进,而且对于全国新文化运动亦将有莫大之影响与贡献云。

(《抗敌报》1940年1月13日)

苏联人民爱好中国革命文学

杂志、报纸充满诗歌、小说、译文

【莫斯科十一日专电】苏联人民对于中国之各种新闻及中国反抗侵略之英勇故事,极感兴趣。苏联报纸读者尤其注意中国作家之作品,苏联各种文艺杂志每期载有诗歌小说及素描之译文,最著名之《那米亚》杂志上期即刊有中国萧艾梅(译音)之诗一首,题为《再见但不是久别》,在苏联风传一时。该杂志上期摘译英名记者约翰·柏尔特安姆所著之《华北前线》一书,国家文艺出版社之计刘亦包括在内。关于中国作品之译文,《中国一妇人》译本即将出版,其内容为描写中国妇女在前后方之牺牲精神。中国青年作家孙凡夫(可能即罗烽之译名)之新书《中国好男儿》,现正在翻译中。

(《抗敌报》1940年1月15日)

延安文协代表会闭幕　通过四大决议

建立中华民族新文化

【新华社延安十七日电】陕甘宁边区文协第一次代表大会,通过之总决议全文如下:(一)大会一致同意洛甫等关于建立中华民族新文化运动今后的任务,毛泽东同志关于建立中华民族新文化,王明同志关于文化统一战线，艾思奇同志关于边区文化运动，周扬同志关于国防教育的报告及吴玉章同志关于促进新文字运动，并责成边区文协及其所领导的各组织依照上列各报告及指示所提出的文化运动的方针和任务，切实推动文化工作。（二）以大会名义宣言号召全国文化界进一步地统一起来，努力促成全国文化界努力参加宪政运动，使国内文化界巩固地团结在抗战建国的统一战线之下，为中华民族新文化而斗争。（三）以大会名义通电全世界人士，为反对帝国主义战争，争取国际对我抗战的同情与援助，及为争取全世界人类文化的进步而呼吁。通电慰问前方抗日将领和士兵及全国文化界，慰劳为革命和抗战而死难的烈士家属。（四）关于以上各报告指示及文化各部门、各团体、各代表所提议，均交文协新的执委会组织各种研究会、座谈会予以深刻地研究，并依照大会精神及诸报告所规定的方针和任务切实地处理与实施云。

（《抗敌报》1940年1月19日）

今后宣传方式的发展方向

青

过去，我们的宣传工作已经获得相当大的成绩。无论在报纸、杂志及其他出版物方面，无论在戏剧、诗歌、音乐、绘画方面，质与量都有着显著的进步。然而，无疑的，新的环境新的任务要求我们不能满足于既得的成绩，要求我们有更大的发展和进步。

今天，时局的严重危机是大资产阶级投降派进一步地准备投降，我们的紧急任务是唤起广大群众坚持抗战、反对投降。同时，敌寇又在敌后加紧"扫荡"进攻，以配合投降派的投降活动，使边区处在敌寇与投降派合伙进攻之下，环境是更加困难了。

显然，在这种紧急任务与困难环境之下，我们的宣传工作为了胜利地担负起这种艰巨的严重的任务。在宣传方式上，除了把已经发展进步了的书报、杂志、戏剧、诗歌、音乐、绘画等更加发展进步以外，还必须朝向一个新的发展方向。

根据什么具体条件来确定我们宣传方式的发展方向呢？首先我们应该顾及：

第一，今后边区在敌寇"扫荡"、投降派武装摩擦与阴谋破坏的新环境下，局势的变化是异常急遽的。没有轻巧灵便的宣传方式，就不能迅速地担负起急遽变化的局势所给予我们的政治任务。我们的宣传工作就要远远地落在政治形势后边，特别是今后敌寇对于边区的"扫荡"将更残酷、频繁和深入，庞大笨重的宣传方式是无法运用的。因此，我们宣传方式发展方向的第一个原则就是要短小灵便、轻而易举。

第二，边区的人民不能阅读书报的占绝大多数，同时生活时间相当繁忙。要只靠书报、杂志这类东西进行宣传工作，无论如何是不能普遍和深入广大群众的。因此，我们宣传方式发展方向的第二个原则就是要多依靠说、唱、动作和最简单最通俗的文字（通俗的标语之类）、图画。

第三，边区人民在两年多的抗战过程中，思想意识、生活习惯各方面都有了很大的进步，这是事实；对于某些新的事物也或多或少地能够接受，这也是事实。但我们必须充分地看到：旧的传统和旧的习惯依然很浓厚地存在于广大农民之中，他们所喜见乐闻而且最易了解的还是偏重在旧形式而不是新形式（自然不是说一切新形式）。因此，我们宣传方式发展方向的第三个原则，就是要多多地利用旧形式。同时也要创作最为广大群众所乐于接受的新的东西。

根据上述三项原则，今后宣传方式上的具体方法，我们认为应该：

一、利用人人会唱的歌谱、本地小调等填进最通俗的新词，迅速广泛地传习起来，很快地可以普遍深入广大群众。

二、大量地创作通俗协韵的歌谣，普遍粘贴与口头传诵。

三、编制简明通俗的标语或问答题，写在村口巷尾的识字牌上，由站岗的自卫队员对行人实行讲授，不识其字、不明其意的不放行。

四、利用各种旧调大鼓、快板及其他本地流行的唱曲，编制新词，广泛传习，然后深入村镇，沿街清唱。

五、创作清醒通俗的连环图画，并附以协韵的说明。

六、创作简短、朴质容易演出的街头剧和利用本地秧歌戏的形式，创作新的秧歌剧本，组织本地子弟班上演。

七、利用冬学、午学、小先生制等进行口头宣传。

八、抓紧旧年旧节群众娱乐的机会，及时创作旧形势新内容的娱乐玩意儿。

九、利用农历年节的贺片、春联、年画、历书、日历等写作通俗的宣传词句。

十、利用学校放假机会，组织学生旅行宣传队下乡宣传讲演。

十一、游行、示威、开大会演讲。

并不是说我们不应该创造新的形式、新的伟大艺术作品，我们是说伟大的作品应该以它对政治任务上所起的作用的大小为标准。当着一件重大的政治任务摆在我们的面前的时候，我们必须考虑到究竟用哪一种宣传方式最能迅速普遍地深入广大群众。我们反对那种有意无意地抱着"纯艺术"的观点轻视政治的倾向。

全边区的宣传机关、文艺团体和文艺工作者们积极活跃起来吧！施展你们最具感染力、最锋利的笔和舌，创作最通俗、最能普遍深入群众的作品，把全边区造成一个广泛热烈的反投降运动！

(《抗敌报》1940年1月25日)

论县文救会必须有脱离生产的干部、自足自给的经费

如果要认真地改善人民的文化生活，使大多数的人民不再冷清清地站在文化的圈外，直瞪着文明幸福出神，在这么大的边区，文化据点是多么迫切地需要着哇！

县文救会，就正是这样迫切需要的文化据点。

本来每个县文救会都有着一百以上的会员，这些会员应做的工作有很多很多：像领导、推动与实践冬学与读报小组的工作，帮助当地救亡室的工作，提倡与实践子弟班的组织工作，各种文化团体的建立与扩大的工作，出版、发行各种文化食粮的工作，朗诵、写画各种宣传品的工作……绝不像有些人想的"有什么工作可做呀？"那样的。

因此，直接领导、推动他们去完成这些工作的县文救会，在这么大又交通不便的一县的土地上，三五个专门负责人又是多么迫切地需要着哇！

县文救会是一县文化阵营的司令部和政治部，关于全县会员的登记、编组，会费的收缴，全县文化状况与进度的调查和统计，某时中心任务下中心工作的布置，会员成绩的考核，会员需要的自学与教人的材料之供给，与军政教及其他区运之有计划地配合，上下级的联系，会议的召集——这些工作全要做的，也绝不像有些人想的"捎带着做做就蛮可以了"那样的。

所以，县文救会必须有脱离生产的干部才可能使工作开展与踏实，但要认真地把一县的文化工作做得够上抗战建国所要求的水平，够上一面打敌人一面又能推□民主、改善民生的水平，仅有这些脱离生产的干部还是不成功的。那些自给自足的经费又是多么不可缺少的

呀！人要吃饭，办公要用钱，这又是多么平常的、现实的问题！

所以我们的县文救会的负责同志，为了自己真正献身文化工作及文化事业，除了仰给于现成的补助之外，募捐基金、建立文化合作社更是目前紧要的一个工作了。因为我们的抗战是持久的，我们的文化运动及工作更是持久的呀！

同志们，我们的文化据点只是星罗棋布还不够哪，我们必须把星罗棋布的文化据点巩固起来，用一切力量巩固起来！那么，我们马上要创造干部，解决经费！

（《抗敌报》1940年1月25日，《文化界》副刊第9期）

需要一个诗协

曼青

诚然，边区的诗运在许多爱好诗歌的同志不断的努力中建立起来了，但它还是自发地在生长着，自然地在发展着。边区虽然有些文艺团体在工作，虽然有些诗歌工作者在歌咏着边区，但还是散漫的，没有很好地取得联系，没有很好地计划推动着诗运，使它仍停留在游击式的状态中。

所以，现在边区极端需要一个全边区性的诗歌团体，来把爱好诗歌的同志们组织起来，有计划地、统一地去从事整个边区的诗运，使诗运的游击队发展到正规军去，使每个诗歌工作者都好好在自己的岗位上，从事大规模的战斗。

这样，一个诗协的成立是必需而迫切的了。

最近边区诗协筹备会在边区诗歌第二期上发表了一个启事，当中这样说：

抗战已进入第二个阶段，我们的任务更加艰重，同时我们离最后胜利也就越近了。为了同志们更有计划地战斗，把力量集中起来，不浪费一滴血汗地去战斗，一个诗歌协会在这么大的边区有这么多的诗歌团体及诗人在挥写、朗诵，在钢板上，在山路上，在火线上，拼着血汗的边区更多么迫切地需要呀！

是的，我们应该这样有效地去战斗，只有这样才能发挥我们诗歌的威力，才能在抗战中发动我们诗歌上的生动力量。

这只是说：把各种散漫的力量集中起来、统一起来，在统一性的组织之下，建立起诗歌工作者之间的联系和工作的标志，但这不是取消各个诗歌团体的独立活动以及取消诗歌工作者的创作的自由。诗歌的理论问题以及诗歌的总方向，我们可以开大会以及在文字上来互相讨论和研究。

这样干下去，边区的诗运是一定有很大的开展。诗歌战线上的同志们，拥护和推动、助长这件工作吧！

一九四〇年一月十日

（《抗敌报》1940年1月25日，《文化界》副刊第9期）

号召庆祝春节期间要实行高尚的文化娱乐

反对赌博

全边区的同胞们：

春节就到了！我们要很愉快地过农历年了！尤其是在这反"扫荡"大胜利后的年节，是更令人兴奋的。一年了，大家很辛苦地过着光景，支持着抗战很艰苦的阶段，谁不想着趁这新年的机会，要找些娱乐玩一玩！让这一年紧张的生活调剂一下，来准备将来和日寇、汉奸、汪派、托派更残酷地斗争啊！

但是咱们怎样玩法才好呢？抗日的年头，就是玩也应该合乎抗日的要求，为了抗日的胜利才好。所以咱们坚决反对赌博这一条不正当的娱乐。什么叫赌博呢？就是咱们常说的"耍钱""斗牌"，这种事谁也知道不是好事。耍钱的人卖裤子、当老婆的，斗牌闹得倾家败产、要饭讨吃的人不知道有多少，不但对抗战没有好处，就是光景也过不了。这种低级的娱乐是很不好的习惯，在抗日进步的新时代，还能让它存在吗？不！不！决不！因为这赌钱的勾当，根本上不能算是娱乐的：输了既丢财失意，不大好受；就是赢了也是不义之财，心中也是不安的。不过在从前没有提倡过别种好的娱乐，所以大多数的同胞当过年节的时候，就长期地停留在这赌博上面了！

那么咱们怎样玩呢？现在我把春节期间可以娱乐的法儿，写在下面，以备大家选择，自己高兴地去玩，作为春节的娱乐。

一、各村组织剧社，练习话剧。可提倡村与村的竞赛，以求戏剧的大众化，而以戏剧教育大众。

二、各村可设武术场，使一般群众耍武术，以提高群众的尚武精神。

三、各村要加紧训练自卫队、青抗先，以加强我边区的群众武装。

四、各村要加紧冬学，加紧识字运动。在上学时可开各种茶会、娱乐晚会以及各种游戏，以提高民众的政治文化水平。

五、各中心村可以举办各种竞赛会，如检阅自卫队、青抗先，以及各种游艺会等，以引起各村竞争进步的精神。

六、其他如各种旧戏剧、唱秧歌、堂会、高跷等亦可举办，以振奋群众的精神。

以上这几种娱乐方法全是我边区同胞所容易办，而且是乐于办的。希望我全边区同胞要尽量发扬它,提高人民生活的兴趣,振奋民族精神,亦即增加了民众斗争的情绪,充实了抗战的力量,以为反攻的基础。

今天一切争取进步,一切为了抗日,对于大家娱乐的事情更是这样。我们极力提倡高级的文化娱乐生活,并且已经指示了各式各样的娱乐方法,如话剧、唱歌、各种竞赛会、游艺会等。我们不怕没有娱乐的玩意了。这样我们还不随着时代前进,还弄那低级无味的赌博吗?我想全边区的同胞,一定不会那样的,一定是要争取进步,把日本鬼子赶出中国去!增加抗战力量,巩固晋察冀边区,使晋察冀边区成为反攻时期有力的前进阵地,成为抗战建国的模范。

我们希望这一号召发出后,再没有耍钱、斗牌的分子了。如果仍有甘心堕落不求进步的,那简直是顽固分子、腐化分子,我们应坚决反对,并动员全村全区的人们起而攻之,给他以严厉的打击。更希望各界各团体努力推动,利用组织互相监督,为抗战建国共同勉励,并谨以微小意见祝福我全边区人民。

春节健康!

边区各界抗敌后援会
二月六日

(《抗敌报》1940年2月10日)

让我们的小学校成为业余的宣传队吧

周奋

当你走到一个剧团里去,总是愉快的。那里不只是工作积极,生活紧张,更使人兴奋的是那些孩子——幸福的孩子们。

那些孩子，不光天天上政治课、文化课，而且经常在山坡、在庭院的前面唱歌、跳舞、演戏，那些孩子的文化生活是优裕的。

那些孩子，不光自己生活得很好，而且用他们的唱歌、跳舞、演戏宣传抗战的道理，给老乡们以文化娱乐。那些孩子实是为建立"文化的王国"而努力着。

负责教育着那些孩子的工作同志，是多么荣誉而幸福的呵。

不过，我们还该想到中国的孩子是有很大数目的，多少孩子还生活在苦闷里！多少孩子的力量还没有更好地用到抗战上去！

就说我们边区吧，孩子也不是一个小的数目。

本来，我们边区的孩子们，因为大众生活的初步改善，大都有机会上学的，算是比较幸福的了。但是孩子们的学校里的生活，还是不够活跃的，没有很多的很好的娱乐工作赐予孩子们。因此，孩子们往往闷闷不乐，这又不能不影响孩子们对于学习的兴趣。于是，我们还会看见孩子们的顽皮的行动，如在街头打架、吵闹；也会看见孩子们的少年老成，哭丧着脸，低垂着头，弓着背……

这些孩子的生活是不健康的，他们没有优裕的文化娱乐生活。

然而，如果说，这些孩子天生顽皮，或者天生不活泼，那是不对的。因为这些孩子是会进步的，是追求进步的，当剧团的孩子们练歌、排舞、排剧的时候，这些孩子都围拢过来了——他们也要求优裕的文化生活呀！

给孩子们优裕的文化生活吧！

使我们每一个小学校，都成为一个儿童文化娱乐的机关。在功课之余，首先很好地指导他们的课外活动，如唱歌、排舞（简单的舞）、排戏（简单的戏）……使他们自立的生活健康起来。另外再使他们成为一个业余的宣传队，去给全村的老太太们、姑娘们、庄稼汉们做文化娱乐的"小先生"，以提高大众的文化生活。

这是很需要的。但有时也会碰到这样的人，他说：时间分配不过来呀。

那么，请看剧团里，每天上课，开讨论会，不也和一个学校一样吗？为什么他们时间能分配呢？无他，工作紧张而已。

我挂念着孩子们——这些新中国的主人。孩子们要生活得更好，孩子们的力量要更多地去发挥。

让我们的小学校成为业余的宣传队吧！

那么，多供给各小学校文化食粮，和给他们的工作以指导与帮助是需要的。这个工作，各个县文救会自然应该负责。

一九四〇年一月十二日

（《抗敌报》1940年2月12日，《文化界》副刊第10期）

文化界广播

一、唐县文救会新出版了《妇女识字课本》及《唐县文化》。

二、边区文救会出版了《群众的识字课本》（内以新文字作注音）、《列宁逝世十六周年纪念册》及《新年对联》。

三、抗敌报社及第二军分区政治部宣传科成立了新文字研究会以推动新文字运动云。

四、边区群众团体于一月二十一日举行了列宁逝世十六周年纪念会。仪式严肃隆重，并举行国际问题座谈会，热烈异常！

五、边区文救会最近讨论新的工作——加紧冬学识字及开展新年文化娱乐，并健全乡村救亡室云。

（《抗敌报》1940年2月12日，《文化界》副刊第10期）

晋察冀边区青记分会筹备缘起

在边区政府成立二周年纪念期间我们发起筹备青记学会的边区分会。为什么？

因为，第一，我们边区的新闻工作者，在敌后流血流汗埋头努力两年多了，但是自己没有一个统一的组织，大家都迫切要求弥补这个缺陷。因此我们发起筹备边区新闻记者自己的组织。

第二，全国进步的新闻记者，今天都正努力于学习与工作的步调的统一，好发挥统一的力量；中国青年新闻记者学会就是全国性的统一的组织，边区的新闻记者要求和全国新闻记者采取统一的步调，因此我们在边区发起筹备青记分会。

我们筹备成立的边区青记分会它要干什么？

首先，它要努力于边区新闻从业同志自身的修养和实际工作步调的统一，百倍提高边区新闻事业的质量，巩固边区抗战的舆论阵线。

其次，它要努力于沟通边区和全国的脉搏，推进全国抗战、团结、进步的舆论，创造新中国的文化。

这是一个重大的担子，但也是全边区新闻工作者自觉地要担负的伟大任务。我们期待全边区全体新闻从业同志的踊跃参加。

（《抗敌报》1940年2月12日，《中国青年新闻记者学会晋察冀边区分会筹备会专刊》）

筹备会致函总会与各地分会

总会负责的同志们：

两年以来，我们晋察冀全边区的新闻工作者，在敌寇连续不断的残酷"扫荡"下，坚持了敌后的新闻堡垒。我们揭破了敌寇、汉奸无耻的欺骗宣传及其政治上、经济上的阴谋诡计；我们暴露了敌寇、汉奸烧杀淫掠、无恶不作的野蛮兽行。同时我们不仅剖开了这丑恶的黑暗的一面，我们更指出了胜利的光明的远景，而坚定了人们"抗战必胜，建国必成"的信心。

同志们，在斗争的两年中，我们并不感到孤单，我们并不是孤军作战。我们全深切地相信，全国广大的新闻战友们，是和我们一样在跟敌寇、汉奸作同样的艰苦斗争。虽然由于交通的艰阻，我们间的联系是那样不够，而我们的心是相同的。我们相互地交流着斗争的血液，为了争取中华民族的彻底解放，为了建设三民主义的新中国。

陆诒同志北来，带来你们一封珍贵的信。那亲切的关怀，那充满温熟的慰问，给予我们全边区的新闻工作者以极大的兴奋。我们深觉，我们全国的新闻工作者应该在抗日民族统一战线的基础上，结成广泛的新闻统一战线，同为坚持抗战，坚持团结，坚持进步，准备反攻，把日寇驱逐到鸭绿江边，为建立三民主义新中国的伟大光荣的历史任务而奋斗到底！因此，边区的新闻工作者在一月十六日成立了中国青年新闻记者学会晋察冀边区分会筹备会，推选抗敌报社邓拓同志、《抗敌三日刊》丘岗同志、晋察冀通讯社刘平同志、《救国报》李宗美同志、民革社张遂同志五人为筹备委员，并决定于三月三日正式开成立大会。此后我们将与全国的新闻工作者亲密地携起手来，并在总会的指导和帮助下，加强与发展敌后的新闻事业。

现在我们正在登记会员，一俟登记完毕，当将分会筹备及成立经过报告上来，并将会员登记表寄上。我们全是没有经验的青年的新闻工作者，今后希望你们不断地与我们联系，予我们指示和帮助。会刊及其他大后方的出版物，尤盼经常赐寄。在敌后，我们最感困难的是缺乏文化粮食。

最后，我们全边区的新闻工作者，谨向你们——为抗战新闻事业而艰苦奋斗的同志们，致以热烈的新闻战士的敬礼和诚挚的慰问！

中国青年新闻记者学会
晋察冀边区分会筹备会
一月二十七日

青记分会的同志们：

抗战两年多当中，你们有的在陕北抗日民主的模范地区，有的在山西高原的山丛里，有的在河北广漠的平原上，物质条件是如此艰困，敌寇的轰炸和"扫荡"是如此残酷，你们是坚持抗战的新闻堡垒。你们艰苦的工作作风、英勇奋斗的卓绝精神，将是全国进步的新闻工作者光荣的模范。这里，我们晋察冀全边区的新闻工作同志，在关山万里之外，谨寄予无限的关怀和慰问。

两年来，我们也是在敌寇连续不断的残酷"扫荡"下，站在新闻岗位上予敌寇、汉奸以无情的打击。在斗争的行程中，我们常会想起遥远的伙伴们也是和我们一样在斗争着，虽然交通的阻隔，我们间的联系是那样不够，而我们斗争的精神是永远萦绕在一起的。我们全是为了中华民族的光明前途而努力不懈。

在妥协投降成为目前时局严重危机的抗战的新阶段中，我们必须加紧团结，更密切地携起手来，同为坚持抗战、团结、进步的政治路线而斗争着，同为新中国的进步新闻事业而向前迈进。因此，晋察冀边区的新闻工作者在一月十六日组织了中国青年记者学会晋察冀边区分会筹备会，并决定于三月三日开成立大会。今后我们希望与你们取得紧密的联系，相互交换工作的经验，使敌后新闻事业获得健全的发展。谨致以新闻战士的敬礼！

中国青年新闻记者学会晋察冀边区分会

一月二十八日

（《抗敌报》1940年2月12日，《中国青年新闻记者学会晋察冀边区分会筹备会专刊》）

关于青记总会

陆诒

这次我为《新华日报》到华北敌后来采访，附带还有中国青年新闻记者学会托我来慰问敌后新闻工作者的辛勤努力。在学会致五台山区新闻同业的公开信中，已把我们学会全国青友对你们的热忱关怀披沥无遗。当晋察冀边区政府二周年纪念会时，乘边区新闻工作者聚集的机遇，我们曾召开过两次座谈会，席间我曾简略地报告了一些关于青年记者学会的事情，同时大家决定组织分会筹备会，期望在最短期内成立"青记"的晋察冀边区分会。现在筹备会要把"青记"的情形再介绍一下，特草此文，以供边区同业先进参考。

一、青记学会是什么性质的团体？

在我没有谈本题之先，应该代表学会理事会向晋察冀边区的新闻工作同志，致最崇高的敬意。两年多来，由于你们在敌后坚忍地奋斗，创造出大批真正为抗战服役、充分带着战斗性的报纸，团结了敌后的军政民各界，坚持华北敌后抗战，也报道了晋察冀模范抗日根据地的一切动态给全中国、给全世界，坚定了全国人民抗战必胜、建国必成的信心,更兴奋了全国的新闻同业。中国青年新闻记者学会产生于抗战的炮火中,也在抗战过程中逐渐发展,它号召全国新闻同业要巩固团结,坚持抗战到底,向独立自由的三民主义新中国前进。学会的产生与发展,与中华民族解放事业有着血肉相连的关系,而两年来华北敌后新闻工作者的艰辛努力,确是我们学会全国会友光荣的模范!

青记学会究竟是什么性质的团体呢?他是一个全国性的青年新闻从业员的学术团体。虽然他始终服役于现阶段抗战建国的总任务之下,但毕竟有别于一般的救亡团体;在另一方面虽然他又是一个学术团体,但却不是一个"关起门来不管天下事"的学术团体。还在"青记"组织之前,上海有一部分记者在记者座谈会的形式下,经常讨论国内外的时事,以求舆论上做一致的表示,同时研究新闻学术及一切与新闻事业有关的问题。卢沟桥事变爆发,继着是"八一三"的炮声,震醒了全国,开始民族抗战。新闻工作者更需要团结,更需要以集体的力量,来努力做抗战中的新闻工作。乃基于客观形势的要求,在东战场大场弃守,上海各新闻机关准备退入内地的当时,成立中国青年新闻记者学会的筹备会。经一部分新闻工作者各方面推动筹备,在全国各地获得热烈的响应。乃于二十七年三月三十一日,在汉口正式成立。那时,各党派领袖、政府机关、新闻界的先进及一般社会人士,都竭力赞助这个团体之成立。从全国会友六十余人发展到现在已有一千余人,各地成立的分会已达十六个。

为什么我们一定要冠上"青年"两字呢?这是因为他是一个提倡集体工作、集体学习的进步的学术团体。我们需要会友都有青年人的朝气,虚心学习,以及为真理而献身的斗争精神。所谓"青年",不是从他的形态上去了解,而是从他的本质上去考验。譬如前任上海《新闻报》编辑及复旦大学新闻系教授郭尤陶先生,他已经是快六十岁的人了，是上海新闻界有数的老前辈之一。但抗战爆发后，他仍具有威武不能屈、富贵不能淫的斗争精神，为了劝告《新闻报》当局拒受汉奸新闻检查所的干涉，竟不惜毅然离去数十年来的职务，参加香港出版的申报馆工作，而且团结一部分香港同业，创办新闻学校，培植新的新闻工作干部。像郭先生这样的人，加入我们学会做会员，不仅不会受拒绝，而且会得到广大会友的热烈欢迎，认为他这种老当益壮的精神，是值得我们来学习的光荣模范。相反的，假如他虽是一个二十几岁的青年，但是他在认识上顽固不化，态度上自高自大，目无余子，像这一类人我们倒不能吸收他来加入学会。记得学会总会在二十七年九月四日《告全国会友书》上，曾指出"我们学会应当是重质不重量的团体，我们愿成一粒小钢，不愿成一大堆垃圾"。这是我们学会对发展会友、发展分会的基本态度。

二、两年来学会做了一些什么？

学会从成立到现在，时间快两年。在局部工作上，曾为抗战新闻工作尽过相当的推动力量，但是已做的和应做的相距还太远。首先，我们在团结全国青年新闻从业员的工作上，有些相当的收获，并且对在华的外国新闻记者也有了相当的联络。在工作方式上，我们尝试了集体工作的作风。譬如当徐州会战时，许多到徐州去采访战讯的中外记者，都围绕在"青记"第五战区分会周围，经常开座谈会，讨论并决定如何去分工采访，如何有计划地报道战讯。徐州突围时，我们曾有计划地分配会友，到每一个野战军中去搜集材料，以后还出了一本关于报道徐州突围经过的集体创作。当由徐州返汉口时，在军委会政治部陈部长及周副部长的招待席上，我们曾有系统地把在战争中所见的缺陷向当局提出，促其注意改善（这当然由于我们能在事前有计划地准备材料，以集体的力量去充实材料，分头报告）。此后在武汉会战时我们到战地去的会友，曾继续这种"集体工作集体学习"的作风，在工作与学习上，都获得了极大的成绩。

其次，为抗战而服务的工作上，我们曾在武汉外围战场上，组织了学会的战地报纸输送队，由一部分在战地上做采访的会友，用自己的力量，经常将后方的报纸及其他刊物输送到部队中去，供给前线战士阅读。并且在×××集团军、××集体军中，建立了军队的文化站，经常供给后方的刊物和书籍。此外，我们经常鼓励国内的会友，上前线去报道英勇的抗战事迹，帮助华侨记者回国来采访祖国抗战中一切进步的动态。

在学术研究方面，我们提倡集体学习，并且因为我们学会本身是一种学术组合，所以特别在会友面前号召加紧学习。总会及各地分会经常举行座谈会，请新闻界先进同业来讲演，或讨论新闻工作上的一般技术问题、工作经历。此外，还经常出版《新闻记者月刊》及《记者通讯》，出版新闻工作的丛书（已经编辑□竣□由生活书店出版的已有两种），在各地分会中，建立会友的学习小组，实践在工作中不忘学习，以不断地学习来充实自己的学识，加强新闻工作效果。

此外，由于重庆分会招待了一次国民党政员，申述政府应确立战时新闻政策，注意积极地领导与扶助，不要常停滞在"仅局限于消极的限制和检查"的阶段；旋经参政员胡景伊、沈钧儒先生等提出，在第二次国民参政会上通过了请政府确立战时新闻政策的提案。又在去年元旦在重庆开了一次全国报纸展览会，把所有在抗战中产生的报纸（尤其是敌后方及战地的报纸），都展览出来，供给战时首都新闻界观摩。

对于会友的服务工作上，我们在总会成立了初具规模的图书参考室，搜罗国内外的报章书籍，以备会友们学习时参考。在各地分会也尽可能设立小的图书馆，以便会友们阅览。在桂林、重庆等地建了记者宿舍，解决了一部分远地来的会友的食宿问题，而且作为倡导集体生活的尝试。

这些都是工作中的一部分，学会的工作是在不断地进展中，我所谈的只是在我去年六月离开重庆之前的情况。

晋察冀边区的新闻工作同志是中国新闻界的生力军，也是我们青年新闻记者学会全国会友们所要学习的光荣模范。期望在分会成立以后，能够经常与总会及各地分会取得密切的联系，把你们在敌后方宝贵的工作经验，艰苦卓绝的精神，紧张努力的工作作风，介绍到全中国各地，以推动全国新闻工作之进步。同时，各地会友对于你们在敌后方坚持新闻工作，表示极热烈的关怀，学会愿意在精神上、物质上支持你们光辉的工作！让我们永远携起手来，为坚持抗战到底，实现三民主义新中国，创造新中国新闻事业而共同奋斗！

（《抗敌报》1940年2月12日，《中国青年新闻记者学会晋察冀边区分会筹备会专刊》）

青记学会边区分会的使命

李公朴

边区的新闻记者同志们在这次边府所举行的成立二周年大会中，有一个成功，便是前所未有的集体采访。这使大会更加庄严、更加活跃，使《大会日刊》生动地完成了它的任务。此外还有一个最伟大的贡献，就是青年新闻记者协会边区分会筹备会的成立，并且规定于三月三号开成立大会。我认为这是一件送给大会极珍贵的礼物，也是边区所有新闻记者同志们极为需要、急需举办的一桩事体。分会的成立更可说是边区新闻事业发展上的一个里程碑，更为今后工作的开拓，奠定了一块稳固的基石。

青记学会是一个学术研究性质的、全国青年新闻记者的、一个模范的统一战线组织，而晋察冀边区也是全国的统一战线模范区。因此青记学会边区分会的成立，不仅是组织了全边区的新闻记者，而且他将一定能够帮助边区，推动边区，把这一个统一战线的模范区，用新闻网，把他更加巩固、更为充实；用新闻的连锁，确实地把他反映到全国，反映到全世界。这不只是期望，而且一定是不久的事实。

青记学会的"学"字，是我们所决不可忽略的。在这民族革命战争、中华民族争取解放的伟大的时代里，新闻事业配合着神圣的抗战，同整个的民族文化事业一样地得到了空前的发展。虽然我们多数青年的新闻记者并不是有着深湛的新闻学识修养或是理论上的陶冶，但是抗战锻炼了我们，使我们用着笔，用着报纸，制造出无数巨量的纸弹投向敌人，使我们更把握住了揭露汉奸、敌探阴谋诡计的锐利武器。但是实践是不能和理论分家的，"只有革命的理论，才能领导革命的行动"。我们一方面在实际的工作中学习，一方面要在理论上互相地学习。大时代的新闻记者是不应有门户之见、派别观念的。在抗日的大旗下，是要用我们自己的努力竞取技巧上的进步和成功来推动整个抗战的新闻事业。这是青记学会会员们的本分，也是所有新闻工作者应有的任务。

正因为他是一个学会，新闻事业又是文化事业的一部分，而新闻记者更是所有文化知识的获有者。因此文化教育工作在边区的倡导、开辟和推动，也就是每一位边区的新闻记者所应负有的责任。因为只有文化教育工作日益进步，新闻事业才能日形开展；只有文化教育工作做到至美至善的境地，"无冕之王"的封号才不是一个空头的誉词，才能成为代表最大多数人民说话的一个新闻工作者。

在今天，晋察冀这个模范抗日根据地，是如何的模范？怎样才形成模范？所有不模范的地方怎样学习这一个模范？……关系这些问题的正确解答，大部分是我们分会的会员们的责任，也是边区每一位新闻工作者的责任。一直到今天，顽固分子、动摇妥协分子，以及汪派、托派、汉奸，最近又有所谓合法汉奸者，这些人还时常造谣中伤边区，甚至企图分裂边区，取消边区。假如边区的新闻工作者能够运用各种的方法，把边区的一切，无论军、政、民运、文化、经济……任何方面都能经常地向全国、向全世界作正确的报道，这些问题是会减少的。自然的，随着这个工作的开展，边区才不会陷于孤境，才会得到全国以及全世界的更多更大的帮助。这个对外联系、对外报道的工作也就是一个增强统一战线力量、巩固扩大统一战线的工作，更是要我们边区每一位新闻工作者所担负的，更是边区分会的会员们所有的责任。

边区的新闻记者是在血的斗争中成长起来的，是勇敢坚决的，是纯洁无疵的，是忠于民族解放事业的革命斗士。他不仅没有过去一般新闻记者的流习，由于他艰苦奋斗的精神，将成为新中国新闻事业的开创者，像边区将是三民主义共和国的雏形一样，因此边区分会也将形成青记学会的一支生力军。只要团结下去，在斗争中、工作里学习下去，新中国新闻事业的基石是边区分会的同志们所奠定的！

一九四〇年一月二十一日于边区政府

（《抗敌报》1940年2月12日，《中国青年新闻记者学会晋察冀边区分会筹备会专刊》）

边区音协即将成立

建立边区音乐统一组织　制定音协工作纲领

晋察冀边区的音乐运动，近年来进展甚快，在巩固边区、发展边区起了相当大的作用,惟在领导督促及互相联系方面,尚缺乏统一的组织。在去年军区成立二周年大会时,到会各剧团代表召开音乐座谈会,当时一致认为边区音乐界抗敌协会的成立在目前非常必需,当推定吕骥同志、周巍峙同志及抗敌剧社三方面组成筹委会,负责进行筹备工作。后因敌人进攻暂告停顿,近正加紧进行一切工作,大致已筹备就绪。一俟负责当局核准,即将正式成立。兹将该筹委会所拟的工作纲领,探录于后,各方面如有所询,可直接和该筹委会商洽云。

音协工作纲领

一、通过各种方式,团结全边区的音乐工作者,为了抗战建国的音乐运动而努力。

二、加强音乐作品在内容与形式上的现实化与大众化,并用全力将文化真正深入民间去,使音乐运动能成为广大的群众运动。

三、抓紧各种机会加强与推促全边区音乐工作者在各方面的联系与互助。

四、出版音乐刊物,登载音乐运动的方向、音乐问题的讨论、音乐技术的研究、工作经验的报告、会员作品的介绍、音乐消息的报道等等,以作全边区音乐工作方面在理论上与技巧上的领导机关与教育机关;并出版各种音乐小丛书,供全边区音乐工作者在教学上的参考,以提高一般人的系统知识及工作能力。

五、经常召集或推动各会员举行各种形式的讨论会及组织各种经常性的研究会,以研讨音乐运动及音乐上的各种问题。

六、帮助各会员解决在工作中所发生的实际问题及一切困难。

七、通过各种办法,收集音乐材料,供各会员应用。

八、推动各方面进行民谣的收集、出版与研究的工作。

九、推动各方面尤其是各剧团经常注意与帮助各音乐干部的训练，以提高音乐水准，促进质的进步。

十、和全国音乐团体及音乐工作者经常取得联系，互相交换材料及工作经验，为了共同的方向而采取一致的步伐。

（《抗敌报》1940年2月18日）

边青记开二次筹备会

布置好下半月工作　定期召开成立大会

【晋察冀特讯】本月八日，青记边区分会召开第二次筹备会。报告检讨上半月工作，布置下半月工作，并决定三月三日召开成立大会。闻届时将邀请名人讲演，又决定出版副刊宣传青记会宗旨等几项要案。

（《抗敌报》1940年2月18日）

大众艺术的旗手

陈庄工农卷进戏剧的漩涡　完县妇女大部参加歌咏队

【晋察冀社讯】二月十七日，陈庄剧团在青救会、文救会诸同志领导下，进行第一次公演。到会者有七八百人，多系小学教师训练班及陈庄附近各村之青少年儿童团。然出演之演员全是陈庄从未有演过剧的老百姓，全是平日拿锄头的、推小车的农民，但是这次他们却能尽量地发挥他们的艺术天才，而博得全场人士之称赞。

【晋察冀社完县二十五日讯】完县一区妇女的文化娱乐，在妇救会领导下，已有神北、南北神南及南北清醒等五个村，成立妇女剧团，每晚都演出。剧的内容则以□顽固妥协投降为主要。现已造成热潮。其中尤以南神南的妇运剧团成绩最好,计前后在群众大会上出演过两次,很受欢迎。同时,一区妇女在二分之一的村子成立起来了歌咏队,边区文化食粮的提高实为空前未有。

(《抗敌报》1940年2月28日)

《黄河日报》复刊 反对投降倒退

【本报特讯】去年十二月二十五日山西《黄河日报》惨遭叛逆孙楚(他是山西省发行署主任)武装捣毁后,华北舆论界及全体军民莫不痛愤,已通电全国,对此类叛徒坚予申讨。而黄河日报社报国有志,一月二十日又坚决复刊,誓与日寇及投降派斗争到底。在《复刊词》里说:"《黄河日报》复刊必须本坚持团结、坚持进步、坚持抗战到底之意旨,反对一切分裂倒退、和平妥协的每一具体步骤与事实,必须发扬山西抗日革命之传统精神,必须尽量建筑在群众基础之上,发扬民主自由,改善人民生活,开展参战运动,在抗日民族革命统一战线旗帜下,争取抗战的最后胜利。"

(《抗敌报》1940年3月1日)

广泛建立地方不脱离生产剧团

——全国剧协边区分会的号召信

××县政府教育科、××县宣教联席会、××县文救会公鉴:

戏剧,这是一支最尖锐、最有力的宣传武器,谁也不会否认,两年来边区所有剧团的活动和在战士群众里所得到的反响,都能证明这一点。

但是，戏剧运动还没有像群众运动一样地开展；还不够深入群众里去，还不能普遍到每一个乡村的角落。因此依赖现有剧团的活动是不够的，所以只有希望着全边区广泛地建立起县的、区的、村的、不脱离生产的剧团。

阜平县准备成立四十四个村的剧团，而且第一村的剧团——城南庄前进剧社已经在元宵节初次演出了。他们演出了话剧、梆子和跳舞，成绩非常好。

完县一区在妇救会的领导下，成立了神北、南北神南、南北清醒五个村的妇女剧团，他们也演出了，而且成绩也很好！

又听说定县的青救会也成立了两个剧社，五台县正在准备成立剧社。

平山县的铁血剧社，在整个平山的各种政治动员工作上，起了伟大无比的作用，老百姓喊着这是咱们的剧社。

这些事实说明了今天各县、村广泛成立剧团的必要和作用。

我们今天不可能，而且也不需要成立像抗敌剧社、西北战地服务团……那样大的剧社，我们在剧团组织上可以非常简单，干部的要求上也不太高，只要经常地能够简单地演出来就可以。

还有，各地很多的子弟班，是可以在他们基础上发展的，组织他们充实新内容，那么是更容易了，阜平不就是很好的例子吗？

在这些上，除了干部，我们愿意尽了最大的能力和努力，在材料上、创作上给大家来帮助，同时还可以发动很多剧社来帮助大家。这些工作，我们企求着、我们盼望着在你们的推动下，在你们热烈的工作下，在你们普遍开展文化娱乐工作的前提下，广泛地建立起县的、区的、村的、大型的、小型的、不脱离生产的剧团或宣传队，使我们边区的戏剧运动，真正像群众运动一样地开展。

等待着你们的回答，等待着你们告诉我们全国里剧运情形的概况。

中华全国戏剧界抗敌协会

晋察冀边区分会

一九四〇年二月廿七日

（《抗敌报》1940年3月3日）

重庆惊人绑案！！！

《新华日报》职工十三人被绑走　所发稿件屡次横遭武装扣押
全国文化界极表痛愤

【华北新华社晋东南三月一日电】据华北《新华日报》息：中国共产党中央机关报重庆《新华日报》自创刊以来，所有言论均站在坚持抗战、坚持团结进步立场，未尝稍离，以抗战中坚、民众喉舌而受到全国人民的热烈拥护。然同时亦正因此遭受顽固分子、反动派之妒忌，被视为眼中之钉、肉中之刺。去年以来，阻碍之事即层出不穷，终至于编辑发稿子时，用武装监督，任意扣押稿件，取消社论（如一月六号社论就是整个空白）；而在发行上更受种种限制，停邮禁卖之事屡见不鲜；甚至由于刊载进步抗战文艺，竟被勒令停刊一日或两日；至于任意删字改句，已成惯例。然顽固落后分子摧残进步抗战言论的阴恶行动，尚不止此。二月二十一日夜，《新华日报》印刷部职工郜峰慕等十三人在外出途中，突然被××特务机关人员绑架而去，事后消息传出，全国舆论界均极惊愕。咸以此种不法行动，实是使敌寇称快，奸人窃笑，爱国志士痛心。《新华日报》对此不幸事件表示异常痛愤，正向当局据理交涉，要求立即释放被捕职工，并保证以后不再出此破坏团结、摧残舆论之无理的行为。而全国文化界对此亦极表关切，咸以抗战言论自由乃神圣不可侵犯，应绝对加以保障云。

(《抗敌报》1940年3月5日)

庆祝中国青记边区分会成立

中国青年新闻记者学会，是在抗战中生长的全国进步的有青年精神的新闻记者的组织。

全国进步的新闻记者自抗战以来广泛深入各个战场，自东至西，由南向北，到处挥舞着进步的反映斗争现实、指导斗争现实的大笔，鼓舞着坚持抗战、团结、进步的舆论的喉舌，为中华民族的社会的大众的抗日民主进步的新闻事业放射了一大异彩，逐渐洗涤了旧中国不健康的落后的质。这是全国进步的青年记者同志要引以为最大的欣慰与光荣的。

在华北敌后之我晋察冀边区，两年以上的艰苦斗争，更产生与锻炼了成群的最富有新生的活气与斗争毅力的进步的青年新闻工作者，活跃在模范抗日根据地的每一个角落，配合着政治、军事、经济各方面的进步。在思想、文化与舆论的阵线上，尽忠竭智，奔走、埋头于敌寇"围攻""扫荡"与反"围攻"、反"扫荡"的火线下，激发着对民族敌人与民族内奸的无比的仇恨和对国家民族与大众的深挚的爱；顽强地坚持与扩大着自己的岗位，从不被困难所屈服，紧密围绕在边区抗战、团结与进步的大纛下，勇往迈进。这更是全国进步的青年记者同志要引以为无上荣耀的。

目前面对着抗战相持阶段中，投降、分裂、倒退危险严重威胁着国家民族的生存，而坚持抗战、团结、进步成为全国人民当前的严重任务。时局好转与逆转前途同时存在着的形势，全国进步的青年新闻记者的责任，就在于如何强化与巩固抗战进步的舆论阵线，深入群众的思想的动员，痛击与粉碎民族敌人与民族内奸的一切反动阴谋，配合一切进步的力量，克服时局的逆转，争取时局的好转。

我晋察冀边区的青记分会在这样的时机成立，显然有着非常重大的意义。我们相信它的成立，将更加强边区抗战、团结、进步的新闻力量，巩固边区的舆论阵地，与全国抗战、团结、进步的舆论界协同步伐，而争取模范；更加紧张自身的工作、学习与生活，更加发扬与集中火力，和一切投降、分裂、倒退的反动势力与反动思想、反动言论行为作不调和的无情斗争而勇猛扑灭之。我们要以边区新闻界的进步力量，推动全国新闻界的进步，争取全国新闻界与全国人民抗战民主的自由，来保障与发挥这一自由权利，反对一切摧残压迫与破坏人民抗战民主自由与舆论界自由的反动行为、反动企图。

这里提到边区青记分会面前的紧迫任务，除了全国总会的一般的规定以外，就是要动员全部力量，为实现新民主主义的政治与新民主主义的文化而奋斗。我们相信边区青记分会必定能够勇敢地、健壮地担负起民族历史与当前时局所课予它的伟大的任务。

我们要庆祝中国青记边区分会的成立，祝望它的成功，祝望民族抗战、团结、进步的舆论的胜利，祝望新民主主义的国家政治与新民主主义的民族文化的胜利，祝望民族解放战争的胜利！

（《抗敌报》1940年3月9日）

教育界耆宿蔡元培逝世

【"中央社"香港五日电】中央监察委员蔡元培,二日晨因微感不适,送养和医院。延至九时三刻逝世,享年七十四岁。由吴委员铁城主持蔡氏丧礼。林主席、蒋委员长、陈部长立夫等,纷电唁香港蔡氏家属。

(《抗敌报》1940年3月9日)

抗敌剧社热烈参加宪政运动

《抗敌报》转晋察冀边区各部队、各机关、民众团体、学校各界同胞同志们!

《抗敌报》于本月十四日登载着华北联合大学成立宪政促进会之举,我们都觉着非常需要的。抗战已到了相持阶段,我们需要克服分裂倒退的危险,巩固我们的抗日民族统一战线。只有坚决地实行政治改革,广泛地开展民主运动,要真正动员全中国民众起来抗战;也只有迅速召开真正能代表民意的国民大会,制定宪法,坚持抗战,克服相持阶段的困难,也只有这样才足以争取最后胜利的!

我们抗敌剧社全体同志都热烈地拥护并响应华北联合大学的号召,组织宪政促进会,坚决地进行宪政宣传教育,愿为共同推进边区宪政运动而努力!

此致

民族解放的敬礼!

晋察冀军区政治部抗敌戏剧社

(《抗敌报》1940年3月11日)

边区人民的福音

边青记大会胜利闭幕　各地更积极推广宪政

【阜平通讯】中国青年新闻记者学会边区分会,已于本月十、十一两日,在阜平第一高小召开成立大会,计到新闻工作同志数十人。在大会上一致通过通电党政军民各界,坚决抗议一切破坏新闻事业的倒退行为,并确定今后坚持敌后新闻事业的工作纲领,推选邓拓等九人为理事。同时还成立了宪政促进会,热烈展开宪政运动,对边区实行宪政、促进全国的民主宪政等问题均有热烈讨论,更号召全边区组织统一的宪政促进会,使成为一支庞大的力量,争取民主政治的幸福早日到来。

(《抗敌报》1940年3月15日)

边文救开常委会　重新推选负责人

【晋察冀社特讯】边区文救会在本月十三日召开常委会,根据目前的政治形势决定今后边区文化的基本政策和发展趋向。同时为了开辟新的工作,改选了各部负责同志,今后该会工作定有一个新的开展云。

(《抗敌报》1940年3月19日)

又一支促宪铁流

边区剧协、美协、音协发起促宪号

用大众艺术广泛宣传宪政　把人民带到促宪组织里来

【晋察冀社特讯】促进宪政运动已在全边区热烈地展开。全国戏剧界抗敌协会晋察冀边区分会、全国美术作者抗敌协会晋察冀边区分会、晋察冀边区音乐界抗敌协会筹委会特联合发起，号召全边区艺术工作者积极参加边区促宪运动，集中更多力量来推行宪政。略谓："……我们全边区的艺术工作同志们呵！我们要大量地创作，广泛地演出，高声地唱出，用□地画出，什么是我们今天所需要的民主？什么是我们今天所需要的宪政。

"全边区的戏剧、音乐、美术工作同志们呵！用我们的艺术武器，无情地打击那些曲解宪政、阻碍宪政的投降派，用我们的实际工作，为有力地促进真正的民主宪政而努力！"

（《抗敌报》1940年3月21日）

新民主主义的艺术

城南庄前进剧社到处受到群众欢迎

【晋察冀社特讯】阜平县教育会议决定，今年度开展农村文化娱乐工作，规定各区中□□成立剧团。城南庄各群众团体响应这个号召，曾利用冬学的机会，动员各团体的群众男女四十多人，组织了一个前进剧社，在本村举行公演三天，结果成绩很好，颇得群众欢迎和拥护。该剧团决定继续扩充团员，准备作更大的贡献。

(《抗敌报》1940 年 3 月 21 日)

中国青年新闻记者学会晋察冀边区分会成立大会宣言

亲爱的各界同胞们：

中国青年新闻记者学会晋察冀边区分会，今日在敌后抗日民主模范根据地之晋察冀边区，召开大会，正式宣告成立，实具有重大意义。大会谨向我边区暨华北敌后与全国坚持抗战、团结、进步的党政军民各界领袖与同胞，致骨肉亲切的慰问与民族解放的敬礼！

我晋察冀边区新闻工作者，两年来得各界同胞之鼓励与扶助，黾勉致力各民族抗战团结进步之新闻事业，坚持敌后舆论阵地。虽然际兹全国时局激转，抗战与投降、团结与分裂、进步与倒退斗争激烈，克服逆转危险，争取民族前途，实现民族解放，决定历长期艰苦之奋斗。而边区环境日趋紧张，外敌之"扫荡"将益剧，内奸之破坏亦愈甚，巩固舆论堡垒，发扬舆论威力，实为迫切之图，□会深维自身责任綦重，用竭至诚，公告于□各界领袖与同胞之□曰：

一、整肃舆论阵线：夫欲坚持抗战团结求进步，当以巩固阵线为先。这在政治上、军事上如此，在舆论界、文化界亦如此。□今□□汉奸□□阴谋□□于外，汪派汉奸猖狂应和于内，而在□派与□派之间，乘间抵隙，嚣张南北，□□反动落伍思想为标榜，□□诱□协□伎俩，豢养走卒，作武断欺骗之宣传，传挑拨是非之谣言，企图紊乱舆论阵线，蒙蔽国人视听，削弱抗战实力，积极准备投降。凡此种种罪恶，若不彻底消除，其危害将不堪设想。故整肃舆论阵线，刷清新闻界之内奸，实为集中舆论力量，发扬民族正气，团结边区及全国新闻界□□势力，加强新闻界之统一战线，克服逆流，争取舆论好□之首要前提。

二、保证舆论自由：按言论出版之自由，原属既定之抗战国策。国民党顽固派压迫民权，变本加厉，□□□箝民之口，掩彼罪行，更不惜冒天下之大不韪，对进步之舆论界肆意摧残。近者，山西之《黄河日报》，竟遭投降派叛军所捣毁矣，重庆《新华日报》屡次被武装扣押新闻矣。进步之新闻报纸被截扣矣，发行被限制矣。更有甚者，活埋新闻记者，绑架印刷职工，亦复层层辄出。看文字之狱，重现神州，青年进步之思想，民族万代之生气，从兹殆矣，岂不悲哉！大会同仁，自幸工作于民主自由之晋察冀边区，得以免遭荼毒。然全国同业息息相关，对投敌派之反动举动，义难容忍，兹特提出坚决之抗议。切望我抗战政府，□□领袖，薄海同胞，以民族抗战舆论事业为重，惩治□党与暴徒；认真保卫舆论自由，保护新闻机关工作人员之安全，以发扬民主，实现民主，彻底执行既定之国策，战胜日本帝国主义。大会更愿□全国新闻工作者，同心勠力，誓死为争取全国抗战舆论□□□自由，实现真正之民主宪政，与一切压迫摧残进步舆论与压迫自由之反动势力作殊死战，不达目的不止。

三、深入舆论动员：今日舆论之任务，在于紧密配合军事、政治，动员广大人民，来捍卫国家民族，维护人类利益□奋斗不懈。今我中华民族遭空前之浩劫，世界有屠杀之战争，大会日系时艰，义无反顾，誓当加紧广泛深入舆论之动员，百倍激发□民之觉醒，提高大众文化政治水平；在边区则配合当前中心工作，保证胜利完成，粉碎敌寇之"扫荡"进攻，扑灭一切破坏边区之反动企图，以进步的舆论武器保卫边区；对全国则密切沟通敌后与全国各地之新闻联络，反映边区抗战进步之建设与军政民英勇斗争现实，以促全国之进步，拥护一切抗日进步势力；国际上提高中国之地位，争取国际正义之同情与援助，联合国际进步舆论界，反对国际反动派利用舆论进攻革命势力之反动行为，反对帝国主义战争，为世界人类真正永远之和平而战。

四、加强舆论领导：今日边区新闻事业之发展一日千里，舆论领导亟待加强，事之迫切，莫逾于此。夫加强领导者，统一方针也，督促学习也，干部培养也，交换理论也，提高质量也，增进效率也。凡斯种种，亟宜努力，期冀速成。大会号召全体会员，竭力以赴，务使人人有相当之理论基础，判断之政治能力，一定之军事知识，丰富之□会经验，真正之新闻学识，锐利之文字武器，刻苦之工作精神，严肃之生活态度，□担负日益艰巨之神圣任务，领导全区舆论□创造新中国之新闻事业，俾无负各界领袖与同胞之殷切期望。

上述四端，胥大会所应宣告于边区与全国各界者，甚望我党政军民各界英明领袖与同胞□以进而教之。

中国青记晋察冀边区分会成立大会叩

中华民国二十九年三月十日

（《抗敌报》1940 年 3 月 21 日）

中国青年新闻记者学会晋察冀边区分会成立大会通电边区党政军民

边区政府宋主任、军区聂司令员、中国国民党边区党部筹备处、中国共产党边区党部、晋东北五台联盟中心区分会、边区抗援、工农妇青文各抗日救国会、各报馆公鉴：

我们边区的青年新闻工作者，为了巩固敌后抗战新闻的堡垒，统一边区新闻界的舆论，与全国先进的新闻界同志，踏着一致的步伐；为了加强我们自身学习的机会，经常交换彼此工作的经验教训，更加丰富我们青年新闻工作者的革命理论，充实我们新闻工作者的革命实践，经过一个多月的筹备，现在正式组织了中国青年记者学会晋察冀边区分会，并在三月十日正式召开成立大会了。

我们全边区的青年新闻记者，首先在这里愿意衷心诚意敬向我边区两年来领导全边区民众为坚守抗战、团结、进步，扶植边区新闻工作的党政军民各界领袖，致以最热烈的最崇高的民族解放敬礼！

三年以来，由于我们晋察冀边区真正地把握着统一战线的正确方针，真正力行革命的三民主义，具体地给予全边区人民以言论、集会、结社、出版与武装抗日充分的合法的自由；由于我全边区党政军民始终如一的亲密合作，坚持抗战、团结、进步的正确的政治路线，因而大大地促进了边区民众运动的开展，加速地完成了在军事、政治、经济、文化各方面的初步建设，巩固并扩大了这个华北抗战的坚强堡垒。因而也就大大地推动了我们边区新闻工作的向前开展，使边区的新闻工作成为敌后坚持新闻战坚强的据点之一。

但不可否认的，因为我们以往没有统一的组织发挥统一的力量，因为受了客观条件的限制，在人力、物力上补充的困难，使我们今天的发展一直还表现着极大的不平衡性，一直□没有能百分之百地肩负起客观形势赋予我们青年新闻工作者的艰巨任务。这是我们今天感到十分抱愧的！

目前正当大资产阶级的投降、分裂、倒退逆流与全国人民所坚持的抗战、团结、进步的政治方向，发生着日益明显、日益严重的斗争，我们青年新闻记者的责任是更加重大了！

为克服当前时局中逆转的危险，争取时局好转，我们边区的青年新闻记者，毫无疑问地，一定要更高度地发挥宣传战的功能，继续发挥这两年来边区新闻界艰苦斗争的光荣传统。

第一，在坚持抗战、团结、进步的总方针下，我们全边区的新闻记者，今后一定要更加亲密地团结，造成舆论步伐的一致，用尽一切力量无情地揭穿敌寇、汉奸、投降派、顽固派、反共派所造成的任何公开的或秘密的阴谋诡计,打击一切企图向边区"收得失地"的罪恶行为,保卫边区完整。同时一刻不放松地以正确舆论在思想上、意识上加紧武装我们全边区民众的头脑,团结绝大多数的人民作战到底!

第二,全国宪政运动正在各地猛烈开展,我们边区当然更要大大地推进这一运动。我们一定要动员全边区的舆论,研究宪法,督促政府当局更进一步地彻底实现民主政治,用以鼓舞和激励全国真正民主宪政的实行。我们与全国人民、全国先进同业一致,要坚决反对阻碍实施宪政的行为,坚决反对禁止与阻挠人民讨论宪政实施问题,坚决反对倒退的违背民意的"一党专政"。我们完全同意延安宪政促进会提出修改"国民大会组织法与选举法"的意见,要求国民政府俯顺舆情,撤消以前圈定、指派及贿选的国民大会代表,召集真正由人民选举的国民大会代表。

第三,为创造科学的、民族的、民主的、大众的中华民族新文化而奋斗。新闻工作是文化工作中的一个重要部门,要完成新中国的民族文化的建设,首先我们青年新闻记者必须积极地努力,起先锋作用,紧握我们新闻战士的武器,与全国文化界先进站在一条战线上,反对那些含有毒素的非科学的、反民主的与不适合大众要求的文化。

最后,我们坚决表示愿以最大力量为完成上述任务而奋斗!

青记边区分会正式成立了。我们深感自身的力量还很单薄,尚望我边区党政军民各界领袖暨全边区一千二百万的同胞们,一本过去两年扶植爱护边区新闻工作的精神,随时给我们精神上的鼓励和物质上的帮助,并不断地提出批评和指示。这是我们全体青年新闻记者所最热望的。

敬致

抗战胜利的最敬礼!

中国青记晋察冀边区分会成立大会叩

三月十日

(《抗敌报》1940 年 3 月 21 日)

青记学会晋察冀边区分会工作纲领

一、统一边区新闻界步伐，集中舆论力量，无情地揭穿和打击日寇、汪派、托派、汉奸、投降派、顽固派、反共派以及一切反动派的阴谋诡计。加紧武装群众头脑，巩固抗战建国的思想阵地；同时肃清新闻界中暗藏的民族败类，清除日寇、汉奸、反共派、投降派、顽固派的一切落后的武断的欺骗宣传与反动思想的传播。巩固敌后新闻堡垒，随时准备舆论力量，配合军事政治，粉碎敌寇的"扫荡"进攻！

二、坚决执行抗日民族统一战线，争取绝大多数人到抗战中来，坚持抗战、团结、进步，争取时局好转，争取反攻阶段的到来，为彻底实现三民主义共和国而奋斗。

三、帮助政府彻底实现边区的民主政治，努力促进全国的宪政运动。广泛深入大众的民主政治的教育，坚决反对阻挠宪政实施与假宪政、反宪政的一切反动行为。力求废止民国二十五年的"宪法草案""国民大会组织法与选举法"，力争有选派代表出席国民大会的权利。

四、密切配合边区当前的中心工作，在舆论上动员全边区党政结合一致参加，保证每一工作的顺利完成。

五、团结全边区的青年新闻记者，强化抗战、团结、进步的舆论，为全国青年新闻工作者共同争取为国抗战舆论的充分自由。反对反动派对舆论的压迫与摧残，共同致力于创造新中国的新闻事业，并为实现民族三民主义的科学□□□□中华民族新文化而奋斗！

六、广泛宣传并大量反映边区抗战进步的建设与军政民英勇斗争的事实到全国和全世界去。沟通与密切敌后方与中国各地的新闻联络，扩大晋察冀边区的政治影响，提高中国在国际上的地位，争取国际的同情与援助。以边区方面的模范事实，推动全国各方面的进步，打击一切破坏边区的反动企图，以进步的文化为舆论的武器，保卫边区。

七、加紧自我教育，大量培养新闻工作干部。互相交换工作经验教训，发扬工作、学习与生活的艰苦的作风，使每个青年新闻记者，都能具备下列八个条件：

（一）相当的理论基础；（二）判断时政的能力；（三）一定的军事知识；（四）丰富的社会经验；（五）真正的新闻学识；（六）锐利的文字武器；（七）刻苦的工作精神；（八）严肃的生活态度。

（《抗敌报》1940年3月21日）

记边区青记成立大会

晋察冀特派记者　隆浦　邓康

一

三月十日，边区青记分会成立了。

青年的边区新闻从业员从不同的地区自己带着粮食、马干和背包，集拢到阜平。在阜平西头一高那里，你远远可以看到两个雄伟的红绿毛狮子，这是大会布置股同志替它装饰的。从狮子那里上几个阶梯，你的视线可以通过雅洁的展览室和清秀的牌坊，一直看到庄重的别有天地的会场，它一定会给你一种会心的愉快，那是青年记者同志自己的精力和热情的集体劳动的结晶，这些都是其他的会所少有的特点。

从后方来的《新华日报》记者袁勃先生带着欢愉的心情，也来参加这个大会。

大会上充满了青年人的欢笑和活泼的姿影，这是第一次边区新闻工作者大团圆。

大会开幕后首先选出了□蒋委员长、毛泽东先生、总会长江先生、邵力子先生、军区聂司令员、边区宋主任等为名誉主席团。

在来宾讲演里，袁勃先生告诉了我们在远后方的伙伴怎样在反动的逆流里坚持进步团结而进行艰苦的斗争，怎样为了坚持抗战而大声呼号，如今在敌后方找到了和他们站在一条战线上、朝着一个方向而战斗的兄弟堡垒。

在青年□面孔上看见了边区青年新闻工作者要团结起来，将会发挥舆论的作用，将会以他们抗战进步的纸笔压倒反倒退的逆流。

"我们是正规兵团了"，有人这样说着。的确，我们成为敌后方的战斗正规军团，这个军团也跟其他武装战斗的军团一样，正在团结积蓄力量，准备着胜利的反攻。

袁勃先生以及抗战文艺工作团周而复、周韦明等来宾，讲出了他们对边区青记的诞生的庆贺，并祝她的健壮，而且提出了他们对边区青记的希望。

邓拓同志代表青记致答辞。首先他对那怀着无限热情的来宾所期望于青记的意见诚恳接受后，接着他便讲到作为晋察冀边区的新闻工作者所应努力的重大任务，他讲到敌后的新闻工作者应该怎样整肃舆论阵营，加强舆论指导，保障舆论自由，来与敌后战争联合战线的配合，特别是与边区军事政治中心任务的配合。他的话成为我们边区新闻工作者今后战斗的方向，成为边区新闻界奋斗的紧急任务。

这时，严肃而紧张的气氛包围了会场，边区青年新闻工作者为着这些伟大的工作在夸耀后而感到自己负荷的重大使命。

会议热烈地选出了刘平、丘岗、邓拓、李宗美等九位理事，并发表坚持抗战、团结、进步，反对投降、分裂、倒退的宣言。

二

第一次边区青年新闻工作者团聚在一起集体地学习。

开始由邓拓同志报告目前国内外时局的现状。他广博的学识,对问题以政治家的远见予以深刻的科学的分析与估计,使我们对国际国内的形势有了明确的概念。

之后,全场开展了热烈的讨论,创造了新闻工作者学习新的集体作风。

为了团结与发挥舆论的力量,广泛地推进新民主主义宪政的实施,大会决定成立宪政促进会,要用事实告诉大后方的人民,晋察冀边区一千二百万的人民一定要实施宪政,任何挂羊头卖狗肉的假牌子货我们都要把它揭穿,把它打碎。

大会积极地讨论了这个问题,无论怎样,边区青年新闻工作者要为实施宪政而呼喊。每个边区新闻工作者要担负起促进宪政的任务。

三

一间小小的展览室里陈列着两年来边区新闻事业的成果,但是这里收集得并不完全,我们知道每个村庄都能看到不少的铅、石、油印的报纸,假如堆积起来,这间小屋可是放不下的。

这里也粘着一张垂死的日本帝国主义卑鄙地窃取《抗敌报》的题字,仿效《抗敌报》的编排的伪报纸,它企图鱼目混珠,淆乱观众,但是广大人民是会看破这套无耻把戏的。

从展览室走回来参加晚会。

《抗敌报》及晋察冀社的话剧,从这里都能看出来敌后新闻工作者们艰苦奋斗的作风,在任何环境中,他们还是挥动了他们的武器。这是全边区新闻工作者应该学习的。

群众参加了这个晚会,他们瞪着眼,看着这些替他们说话的人怎样演戏,人民和新闻工作者们一齐笑了。

新闻史上又翻过了一页。

(《抗敌报》1940年3月21日)

青记学会晋察冀边区分会致电全国新闻界

"中央社"、新华社、民革社、《"中央日报"》、《新中华报》、《新华报》、《大公报》、《"扫荡"报》、中国青年记者学会总会各地分会及全国各报馆、各通讯社公鉴:

晋察冀边区新闻工作者,为加强我舆论界之团结,统一我仝边区及全国新闻界之步调,集中舆论力量,巩固新闻堡垒,力争时局好转,共同为坚持抗战、团结、进步与建国事业而奋斗,特于三月十日正式成立中国青年记者学会晋察冀边区分会。两年以来,我边区新闻工作者,由于我全国各地先进同业之辅导,由于我边区真正力行三民主义,充分赋予人民以出版、结社、集会、言论之自由,因而使我边区新闻事业的发展日有进步,能坚持敌后舆论阵地,直接与敌寇、汉奸及一切反动派的欺骗武断宣传作殊死之战。此大会成立之初,应为我全国各地先进同业告慰者!然际兹时局危机,国内投降派、顽固派、反共派大肆嚣张,公开违背既定之抗战国策,钳制舆论,剥夺抗日新闻工作者之自由权利,日益变本加厉。晋东南《黄河日报》之被捣毁,《新华报》记者之不幸惨遭活埋,沉冤不白,血迹未干,而重庆《新华报》十余职工,又闻在我军警森严之战时首都,突被绑架去!显然投降派、顽固派之企图,直欲根本摧残进步新闻机关,大量杀戮我进步的新闻工作者,蒙蔽人民之耳目,钳制人民之口舌,为日本帝国主义效忠,做投降的实际准备。此□可忍孰不可忍!值此青记分会成立大会期间，同人等坚决表示向一切摧残新闻机关，束缚人民言论、屠杀进步新闻工作者、违背既定抗战政策之暴行，提出最严厉的抗议！同时集中全边区舆论力量，动员我全边区一千二百万人民，誓死为死难之先驱同业申雪不白之冤，为我中国新闻界作有力之后盾，不达目的不止。大会并向我被难之新闻事业致最亲切的兄弟的慰问和哀悼！

大会深切希望我全国先进同业，在坚持抗战、团结与进步的总目标下，更加亲密团结，彻底刷□□新闻界暗藏□□奸，整肃我舆论阵地，群策群力，□□国内外一切反动势力作战到底！我们深信，最后胜利者一定不是屠杀人民、摧残舆论的投降派、顽固派、反动派，而是真正的正在呼吁勇敢牺牲的我全国进步的人民与进步的新闻战士！谨此电达，诸祈明教！

敬致

兄弟的敬礼！

中国青记晋察冀边区分会成立大会叩

三月十日

（《抗敌报》1940年3月21日）

电贺青记边区分会成立

亲爱的大会同志们！

中国青记边区分会□日在国际的政治形势和政治斗争极端严厉的环境下，召开成立大会，实具有伟大之历史意义。敝报成立两年来与全边区新闻界同人共同奋斗，黾勉坚持敌后抗战、团结、进步之新闻堡垒，对青记边区分会之成立，尤具无限热烈之希望。敝报同人切望由大会之成立，更加强化民族抗战、团结、进步之舆论□力，整顿舆论之阵线，保障舆论之自由，深入舆论之动员，加强舆论之领导，为新中国之新闻事业奠定巩固之基础。敝报同人愿在分会正确领导之下，为实现上述目的而奋斗。特此电贺，谨祝大会胜利！

抗敌报社全体同人叩

我们谨以无限的兴奋和热忱来庆祝青记边区分会的成立。

我们当深切地感到，对于从事敌后新闻工作，我们的力量太薄弱了。青记边区分会的成立，使我们有机会接受□□新闻工作者的宝贵经验，使我们有机会提高新闻工作的素养，使我们更加热切地与全边区全中国的新闻□□□先进结合在一起，共同担负宣传群众、组织群众为最光荣的任务。

青记边区分会是中国青记学会□□力□□□坚□□□抗战的新的队伍。□□□□□的新闻工作者，全边区□□□□爱国同胞，都在希望□□深□□青记边区分会的组织，一天天发展壮大，发挥应有的作用。

《救国报》

（《抗敌报》1940年3月21日）

边文救执委会
拟组织文协边区分会　号召文艺界参加宪运

【晋察冀报特讯】边文救会于二月十四日召开执委会，并于晚间召开文艺座谈会。会议有袁勃同志报告大会□文艺运动现况及大家讨论如何开展边区文艺工作，一致希望有文协分会组织，最后并且到会全体文艺工作者发表号召文艺工作者参加宪法运动的启示如下：

抗敌报社转全体文艺工作同志们！我们每天都听见我们的领袖、父母、兄弟、姊妹们大声呼喊要求实行宪政——新民主主义的宪政。这种争民主的呼声和我们的血液交响着……

文艺工作者们！站在晋察冀边区、站在文艺阵地的前哨上。今天我们是为消灭敌人而斗争，今天我们也要为实行宪政而斗争。特别是我们文艺工作者们，要让我们的笔得到民主，像祖国、像人民所要求的民主一样。

我们必须呼喊宪政！我们必须反映宪政！我们必须得到宪政！

艾芳　叶频　董逸风　丘岗　周而复　华伦　仓夷　邓康　施克
罗夫　史轮　孙犁　邵子南　陈辉　袁勃　田间　炜克　陈布洛
叶□宣　曼晴　韦明

（《抗敌报》1940年3月23日）

灵寿冬学结束　积极开展春学运动

【晋察冀社灵寿二十一日讯】灵寿冬学运动现在已经圆满地结束。由于群众学习情绪很高，并再要求继续学习，因此该县特发起春学运动号召，全县群众均热烈参加。为要彻底完成政府规定扫去文盲的数量，全县各个村子现正积极组织春学委员会，动员青抗先、儿童团及男女自卫队全体参加。由县文救会制发课本，每日上课一小时，每月测验一次。自三月九日起至五月十四日止，为春学的时期。今后民众的政治文化水准将有一个新的提高。

（《抗敌报》1940年3月25日）

晋冀豫区成立新闻界促宪会

向全国提出救国大计两端

三月二十九日——黄花岗纪念节的时候，晋冀豫区新闻界宪政促进会正式成立于敌后前线太行山，并为挽救目前时局危机，争取抗战胜利和平，更通电全国，提出救国大计两端：第一，全国加强团结，讨伐汪精卫及其暗藏的党羽，制止一切汉奸、汪派反共摩擦的罪行，促成全国的亲密团结。第二，厉行宪政，实行民主，保障民权，扶植舆论，保障言论、出版、集会、结社之神圣自由，规定新闻界代表得享有参加国民代表大会的权利。

（《抗敌报》1940年4月14日）

中苏文化交流

莫斯科中国艺展获各界人士好评

【莫斯科二十日专电】莫斯科之中国艺术展览会，广获各界人士之好评。自开展以来，观众达五万五千人。苏联的陶器及丝织设计专家，每日到会参观、记录中国丝织及陶器之式样。最近中国政府续送艺术品两百件来此，参展中抗日作品尤博观众之赞赏。

（《抗敌报》1940年4月24日）

青记学会延安分会抗议李亚凡被枪决事件

【新华社延安二十六日电】成都《时事新刊》编辑李亚凡被枪决的消息传来后，中国青记学会延安分会特提出抗议。抗议书里说道：

"成都抢米事件中李亚凡遭受莫须有的罪名而被枪决,成都《新华日报》代销处遭受封闭,陕甘宁边区新闻界同人闻之莫不愤慨!目前文化界、新闻界竟有逆流自在四溢,能不使全国新闻界痛心!我们要以一切力量,协同全国先进的新闻界前辈,与这种违反抗战国策、摧残人民意志之罪恶行为作斗争,并为争取言论、出版、结社的自由胜利而坚决奋斗!"最后,该抗议书内并提出对当局的要求:"(一)抚恤李亚凡先生家属。(二)向全国新闻界道歉。(三)保证今后新闻界言论出版的自由。(四)取消一切危害抗战的查禁书报法令。"

(《抗敌报》1940年4月30日)

开辟新中国的音乐

边区音协成立　吕骥等任常委

【本报特讯】晋察冀边区音乐界抗敌协会□经数月之筹备,已于四月中旬在平山正式成立。所到团体会员代表□人,会员及各界来宾共数十人,大会中修改与通过了筹委会所提之音协工作纲领和组织草案,并选出个人会员吕骥、周巍峙、□肃三同志,联大文工团、抗敌文工团、西战团及抗敌、战线、七月、先锋、火线、冀中火线、边区印刷局、火光等剧团为执委。当即推吕骥等三同志与西战团、四分区火线二剧社为常委,负责进行会务。现在正进行人员登记,并广泛征求会员,以便划分地区,成立分会与小组。凡没有填表或准备加入者,请赶快去函与吕骥等三同志办洽入会手续。又,音协机关刊物正在加紧筹备中,闻最近即可出版。

(《抗敌报》1940年5月6日)

目前宣传工作具体方针

郑广宣

一、实行总理遗嘱，唤起民众一致抗日

（一）相持阶段唤起民众一致抗日的重要性：广泛宣传抗战已实际进入相持阶段中，这一方面是更进步，抗战更向前迈进，更进一步地向最后胜利的目标推进；一方面也是困难更多、危险更多与更加艰苦的阶段。尤其是在敌后坚持抗战的边区，势必遭受到敌寇更残酷的"扫荡"与汉奸、顽固派更凶狠的破坏和捣乱。为了保卫边区，保卫全民族，必须更进一步地依靠民众，更广泛、更深入地唤起民众，把边区的广大人民更深入普遍地动员组织起来与敌寇、汉奸、顽固派进行坚决的斗争。

（二）争取伪军反正：必须了解，被日寇汉奸欺骗麻醉、强制威胁而充当伪军的广大同胞，其中大多数并非甘心永远做日本奴隶的。争取他们反正过来，为祖国的独立自由而战，具有极重大的意义。

（三）动员武装：没有更强大的八路军，若想保卫边区，保卫人民的生命财产，渡过难关，争取抗战的最后胜利是不可能的。因此，必须唤起民众，热烈从军，使边区广大人民把参加八路军看作是最光荣的事情，造成争先恐后、踊跃入伍的热潮。

（四）反对顽固派摧残民众：坚决明确地指出，顽固派不云唤起民众抗日，反而摧残、屠杀、压迫、逮捕从事抗日救国的民众，是违反民族利益与孙中山先生的遗教的罪恶行为。这应受到政府的法律制裁。若姑息纵容，使其逍遥法外，则不仅是弁髦国法，而且是违反了

孙中山先生的遗教，全国人民、全边区人民□群起反抗。

二、实行民族主义，坚决反抗日本帝国主义

（一）彻底揭穿日寇及国际反动派的诱降阴谋：广泛宣传日寇及国际反动派的一切"和平""调解""提携""共同防共""共存共荣""四十九与五十一"等欺骗宣传都是灭亡全中国的诡计。中国只有坚持抗战到底，把日寇赶到鸭绿江的对岸才有出路。

（二）反对阴谋反苏的亡国政策：广泛宣传并解释中国现时的革命，是新民主主义的革命，客观上实际上是无产阶级社会主义的世界革命的一部分。只有社会主义的苏联、各资本主义国家的无产阶级及革命大众、各殖民地半殖民地的民族解放运动，才是中国革命最可靠的外援；大资产阶级顽固派的亲英、亲美、反苏的政策，是葬送中华民族的生命的亡国政策。坚决反对大资产阶级顽固派与英美法帝国主义企图引导中国参加反苏战线、卷入帝国主义的反革命战争。广泛宣传苏联为各殖民地半殖民地及弱小民族的革命运动的积极援助，确实使广大群众深刻了解苏联和平政策及其对中国的伟大援助。

（三）开展反汪运动：更普遍、更深入地扩大反汪运动，彻底揭穿汪逆的伪"中央政府"是一切汉奸、民族败类的垃圾堆，是敌寇政治诱降的工具。粉碎其利用"国民党""国民政府""三民主义""青天白日旗""实施宪政""开放政权""和平运动""反蒋反共"等无耻花样以欺骗民众，引诱一部分对抗战动摇、失掉胜利信心的大官僚、大地主、大资本家对日投降及出卖民族国家的阴谋。

（四）反对破坏统一战线，坚持团结，坚决打击一切破坏国共合作、破坏统一战线的言论和行动，彻底粉碎日寇、汉奸、顽固派的挑拨离间、造谣中伤。明确指出：要想坚持抗战到底，要想真正实现民族主义，没有国共两党的合作和抗日统一战线是不可能的。一切反共

的言论和行动,都是投降派准备投降的具体步骤。

三、实行民权主义

(一)"反共""反八路军"即准备投降,即反对民权主义:坚决反对借口"统一",狂叫"一个主义",企图取消共产党、共产主义、八路军、新四军与陕甘宁边区的专制主义。有力地指出,共产党是抗战最坚决的党,共产主义是最有利于中华民族与中国人民解放事业的主义,八路军、新四军是最忠实于抗战的军队,陕甘宁边区是最进步的民主抗日根据地。没有它们就没有今天的抗战,更没有抗战的最后胜利,它是不该取消也不能取消的。明确指出,在不违反抗日与民族利益的条件下,一切党派都有公开合法的存在权,妄想取消别人、只要自己的一党专政的思想,不仅是违反抗战利益、违反统一战线的原则,同时也违反孙中山先生的民权主义。

(二)反对顽固派非法蹂躏民权的罪恶行为:反对顽固派在全国各地摧残进步青年、解散救亡团体、封闭抗日书报、捣毁新闻文化机关,非法逮捕、屠杀各地抗日民主政权工作人员,以及《防制异党活动办法》《处理异党实施方案》等违反民权主义的罪恶行为,要求在全国各地保障人民有言论、出版、集会、结社、武装抗日与反汉奸的民主权利。

(三)要求中央政府实行真正的民主宪政:要求国民政府迅速结束一党专政,实行真正的民主宪政,反对换汤不换药的宪政,要求修改国民大会的"选举法"及"五五宪草"与"国民大会组织法",反对限制人民宪政运动及讨论宪政问题的乖谬主张。

(四)彻底实现边区的民主政治:巩固边区民主政权,健全村代表会,实行县级与区级政权的民选,建立边区的各级参议会或议员代表会。开展边区的宪政运动,号召边区各界人士与开明士绅积极参政，巩固各个革命阶级联合的抗日统一战线的边区民主政权。

四、实行民主主义

（一）改善农民生活：彻底实现边区政府新颁布的减租减息的法令，实行"土地法"中地租不得超过土地生产物收获量的百分之三十七点五的规定。反对敌寇、汉奸、顽固派的烧杀抢掠与压迫剥削。

（二）改善工人生活：实行八小时工作制，增加工资，改善工人（包括农村佣工）的待遇。

（三）开展农工生产运动，推行节约运动：加紧春耕、麦收、修渠、整滩，促进工业、农村手工业与农家副业，普遍建立合作社，开展合作运动，实行自给自足、自力更生的经济建设。推行节约运动，反对浪费现象，改善人民生活，充实抗战的物力、财力。

（四）改善人民的文化娱乐生活：开展民族的、科学的、大众的新民主主义的文化运动，以提高群众的文化政治水平。扫除文盲，活跃农村，改善人民的文化娱乐生活。

（《抗敌报》1940年5月12日）

各地妇女配合武装动员

灵寿妇女成立宣传队　阜平组织妇女抗敌队

涛

【本报特讯】灵寿一区牛庄村妇女自卫队、儿童团听到武装动员的号召后，自动组织了武装动员宣传队，结队到各乡演剧宣传，连五六岁的小女孩，也都参加演剧。

【晋察冀社四月二十七日讯】阜平县三区妇运工作近年来非常活跃。最近他们为了配合目前武装动员和迎接敌人的新进攻，区妇救在本月××日号召组织战时妇女抗敌队，崔家沟首先响应，并在十九日召开村干部会议时，正式成立崔家沟村战时妇女抗敌队。现正热烈发动全区妇女参加战时妇女抗敌队。

（《抗敌报》1940年5月14日）

庆贺学联成立

联大将全体休课一日　并举行员生联欢大会

【本报特讯】本月十五日，为学联第一次代表大会开幕的日子。华北联合大学为了表示庆祝边区学联的开幕，华北联合大学学生会、同学会为了表示对其边区学联的爱戴与拥护，很快地产生了出席学联的代表。决定于大会开幕之日（十五）全校休课一日，并于是日举行员生联欢大会，讨论边区学生运动等问题云。

（《抗敌报》1940年5月14日）

为更高度地爱护边区人民的报纸——《抗敌报》而号召

《抗敌报》是边区人民的报纸。

《抗敌报》自从发刊至今已历二年有余，出刊数百期。在这过程中，它充分忠实地代表了全边区民众的意志，说出了一切边区民众的言论。不可否认的，它对于巩固边区、支持敌后抗战、坚持全国抗战上是起了伟大的推动作用的。

第一，是坚持了"坚持抗战、团结、进步；反对妥协、投降、分裂、倒退"的进步主张，坚定了全边区人民抗战胜利的信心，掀起全边区人民参战、参加生产的热潮，识破了敌寇的阴谋诡计和一些政治上的欺骗、麻醉、宣传。边区之所以成为敌后抗战堡垒，《抗敌报》是它成功的不可缺少的一部分！

第二，它曾把晋察冀边区的模范统一战线工作，介绍给全国各地，巩固了全国的统一战线，和团结了一切进步的言论主张，坚决地和敌寇、汉奸、顽固分子、投降派作了无情的思想斗争，推进着民主政治，鼓舞了边区各种进步法令政策的实施，反对了顽固派、投降派的限制人民的言论、出版、抗日之自由，促使着民主宪政的早日实现。

第三，它忠实地担当起边区人民抗战忠实的报道，用真实、通俗、锐利的笔墨记载着边区民众的英勇斗争。这些斗争的史实都是边区民众血汗的结晶，是中华民族解放不可缺少的一件结晶。

第四，它指出了前进的方向，教育着边区人民，提高了边区人民的文化水平，使边区人民在长久落后的农村中，接受着新文化的陶冶，培植下□□科学的思想的源泉。

因此它无论是在政治、经济、军事上和文化教育宣传上，以及坚持抗战、团结、进步的言论主张上，都是和边区民众的英勇斗争血肉相连的。它不仅代表了边区民众的言论意志，而且教育了边区民众的思想意识，它已变成边区人民言论出版的总机关。正因为这样，更给了敌寇以心腹大患。而秉承敌寇意旨的汉奸、顽固分子、汪派及其卖国走狗们，便想尽方法，进行破坏我们边区人民的喉舌——《抗敌报》。如最近日寇伪造《抗敌报》，企图破坏其威信；顽固分子对《抗敌报》的造谣及借故控告抗敌报社，并且有意破坏与阻止抗敌报社之运送报纸，等等。

我们全边区一千二百万人民，必须热烈地反对顽固分子破坏抗敌报社的行为。《抗敌报》是与我们每一个人都有着密切关系的，它和我们人民是分不开的；我们要用高度的热情，无论在运送上、发行上和阅读上都要拥护它、爱护它。

一、我们号召全边区的人民，尤其是自卫队和各团体的会员，要在完全自愿的原则下，甘心情愿不要代价地为抗敌报社运输报纸以及一切必需品，并保护它的安全。

二、我们号召全边区各机关团体用我们更亲密的团结来拥护边区人民的报纸——《抗敌报》，爱护《抗敌报》，击破敌寇、汉奸、顽固分子、投降派对《抗敌报》的一切阴谋破坏行为。

三、反对伪造《抗敌报》及一切汉奸报纸，揭破敌寇、汉奸在文化上、政治上向我边区的进攻。

四、要多看《抗敌报》，研究《抗敌报》，并且要多发表意见，用我们广大人民的意见贡献给《抗敌报》，来表示我们边区人民对《抗敌报》的爱护与拥护。

晋察冀边区工农妇青抗救会启

（《抗敌报》1940年5月22日）

晋察冀边区学联会成立宣言

在此革命与战争的大时代，在神圣的民族抗战确定进入相持阶段的新时期，在全国民族民主革命运动中大部地区的学生毫无自由与保证的情况下，我晋察冀边区学生，为了团结全边区的学生，为了强固抗战进步力量，誓死保卫边区，坚持敌后抗战，为争取时局好转，准备胜利的反攻，于五月十五日召开首届代表大会，正式成立边区学生之战斗司令部——边区学联。它将要担负起团结组织全边区全体学生青年，参加抗战建国的神圣事业，坚持抗战、团结、进步，进一步地促进边区新民主主义教育之发展；促成师生的亲密合作，提高边区青年的学习积极性，领导学生学术思想之研究；发展学生抗日救国运动，改进边区学生的政治经济生活，推动全国学运之真正统一，求得青年统一战线进一步的发展与巩固的伟大任务。

在第一次代表大会上，我们一致通过，要为以下具体任务而努力奋斗！

一、团结组织边区广大学生青年、广大知识青年，建立与巩固广大学生抗日民族统一战线，为反对投降、分裂、倒退势力，坚持抗战、团结、进步而斗争！

二、动员与组织边区广大青年学生，参加学生宪政运动，求得真正民主宪政的实现；开展全国民主运动，保证学生抗日救亡的自由，反对任何奴化、奴役、麻痹、摧残，以及顽固落后的反动教育。

三、团结沦陷区、游击区知识青年，揭破敌人的奴化政策与毒化教育，号召平津各地青年学生，保持与发扬光荣的革命传统，参加保卫祖国的自卫战争。

四、推动新民主主义的教育，进行和开展边区新民主主义文化运动，强固先进的科学的思想理论战线，来粉碎一切汉奸、汪派、托派、投降派反对学生的荒谬言论。

五、积极动员青年学生，参加各种社会服务，积极与工农群众打成一片，向广大的工农群众学习，锻炼自己，提高自己。

六、有计划有组织地团结青年学生，自动参加各种抗日民主的思想研究，研究马列主义和革命的三民主义，提倡文化娱乐的活动，保证全体同学身心的健康发展！

当我们各代表聚集一堂，成立边区学联之际，我们对沦陷区的同学表示无限怀念。我们深切知道你们所遭受到的痛苦，我们知道敌寇加在你们身上的压迫和奴役，我们是无时不在为你们担忧。同学们！具有光荣的革命传统的中国学生，是决不甘心忍受日本强盗的奴役，决不无声无息地受敌人的压迫和杀害的呀！我们要挣脱敌人套在我们头颈上的锁链，向着光明的大道前进！我们要继承"五四""一二·九"的英勇精神，进行坚决的战斗呵！

亲爱的同学们！我们渴望着你们回到祖国来！参加我们民族神圣的战争！和城市周围广大的工人、农民青年兄弟一道进行顽强的抗日斗争！

最后让我们高呼：

全边区青年解放万岁！

全中国青年解放万岁！

新民主主义的新中国万岁！

晋察冀边区学生抗日救国联合会
一九四〇年五月十五日

（《抗敌报》1940年6月1日）

边区首次创办的乡村艺术干部突击训练班
——西战团工作介绍

周巍峙

自己的准备工作

边区乡村中的艺术干部及艺术团体的组训工作是我们西北战地服务团新的工作方针中最主要的部门，而乡村艺术干部突击训练班的开办，又是组训工作中解决干部缺乏、材料缺乏的最基本的办法。所以当我们确定新的工作方针后，就一方面去实际组织与领导乡村剧团，以作组训工作的尝试；另一方面即以很多时间及人才，来进行训练班的筹备工作。我们拟定了训练班下面的各种具体计划：

一、训练目的：训练领导地方典庆及其他文化娱乐工作领导。

二、训练时间：每期暂定两周、四周或至一个半月。以专区或县为单位，每处一期或数期。每期达三十人即开学。

三、训练内容：

（一）政治：1. 社会科学的基本常识；2. 目前抗战形势及任务。

（二）艺术：

1. 戏剧：（1）戏剧常识；（2）演员的基本常识；（3）怎样编剧；（4）怎样导演；（5）怎样利用民间艺术来反映政治形势。

2. 音乐：（1）怎样唱歌；（2）识简谱；（3）指挥；（4）作曲基本常识；（5）怎样利用民谣小调。

3. 美术：（1）基本常识；（2）写标语；（3）画宣传画。

4. 文艺习作：（1）□□写作常识；（2）报告□；（3）诗歌、小说。

（三）□□□□：1. 排演新旧戏剧，练□□编；2. 学习新□□□的指挥，试填民谣小调□；3. 学习绘画及文艺□□，供壁报材料；4. 问题研究。

（四）课外活动：1. 壁报；2. 小组会；3. 文化娱乐；4. 民运工作。

四、学生资格：凡具有高小毕业以上的文化程度，年在十六岁至二十五岁，忠于抗战，稍有艺术条件和兴趣者，男女皆可。

五、学生来源：每村或每中心村酌量保送一名，县区各救会亦可保送。

六、经费类别：（一）学生伙食；（二）办公费用。

七、经济来源：（一）主要由主办机关负责；（二）各救会帮助；

（三）进行募捐以补不足。

同时，细心地观察了乡村剧团的一般人民的文化水准、艺术条件和爱好的程度，并成立了戏剧、音乐、美术、文艺等研究会。根据观察结果集体商定了一致的训练内容及讲授办法，连学生的管理都谈到了。

正式筹备到开课

由于边区的乡村剧运普遍地开展，而干部恐慌则成为最应迅速解决的严重问题，因此边区各方面对这个问题都很焦虑，但本身又无法解决。所以当我们在四专署各县教育科长联席会上谈到训练班的问题时，就得到大家非常热烈的回答，经费都认为不成问题。学生的粮食及训练班的其他费用他们都愿意从整个训练经费里抽出一部分来支付，否则也可从别的费用里节省一点来弥补这笔支出。

十天后，六个县的学生就来了五百多人，分成两个训练班，分别上课。为了能够比较整齐一些，讲授比较方便起见，在这当中就淘汰了一百多人。

过了两天，这边区第一次开办的艺术乡村干部突击训练班就正式上课了。

三专区听到消息，也要求下期到他们那儿去开办，现在他们还从很远的地方调来不少学生，参加受训。

学生程度、生活与管理

学生程度大部分是初小或高小学生，中学的也有一些，当中还有一些小学教员和群众团体及政党的工作人员，来自乡村剧团工作的人也有二三十个。年龄差不多都是十五岁到二十五岁的青年，个别大一点的也有。女生占全数五分之一左右。

这,虽然是艺术人才的训练班,但在生活纪律上还实行了适当的军事管理;而在整个作风方面,却又注意发扬民主精神,因此才能够做到严肃、紧张、团结、活泼的程度。

课程的比例

课程分艺术与政治两类,艺术课又分戏剧、音乐、美术、文艺四种,另外还分许多小项,如音乐课中又分"怎样唱歌""指挥与教歌""识谱法"与"怎样利用民间歌谣"等等;政治课是基本政治常识、目前政治形势与统一战线等。

因为是训练艺术干部,所以艺术课就占了四分之三的时间。艺术课中,为了实际需要及学生程度的限制,所以又偏重戏剧和音乐。

教授法与教学方针

教员都是我们团员担任,有些政治课则请别人报告。教授法注意用语通俗,讲授提纲尽量简明扼要,使笔记方便。多读实际事物,多举具体例子,少读空洞理论,少用难懂名词。现在除了个别同志因为口音不易听懂,大部分都能听懂,提纲也能记下来了。又因为大家对这些课程很感兴趣,抱着很大热情来受训练,所以学习情绪都很不错。

在上课时及上课前后,教员经常要学生答复问题,另外又抽看学生笔记,以考查接受的程度。因为大家经验都很缺乏,所以除了日常交换教学意见外,每星期并召开教员会议,专门讨论教授法的优点、缺点及经验教训;两个班之间也经常交换工作经验,使大家都能经常改正、进步。

在整个教学方针上,我们是注重实习,多从实际练习中来弥补讲课的不足,同时也可提高学生的技术。譬如每天唱歌一个半小时,在这当中,除教新歌外,并使学生有实验发声、教歌、指挥与识谱的机

会。戏剧方面，现在每小队都在排戏了，除了正导演是教员外，其余的副导演、一切演员及后台工作人员都由学生担任。这不但实际谈到导演、表演等问题，而且使学生们对剧团管理的办法，也能得到不少经验了。美术课上课二三次，就叫每人练习素描，有些学生画起手榴弹、大枪来也很像样。文艺课则注意实际写作，由教员修改，并加解释。最后一个星期将全是实习时间，而且要领导学生分队出外，实际帮助附近地方剧团，提高学生的工作能力及为将来工作中的参考。

此外，我们并准备在毕业后，将全团重新分组，随同学生回到县区帮助他们开展乡村艺运，并借此实验我们的训练成绩。

我们的估计与希望

我们想到要在这短短□一个半月里，使这样的对象能都变成坚强的艺术干部，事实上不可能。因此，我们只有根据对象程度，抓住主要方面，以突击的方式，简明扼要地使他们在总的原则上有些概念，不致违反整个边区的艺术运动的方向。同时，他们对于艺术各部门能有系统地了解一些基本常识及创作方法，将来不致枉费许多精力。在另一方面，我们是注重实习，在这当中来提高学生的技术能力与实际工作经验。我们相信这样的干部对目前乡村剧团的领导与帮助上，是可以起着作用的，作用的大小是否能够达到我们的希望，我们自己也还不敢有很大的把握咧！

二十九年六月五日

（《抗敌报》1940年6月11日）

边区剧协为纪念"七七"号召村剧团积极准备演出

【晋察冀社十三日讯】本月十日,边区剧协为热烈纪念"七七"——抗战三周年纪念日,特号召全边区村的剧团,积极创造包含有实际政治意义的剧本,多多利用时间排练,以期"七七"能很好地演出。

(《抗敌报》1940年6月17日)

中共晋察冀边区党委宣传部对一九四〇年七月纪念节宣传要点

一、"七一"是中国共产党诞生的十九周年纪念日,"七七"是中华民族神圣抗战的三周年纪念日,边区从七月一日到七月七日规定为坚持抗战团结和实行民主政治运动旬,这是具有非常伟大意义的。

(一)十九年来,中国共产党始终站在民族解放斗争的最前线,站在反帝反封建民主革命的最前线上。特别是近三年来,中国共产党无论在前线、在后方,在军事、政治、经济、文化、党务、民运各方面的积极努力和艰苦奋斗,洵称为中华民族最优秀的儿女与前线战士。只有中国共产党才能提出抗日民族统一战线,指出抗战的三个阶段;特别是在最近一年来着重提出的坚持团结、抗战、进步的政治路线成为目前克服投降、分裂危险,争取抗战到最后胜利的唯一旗帜和武器。

(二)由于国共两党二次合作,发动了和坚持了伟大的中华民族的神圣抗战,形成了中国历史上最生动奋发、勇往前进的三年,迫使敌寇不得不支持其心所不愿、力所不及的长期侵略战争。我则愈战愈强，敌则愈战愈弱。现在已经确定地进入了相持阶段，愈益接近了最后胜利。

（三）由于在抗战营垒中的大资产阶级、投降派、顽固派接受了帝国主义列强和敌寇的劝降诱降政策的影响，对抗战动员实行怠工，积极反对民主，破坏团结，破坏国共合作，破坏抗日民族统一战线，投降倒退的逆流在目前则以更大规模的阴谋叛变而严重地表现出来。

（四）共产党领导的八路军、新四军，从抗战以来，即活跃于已被敌寇沦陷的地区，纵横驰骋于华北数省及大江南北各战场，收复了广大的国土，建立起敌后广大的抗日民主革命的根据地。晋察冀边区在三年来的斗争中，不但起了战略上伟大的配合作用，给予敌寇以极大的杀伤和消耗，而且由于党政军民的亲密合作和民主建设的伟大进步，已经成为任何反动力量不可摧毁的铁的长城，成为克服投降倒退逆流、争取时局好转的一个重要因素。

二、实行民主宪政，是克服投降倒退逆流、争取时局好转的重要条件。弥漫全国的民主宪政运动的热潮，已经形成了一个严重的斗争。晋察冀边区进一步地建设民主政治，对于推动全国实行真正民主宪政的斗争，将起着极其重大的争取时局好转的进步作用。

（一）边区进一步地建设民主政治，用铁一般的事实揭露投降派、顽固派一党专政的借口是荒唐无稽、荒谬绝伦的。它将进一步地证明人民热烈参政及其伟大的创造力，以打破视人民为"阿斗"以及奴役人民的邪说。坚决反对宪政其名、训政其实的一党专政的假民主宪政的号召，团结一切主张抗战与民主的人们，力争全国真正民主宪政的实现，结束祸国亡国的一党专政。

（二）力争抗日人民、抗日军队与抗日党派有选派代表参加国民大会的权利。在边区新的民主建设运动中，选举出席国民大会的代表，要求召开真正由人民选举的全权的国民大会，把边区新的民主建设与全国真正的民主宪政运动密切地结合起来！

三、七月纪念的口号：

（一）坚持抗战、团结、进步！反对投降、分裂、倒退，反对进攻八路军、新四军、陕甘宁边区及一切进步势力，打倒一切反共的汉奸。

（二）拥护中国共产党领袖毛泽东同志领导抗战！拥护中国共产党，拥护八路军！共产党是中华民族和中国人民的救星！

（三）坚持国共长期合作！巩固与扩大抗日民族统一战线！反对投降派、顽固派挑拨中国军队的自相残杀的内讧阴谋！要求蒋委员长充分接济前线，反对一切破坏边区的阴谋！镇压掩藏在边区内部的投降、顽固、反共特务分子！

（四）实行总理遗教，唤起民众一致抗日！要求国民政府迅速结束祸国亡国的国民党一党专政！实现真正的民主宪政！立即给予全国人民以言论、集会、结社、武装抗日的自由！承认各党各派的合法权利和地位。

（五）全边区人民一致动员起来！参加边区新的民主建设运动！为争取新民主主义的政治的模范而斗争！欢迎沦陷区的同胞参加边区民主运动！粉碎敌伪、汉奸、汪贼的卖国政府！及时地选举国民大会代表！力争出席国民大会的权利！促进全国的民主宪政运动！武装保卫边区！保卫麦收！随时准备粉碎敌寇投降派的"扫荡"进攻！

坚持国共长期合作！
中华民族解放万岁！
新民主主义的新中国万岁！
中国共产党万岁！

中国共产党晋察冀边区党委宣传部
一九四○年六月八日

（《抗敌报》1940年6月19日）

半个月来经验介绍

训练乡村剧团的经验教训

西北战地服务团组训组

从四月八号起我们就开始了对乡村剧团的训练工作。地区是围绕我们驻地——井院沟附近十里左右的六个村庄，有易家庄、城南庄、花山、梨园庄、梨树漕、公查地。有的村子是每天都去，有的村子是隔一天或两天去一次。在这半个月中进行训练一共三十三次，差不多完全做的排戏唱歌的工作，文化问题没有讲过一次，美术问题只是在城南庄前进剧社讲一次。

在这半个月的训练工作中，我们得到下面一些经验教训。

一、群众的热情

在这半月之中，使我们最兴奋的就是群众对于这个工作的高度热情，不管他们忙碌了一天（尤其是现在，如春耕、弄杨叶、坚壁清野等），从庄里跑七八里地到村公所来，他们可以牺牲晚饭和多半夜的睡眠，排戏、唱歌，一点不说疲倦。每次当你要走的时候，还是很热情地要求你："再教几遍！""再排一遍吧！""明天还来给我们排！"

他们每个人都争取演戏，你派角色时，他们都争着喊："我当！我当！"你派定了，那没派上的人，就有些不高兴。第二次排戏，如个别角色未到，就争喊着："我替他！"但是替上的究竟有限，于是要求我们多排几个戏。特别是梨树漕，他们不但要多排，而且恨不得一下就演出。他们常常这样问："什么时候演出呢？""快点排吧！"于是我们说："只要你们好好用心排，排好了立刻就演出。"

妇女们更是热情。

四月七号我们派一个女同志到易家庄去发动妇女参加剧团，一号召就有十七八个青年妇女参加（大半是没有出嫁的姑娘和刚结婚的媳妇）。而且，她们自己还跟我们说："谁谁很好，她参加剧团一定很行，住娘家去了，我们把她叫回来吧！"于是她们妇女自卫队就开会决议把她叫回来。

梨树漕有个妇救主任四十多岁了，这次排演，自动担任演"母亲"的角色。

所有这些情形，不要说边区以外的人听了要惊讶，就是我们做这工作的同志事先也是想象不到的。

二、我们遇到的困难

在我们的工作中遇到了下面这些困难——

（一）男女关系问题。这里面有这样几种现象：

1. 演戏可以，但不能男女合演。

2. 男女合演可以，我只演姑娘，不给别人当老婆。

3. 年轻的姑娘不愿意演老太太。

4. 演老婆可以，但打听演丈夫的是谁，不同她适合的又不来了。

5. 什么都可以，实际做起来手足都不敢动了。

6. 妇救会主任前去进行鼓动，但她们要妇救会主任起模范作用。

这里不是说边区的妇女还是封建得要不得，实是第一次干这个，总是有些不习惯。有的本人没问题，而家庭有问题，不是她丈夫不高兴，就是她婆婆不高兴。

（二）不识字。因为不识字的占多数，他们不能看剧本，台词你得一句一句地教他，同时剧本中的词句在说惯了土语的他们听来，比我们听他们那土语还别扭，至于语气和感情就更困难了。

（三）工作忙。因为他们都是不脱离生产的，参加剧团的都是村里的优秀者，工作比旁人还要多些，有时应该集合排戏了，他们的工作都还没有完。

（四）秩序乱。因为剧团刚组织起来，内部纪律还不够健全，因而秩序不太好，如集合慢、早退、乱吵吵、吵架。这些以城南庄前进剧社为最甚。

（五）音乐水准特别低。识谱的能力全没有，音阶的把握不准，会唱的几个歌子大都唱变调了。现在他们习惯上已成定型，无法校正。

三、我们怎样克服遇到的困难

我们克服已经遇到或还要遇到的困难的基本方针是——

（一）要耐心，反对急躁；

（二）要认真，反对马虎；

（三）要持久，反对遇困难而退缩。

当我们一开始遇到男女问题的困难时，我们每一组都配合上女同志，到各村剧社去深入地详细地解释剧团的意义和男女关系等问题，反对以过去戏子的观点来看今天的剧团，坚决反对占便宜瞎胡闹，把舞台上的关系拿到台下来开玩笑。特别告诉负责人要严格注意这种现象，此外他们还要到那些女团员家去解释说服她们的家长或丈夫。经过这样的工作以后，这个问题现在可以说已经没有什么问题了。

各部门的分工与负责不够科学化，这在一开始的农村剧团里是免不了的。我们除去给他们分工和经常解释以外，有时也给他们做些事务工作，如找团员排戏，替他们借灯、点灯，或接洽一些事，慢慢地他们就会了。

记台词是最困难的。为了不打击他们的热情，也不能一字一句地按剧本上念，生句子或字眼，他们感觉不合适了，也可以改成他们的本地土话，但意思是不改的。为不使厌烦，一面排动作，一面教词。因为争演戏的很多，所以被派上的人，我们是一面对他鼓励，一面又警惕他："你如不好好演，我就换别人了。"有时根本就派 AB 制的演员，叫他们互相竞赛，争取做好。为了不使那些派不上戏的失望，同时排两个戏，同时还可使两个戏的全体演员互相竞赛。

教唱歌的时候，在没有学会以前，不许他们自己唱，必须学得很准之后，才许自己唱。因为在唱得不准以前，自己一乱唱就容易错成一个定型。

有的剧团如城南庄，他们旧戏的传统很深，桌子摆在中间，一边一张椅子，演员出台总要到台口转个圈回来，再坐到椅子上，这些我们都很耐心地给他们说服了。

为了提高他们的情绪，不使他们感到厌烦，有些地方不能求之太苛，而是多加鼓励，尽可能使他们演出，这是鼓励他们最好的方法。四月二十号，××救亡室开晚会，花山剧团的歌咏队就演出了一次，这次就对他们有了很大的鼓励。最近我们正在准备一个附近地区剧团的联合公演。

每个剧团都有很多儿童，他们要求跳舞的情绪特别高，可是我们团里大人不能跳儿童舞。为了满足他们的要求，我们把团内几个跳过舞的小鬼组织起来，加以训练。最近每次出去都要带上我们的小鬼去，给他们教跳舞。

最后，我们提出一个问题，需要各方面负责同志们设法解决，就是村剧团团员的劳役问题。希望能把排戏或演戏工作也和一般的村政工作、和自卫队工作一样看待。

（一）排了戏或演了戏的第二天应酌量减轻其劳役，这样才能恢复他们的疲劳。

（二）在排戏或演戏时，不要因劳役而临时抽去。

自然，这个问题之解决要各方面工作的有机配合，最好能规定一个制度，这样对乡村文化工作的开展是有很大的帮助的。

二九年四月二十四日

（《抗敌报》1940 年 6 月 19 日）

本报同人纪念高尔基举行座谈会并欢迎陈克寒同志

【本报特讯】本社全体工作同志，于本月十八号高尔基逝世四周年纪念日，召开纪念高尔基暨欢迎《新华日报》华北版记者陈克寒同志座谈会。开会后首由邓拓同志报告开会意义，大意是在今天纪念高尔基，我们要坚持敌后新闻工作；欢迎陈克寒同志，今后应加强《抗敌报》与《新华日报》的联系。继有刘平同志致欢迎辞，陈克寒同志亦讲话。末后复展开对今后边区文化运动总方向及文艺创作方法、戏剧问题、新闻工作问题等热烈讨论。最后，由邓拓同志作结论，大会始圆满结束。

（《抗敌报》1940 年 6 月 25 日）

反对查封、没收抗战书报

新华社延安六月十九日广播《新中华报》评论

最近，许多主张抗战、团结、进步的书报，不断受到检查、封禁、扣留和没收。在重庆、成都、长沙、西安等地，此类事情之发生数不胜数。《新华日报》《群众》等合法刊物，既经政府机关登记准其出版，又为政府检查机关严加检查，而最后通过发行，自应无丝毫问题。然而，事实相反，在四川各学校里，它还受到学校当局禁止学生阅读。《新华日报》的报贩在街上常遭流氓的无故欺压和毒打，许多《新华日报》《群众》的读者受到匿名的警告。

重庆、成都、西安等地的某些进步书店，同样是经过合法手续登记的，然而却往往受到检查。而被检查的书店，政府当局又秘而不宣，致使书店营业受到莫大损失。不久以前，由延安运出之刊物，如《解放》《新中华报》《中国青年》《中国妇女》《中国文化》与《中国工人》等共百余箱，亦被顽固分子在中部特设检查机关，全部扣留并没收了。这种现象，无疑是我国文化界、思想界、出版界的又一极大危机，是抗战的最大不幸和损失。

全世界都知道，上面所述各种刊物都是中华民族解放的号角，是抗战的忠实宣传者、鼓动者和组织者。它主要的任务，就是宣传坚持抗战、巩固团结、力求进步的正确主张；就是动员和组织人民坚决实行革命的三民主义，拥护国民政府及蒋委员长坚持抗战的国策；就是无情地揭露一切汉奸、卖国贼、汪派、托派的投降与分裂阴谋，严厉打击腐败贪污、自私自利的卑鄙堕落行为。因此，这些刊物的传播，在今天无论在前后方或海外，都是极端需要的。它可以提高军队的文化、政治水平，创造自觉的军事纪律，发挥军事技术，提高部队的战斗力量。经过它们可以团结人民、团结各抗日党派，提高民族的警觉性，清除抗战营垒内的汉奸投降分子；经过它们又可动员海内外同胞，提供一切人力、物力、财力、智力献给国家，以争取抗战胜利。这样，这些刊物在抗战中，则不仅是一种理论指导，同时又是精神与物质的两种力量，而没有这两种力量，抗战的最后胜利是不能达到的。

一位十九世纪的军事家和思想家，关于战争曾给过如下的一个定义："大多数的现象，一半是物质的、一半是精神的原因和结果所构成的。"也可以这样说：物质的现象，好比一把木柄；而精神的现象，是由高贵金属所铸成的锐利的刀。如果中国一定继续毁灭抗战书报，那么在日本帝国主义面前，中国将不仅失掉"锐利的刀"，而且连一把木柄也将会失掉。所以目前封禁及没收抗战书报，是一种可怕的事情，这种行为是要中国自取灭亡的行为。

秦始皇"焚书坑儒"、满清"一言兴狱"的政治，以及十年来国内的思想压迫，确实给人民精神文化发展以极大桎梏，因而屡次卷来了外来的侵略。而这种罪恶至今犹为人民所最深恶痛绝，这是值得作为宝贵经验教训的。否则，依然要踏过去的覆辙，那就只好准备世世子孙做日本的奴隶。然而这是中国绝大多数人民所不愿意的，他们必定起来反对。他们所要求的是国家民族的独立和解放，是争取集会、结社、言论、出版之一切民主自由，真正民主宪政之实施。绝大多数人民的这个要求，是合理的要求，是公正的要求，是应有的要求，任何黑暗势力都是阻挠不了的。

今天在中国应该死去的东西，是那些腐败、黑暗、倒退的东西。所以，今天要查封没收的刊物，应是那些破坏抗战，实行分裂、倒退的汉奸、汪派、托派的刊物。然而不幸得很，出卖人类的共产主义的叛徒叶青、柳宁之流所出的反动小册子，却在西安各地毫不阻挠地大批赈送和强迫购买者；专门破坏团结与抗战的《抗战与文化》，亦竟被合法地采用为教育青年的课本。这说明了中国确有一部分人要想实行分裂、投降，愿意做日本的奴隶，因而要人民在思想上打下基础。然而这一部分人到底是极少数的汉奸、汪派、托派、投降派及顽固分子，他们的企图，抗战政府与人民应该予以严格的制裁。

古今中外历史证明，斗争的结果一定是绝大多数人民的胜利。因此，绝大多数人民一定要有决心起来采取各种方法和行动，反对这些汉奸败类的倒退逆施，要替民族打出一条光明的大道。

（《抗敌报》1940年6月25日）

开展新民主主义的教育

文教会议闭幕

【晋察冀社十五日特讯】边区所召开之文化教育会议,已于六月二十五日胜利闭幕,大会共历十日,收获颇为圆满。兹将其内容简述如下:(一)决定边区的教育方针;(二)具体地决定文化教育正规化问题;(三)确定敌伪区与游击区的教育政策,重新布置对敌伪教育斗争的有利阵线。

(《抗敌报》1940年7月18日)

华北联大成立一周年纪念宣言

华北联合大学是伟大抗战的产物,是中国共产党中央领导的一支教育兵团,一支铁的文化纵队。我们从西北高原出发,踏过伟大的祖国的万水千山,冲破了敌人一层层的封锁线,战胜了汪派、投降派、反共派给我们的各种困难,来到敌人后方,坚持着和扩大着我们新民主主义教育的阵地。华北的教育阵地是不容许空着的。我们已经为全国教育界开辟了一条新的道路。我们创办了敌后的第一个包括几个部门的大学——有社会科学部、文学部、工人部、师范部,各部又有各系。学生已经有一批毕业,还有×千人在学习。我们感谢一年来爱护和关心联大的朋友们。在我们共同努力下,我们已经得到了辉煌的胜利,华北联合大学已经成为一支坚强的部队了,已经成为坚持□□作全国抗战、团结、进步的一支不能缺少的部队了。而今天,我们学校的旗帜插在敌人的心脏里高高飘扬了一年了,我们英勇的艰苦斗争的一周年到了。

在纪念我们学校成立一周年的时候，正是中国共产党成立十九周年和抗战三周年，正是我中华民族处在空前的抗战困难和空前的投降危险的时期。全中国的人民都热烈地欢迎和拥护中国共产党中央委员会为抗战三周年对时局的宣言，并坚决地团结起来，按着中共中央指示的方向前进。

我们宣言：我们华北联合大学是永远站在中国共产党布尔什维克中央的旗帜下的！在纪念我们学校成立一周年的时候，我们总结了我们的工作，我们将更英勇地团结，为培养千百万行政的民运和文化教育的抗战建国干部而斗争！我们将争取更多更大的胜利！

我们宣言：我们华北联合大学是属于一切坚持抗战、团结、进步的革命人民的。我们愿意和一切新民主主义的教育工作者站在一条战线上，为我们伟大的中华民族和人民的解放事业而奋斗不息！我们更号召：一切新民主主义的教育工作者团结起来！培养千百万的干部，和四万万五千万同胞在一起，克服空前的抗战困难与投降危险，抗战到底，团结到底，把日本帝国主义打到鸭绿江对岸去！

我们相信：我们新民主主义的教育事业一定能胜利！我们中华民族的前途是无限光明的！

一九四〇年七月七日

（《抗敌报》1940年8月3日）

推进边区剧运　边区剧协开二代大会

确定边区剧运方向　改选罗东等为常委

【晋察冀社七日特讯】边区剧协于上月十五日在××地区召开第二次代表大会。到会代表四十余人，代表十八个剧团社。十五日晨大会在庄重喜悦中开幕，并有联大成校长亲临讲演。大会第一日由联大沙部区报告政治与文化；第二日由剧协主任报告一年来边区剧运工作总结及今后工作方向；第三日及第四日上午讨论今后剧运方向；第五日讨论组织问题；第六日讨论提案及选举二届执委，当选执委者为罗东、郝塞、胡苏、陈布洛、崔嵬、丁里、沙可夫等七人及抗敌剧社、西战团、冀中火线剧社、战线剧社、冲锋剧社、火线剧社、平西挺进剧社等七团体，并推定罗东、胡苏、郝塞、陈布洛等四人及西战团为常委。大会第七、八两日又讨论了关于民族形式诸问题，大会进行得极为紧张热烈。该会现已圆满结束。

（《抗敌报》1940 年 8 月 9 日）

阜平教救会提出候选人并宣布政纲

【晋察冀社十五日讯】阜平县教救会为积极参加县选，现由该会提出竞选人赵宝玲等七人，竞选纲领大意如下：一、执行正确的进步的政治路线，坚持抗战继续进步。二、拥护真正的民主宪政。三、坚持敌后抗战，坚持边区完整，反对分割破坏边区，肃清边区内部的敌特、汉奸、顽固分子、投降派以及一切特务活动。四、加□□□□□□□□事业，彻底实行减租减息，切实改善人民生活，保护婴儿、幼童，实行婚姻自由。五、开展新民主主义的文化教育事业。六、开展大众的社会教育。七、提高教员政治认识及教学能力，肃清教员中的不良分子；发扬和奖励成绩优良的教员，提高教员地位，改善教员生活。八、争取边区小学教员选举代表参加国民大会；拥护边区提出的边区小学教员选举三个国大代表的意见。

教救会

八月二日

（《抗敌报》1940 年 8 月 17 日）

边府通令各级政府社教由文救领导

村救亡室由村代表会产生

【晋察冀社十六日讯】上月边区第一次文化教育会议上热烈讨论边区社会教育的继续与领导问题,并作如下的决定:"边区社会教育在组织上保持独立性,由文救会领导。"至于具体办法,如村救亡室为村社会教育组织的最高形式,村救亡室委员及主任由村代表大会选举,村中一切社教活动如民校、歌咏队、剧团等都由村救亡室直接领导。关于社教实施计划,由文救会制定,负责实行,并推动救亡室施行。边府方面只是政治的领导,如颁布政策方案等。宣教联席会决定取消,增加文救会经费。现边府已根据文教会决议,令各专署各县政府迅速办理云。

(《抗敌报》1940年8月17日)

边区文艺运动新阵容

全国文协边区分会成立

选出成仿吾等为执行委员　成立编审会出版《文艺画报》

【晋察冀社十五日讯】中华全国文艺界抗敌协会边区分会已于七月二十五日开成立大会,到会有文艺团体代表及文艺工作者共五十余人。大会日程第一天为成仿吾报告政治和文艺,沙可夫报告全国文艺和边区文艺的现状,以及各界来宾讲演。次日上午讨论提案,共计通过二十一条,主要项目有建立文学顾问委员会、鲁迅研究会、文艺流通图书馆、鲁迅文学奖金。每年选择边区优秀作品给奖，奖金计分小说、诗、报告文学三种，并成立编审委员会出版各种文艺刊物丛书。当日下午复又通过简□，并选举成仿吾、邓拓、丘岗、沙可夫、田间、萧无、周而复、邵子南、刘平、韦明、魏巍、罗立斌、王林、叶正萱、何洛、何幹之、康濯等为执行委员，并选沙可夫、田间、魏巍、何洛、康濯等五人为常委。最后一日召开扩大文艺座谈会，检讨边区二年多以来文艺运动及如何开展今后边区文艺运动问题。晚间举行文艺晚会后，大会始圆满闭幕。

（《抗敌报》1940 年 8 月 17 日）

各艺术协会相继开会　讨论开展大众的艺运

田

【晋察冀社十五日特讯】上月十五日边区剧协召开二代大会时，曾热烈讨论关于广泛建立群众剧团、戏剧站等问题。随后音协、文协、美协亦都相继开会，音协讨论创作妇女儿童歌曲等，文协讨论建立文艺小组开展群众文艺运动、出版会刊丛书等问题。现各协会并一致号召以军区成立纪念日（十一月七日）为边区艺术节并进行大众的、民族的、科学的艺术活动。

（《抗敌报》1940 年 8 月 17 日）

乡艺干训班的收获、困难与缺陷

周巍峙

乡村艺术干部突击训练班第一期毕业了。三百几十个学生带着还不锋利的艺术武器，回到乡村里去，工作里去，战斗里去。

他们的任务是伟大的，同样也是艰苦的。他们能不能负担起这个重大的责任呢？我们说，根据他们现有的条件，他们回去后是会发生一些作用的。因为，我们看到这些同学在政治上一般都很坚定。一个半月来，他们更知道了艺术是什么东西，它和政治的关系，以及如何配合政治的一些原则与办法。他们满怀着热情愿意回乡开展乡村艺运，愿意为了完成政治任务而斗争。我们看到这些同学对于艺术，尤其是戏剧音乐，是有着高度的爱好。他们曾以最大的热情严肃地学习。因此他们也一定会以最大的热情严肃地工作，而且不断地工作，不断地进步，使广大乡村的文化水准也被提高起来。

我们更实际地看到：在戏剧上，他们中间已产生了不少的导演、编剧、舞台工作者和大批的演员。他们虽不太强，但在好几次晚会上看到他们导演的戏及演出情形，都可看出他们一般已经能够运用正确的方法，有系统地独立工作，推动工作。在演技上一般都很自然，地方话的演出更令人感到真切。他们不但知道在舞台上演出，而且知道怎样在田野里演出了。文明戏与旧戏的作风在他们身上是找不出了。这一切都和其他的乡村戏剧工作者有很大的区别。在音乐上，他们学歌很快，普通的歌子一天能学二个，《黄河大合唱》就是在四五天内找时间突击出来的，一般都唱得比较整齐、准确。指挥的兴趣很高，差不多每人都能挥动几下，识谱与教歌的能力虽然发展不平衡，但有不少同学可以学新歌教人了。在美术上，已有很多人能写美术字，不管大小，描起边来，还不算难看；有的人还可以画演戏用的海报，画大小幅的漫画，尤其是他们当中竟也有人刻木刻了，列宁、斯大林的像也从他们手里刻出来了，这些是使来宾们最惊奇的作品。在文学上，大批的壁报稿不断产生，毕业大会展览室的内外，就拼满了一张一张的"七一""七七"和宪政的大壁报，小诗人也不断地被发现。另外，我们又看到同学们还有着高度的工作热情与艰苦作风，一个半月内几乎无时不在突击。最后几天忙得更加厉害，但他们一点也不怕麻烦，不怕辛苦，总是积极地坚持工作，很少松懈过。

这一切都使我们充分地相信他们回去会发挥应有的作用；这一切证明了群众是愿意接受艺术的锻炼，而且能够接受艺术的锻炼的；这一切也证明了只要有决心、有计划地来办这样的训练班，那他一定可以得到应有的成绩；这一切也使我们的理想与计划在实践中充实起来，打下了继续前进的基础。

但是，这一切在我们自己看来，还不敢怎样兴奋，甚至以为是我们已得到伟大的胜利了。因为我们知道我们一定有不少做得不够的地方，不能达到大家的希望。譬如：第一，因为我们是首次创办，又无从得到别人的经验教训，一切只好由自己"瞎摸"。因此在教授法上、时间分配上、学校管理上有些时候就不免有不适当的地方。第二，教材方面，参考书太少，适合乡村对象的艺术教材更是少见。因此，自编自教，开始时就不免有过深过浅的毛病。第三，对象的文化水平非常不平衡。有的是中学生、小学学员，有的还识字不多，这造成教学上最大的困难，理解能力与技术上的进步也就不能一致。第四，同时要每个学生样样能干，件件都精，事实上也不可能。第五，我们的教职员太少，一个学校只十人左右。因此，兼职太多，有时无法顾虑周到。第六，一般同学的组织能力与领导经验还很缺乏，在学校时又没有很多机会给他们锻炼。

这一切都是我们主观上或客观上的困难与缺陷。这一切也说明了对这些学生不能估计太高，他们还需要继续帮助，继续锻炼，需要在实际工作中磨练自己的武器，才能成为一个坚强的文化战士。因此我们希望各县、各区、各村的同志们能够看重他们，根据他们的能力分配适合的工作，而且实际地帮助他们去做。同时也希望一切文化团体及有专门修养的艺术工作者能经常地帮助他们、领导他们，使他们能够不断地进步。

最大的希望还是希望各方面多多创办这种训练班吧!

一九四〇年七月十日

(《抗敌报》1940 年 8 月 17 日)

名记者顾执中在沪遭汪逆党徒刺伤
经医院救治生命无虑

【"中央社"香港十七日电】沪讯:《新闻报》采访主任顾执中于十七日下午二时许由蒲石路自办之民众新闻学校外出时,突被一名暴徒开枪射击。一弹中顾左肩部,顾即向南狂奔,继开枪声二响,幸均未中,凶手亦逃逸无踪。顾即至附近南洋医院求治,因子弹尚未穿出,乃送广慈医院施行手术。据医云,伤势并不甚重,生命无碍。按,顾年四十三岁,浦东人,在《新闻报》任职多年,均兼民众新闻学校校长。最近伪方所谓通缉八十三人,顾亦其中之一,故此次被刺,当为汪逆方面主使无疑云。

【香港十九日电】沪讯:《新闻报》访员顾执中,十七日被狙受伤后,经广慈医院施行手术,子弹已取出,经过良好,不久当可告痊云。

(《抗敌报》1940 年 8 月 21 日)

三专区文救决定新工作　　组织村文救

【晋察冀社廿日讯】三专区文化界抗日救国会特派员办事处于本月六日成立。特派员在本月七日召开各县文救会联席会,决定自八月起,健全各县文救组织,九、十月建立区联络员办事处及村文救小组会,并讨论领导乡村剧团歌咏队读报小组之具体办法甚详。

(《抗敌报》1940年8月23日)

全国文协晋察冀边区分会成立大会宣言

今天我们边区文艺协会正式成立了。

边区文艺工作者,一开始便在努力使文艺能够为抗战建国服务。但由于过去边区文艺工作者没有统一组织,而创作上大众化不够,文艺运动密切配合政治任务不够,因此,不能更完满地完成它本身应有的任务。今天,成立文协,要使文艺运动更进一步正规化,群众运动化,更能为抗战建国而服务。

它能发展到现在,是由于它生长在抗日的民主的模范地区。

它能发展到现在,是由于它能一贯地坚持统一战线的原则,坚持团结,坚持抗战,坚持进步。

它能发展到现在,是由于它继续不断地向着民族的、科学的、大众的文艺道路迈进。

今天成立了文协,团结全边区一切抗日的文艺工作者更进一步地开展边区的文艺运动,我们愿意:

为抗战建国而呼喊,号召全边区民众坚持抗战,坚持团结,坚持进步。

为团结文艺工作者,结成有力的文艺统一战线而努力。

为了把文艺运动开展成为群众性的运动而努力,加强文艺大众化,让文艺与群众更紧地连在一起,广泛地建立群众文艺小组,让新的文艺工作者从群众中生长出来。

我们在新民主主义现实主义的旗帜下,利用一切有用形式大量从事创作,集体创作,把晋察冀的斗争正确地多方面反映出来。

我们是为了建立新民主主义的文艺而努力。

我们愿在边区党政军民领袖的指示与扶植下,与全边区的同胞们、同志们一起,反对妥协、投降、分裂,坚持抗战、团结,保卫边区,克服困难,争取最后胜利。我们高呼:

中华民族解放万岁!

中华全国文艺界抗敌协会晋察冀边区分会启
一九四〇年七月二十七日

(《抗敌报》1940年8月23日)

论晋察冀边区的文化教育运动

在坚持敌后抗战坚决保卫与发展边区的斗争过程中,我们的文化教育运动也获得了伟大的成就。在三年的短过程里,边区广大人民的文化生活与思想已经有了很大的提高与进步,政治文化水平在飞速地增长着。

我们已经实行了普及的义务的免费的初小教育。根据一九三九年的统计,在路西,共有初级小学三七〇三所,学生一二五六四二人;在冀中,共有初级小学三三九〇所,学生一七九五八六人。这就是说,已经有百分之七十的行政村建立了初级小学,在各方面工作比较进步的县中,已经有半数以上的学龄儿童享受着免费的初小教育。我们不仅恢复了"七七"事变后敌骑踏遍冀中冀西平原地带时文化教育事业所受到的疮痍,而且无论在学校数目上,在学生人数上,都已经大大地超过了抗战前的数字。尤其在冀中和冀西游击区中,公路纵横,据点林立,在我政权实际管辖下的地区和人口,已较抗战前减少；而学校与学生数目，则均较战前增加。

在这三年中间，我们边区恢复或设立了高级小学二〇八处，学生达万余人；边区中学八处，学生二千二百人。此外还建立了抗大、联大、抗建学院和群众干部学校等高级的专门的学校，培养了和培植着大批的军事、政治、群众、财政经济、文艺、社会科学理论等各方面的干部。

是的，边区的学校教育在蓬勃发展之中，但这还不能说明边区文化教育的实际发展情况及其真实动态。一方面，上述统计数字并不完全；另一方面，在敌后残酷的战斗环境中，以最广阔的范围和新的姿态发展的，是广大群众的普遍的社会教育。以冬学运动而论，根据不完全的统计，去年路西，入学的群众达三九〇四五人；在冀中则远超过此数，在广大群众中已经掀起了学习的热潮。去年的冬学已经从暂时性的季节性的学校而变成恒久的民众识字班与民众学校，使学习逐渐成为广大群众业余生活的重要部分，一个经常的不可缺的部分。

广大群众的一般文化运动，也随着边区人民政治文化水平的提高而蓬勃开展起来。许多村剧团乡村歌咏队已经建立，读报和通讯工作在某些县份已经开始向农村深入，村文化运动干部训练已经开始举办。文化在边区已经不再是少数特殊阶级的专利品，而已经开始成为广大群众所亲身参加与亲身享受的大众文化。

这都是三年来边区文化教育运动的伟大成就。这个成就不是偶然的。这是由于在边区开创之时，我们就确立了文化教育政策，规定了小学教育的普遍的、义务的、免费的原则。在各级政府的开支中，支出了相当数量的教育经费；在游击区中彻底粉碎了敌伪的奴化教育，在敌寇不断的摧残之下，坚持了抗日的政治和文化教育。由于长期坚决执行了保护知识青年与改善小学教员生活的方针，培养了大批坚决抗日而又愿意以自己毕生精力来从事国民后代教育的神圣事业的青年干部，提高了小学教员的质量。尤其重要的是我们坚决执行了广泛开展广大群众文化运动和社会教育的政策，得以极少的财力和人力，使极大数目的失学的成年、青年和儿童，普遍受到了政治和文化教育。这是远悬敌后的边区文化教育运动伟大开展的重要环节和最大特点。

边区学校教育的最大缺点，是中学以上的正规的学校教育。我们的中学还没有恢复正规的中学课程，我们各大学和学院都还带有短期的干部学校的性质，没有建立起正常的大学或专门的学科，特别是自然科学等。抗战是长期的，我们必须在长期抗战中恢复并健全我们的正规的中学和大学教育，这是建国事业中的重要工作之一。

中共北分局施政纲领中关于文化教育的纲领，不仅总结了三年来边区文化教育运动的经验和教训，而且进一步确定了今后的具体方针，无疑的，这对于边区今后文化教育的开展有其异常重大的意义。

今后的具体工作是什么呢？

第一，要继续猛上发展边区的初小教育。要做到每行政村设一个小学，大量地动员学龄儿童入学，以期每一个边区儿童都能够普遍地受到义务的、免费的初小教育。

第二，要大量开办高小和中学。要做到每行政区设立一个高小或完全小学，每专区设一个中学，并收容半工半读生，使家境贫苦不能以全部时间从事学习的青年，能够得到受高小和中学教育的机会。建立并改进大学及专门教育，加强自然科学的教育。

第三，建立并健全学校教育。确定小学教育为四二制，初中为四年制；高中为二年制，附设于各大学，实际成为预科。适当地调节学生的上课时间与课外活动时间，注重提高学生的政治文化水平和自然科学知识，不但要恢复原有的中学、大学的正规课程，并且应该加强和加以改进。在这里，我们不能因陋就简，应使边区各级学校在程度上能够相衔接。

第四，继续提高小学教师质量，改善小学教员生活。大量举办师资训练班，尊重小学教员，力求提高他们的社会地位，改善他们的生活。

第五，更广泛地开展群众的识字运动。普遍健全午校夜校识字班等经常性的群众业余学校，发展这些民众学校，以定期逐步扫除文盲。

第六，继续发展大众的文化娱乐工作，使文化娱乐工作深入村庄中去。普遍大量地组织不脱离生产的剧团和歌咏队，培养村级的文化娱乐工作干部，使广大群众对文化能够进一步地实际参加与享受。

（《抗敌报》1940年8月25日）

学联电：广大学生抗日知识分子永远为中共注视与关怀

亲爱的彭真先生，亲爱的聂司令员：

三年来的我们，已从苦难与无知中走到学校，受着新民主主义的教育，并展开学生运动及坚强的学生统一战线，知识分子青年与工农青年结合在一起了。这些都是由于贵党的正确政策与领导的正确。

伟大的中共北方分局颁布的"双十纲领"的提出，完全代表了边区学生的意志。

我们全边区大中小学的学生青年向你们致敬，并坚决拥护这有名的纲领。

这个纲领显示了中共的伟大的马克思列宁主义的远大眼光，充分贯彻着统一战线的精神，昭示着巩固抗日根据地各种政策及建设新民主主义的巩固基础，成为工农青年妇女、学生的宝贵启示和光明的灯塔。

我们特别兴奋，广大学生及抗日知识分子永远为中共注视与关怀。纲领中明确写着：保护青年，提高国民教育，健全学校，改进大学，建立专门学校，抚辑沦陷区流亡学生……我们以青年爱好真理的精神拥护它！我们知道这伟大的诺言是已在执行中了。

全边区学生紧张地动员起来，誓与中共及边区广大人民为实现这一纲领而斗争！为实现新民主主义共和国而斗争！

此致

民族解放最敬礼！

边区学联
八月二十三日

（《抗敌报》1940年8月25日）

中共北分局"双十纲领"边区文救竭诚拥护

致电中共北分局决在自己工作领域内彻底实行这个伟大而明确的纲领

抗敌报社转中共北方分局彭真先生、聂司令员：

和全边区一切抗日的人民同感的我们，一致觉得中共北分局伟大的"双十纲领"是完全适合我们边区的客观环境与边区人民迫切需要的。它的每条每句莫不辉耀着全边区人民的意志和愿望！而特别使我们兴奋的，是关于文化教育之正确政策的明确确定，及对于文化教育工作者与知识青年之保护和优待的英明主张。我们认为这无疑地会给边区的文化教育工作以莫大的影响，而成为边区文化教育运动的指针，全边区的文化教育工作者及知识青年都将在这个鲜明的旗帜之下猛烈地冲锋。

我们谨代表全边区的文化工作者，表示竭诚的拥护。并以普遍地建立与健全各县文救会及村文救小组，积极在村救亡室的工作上、技术上起领导作用，以开展民众识字运动及乡村的文化娱乐工作等实际行动，在自己的工作领域内彻底实行这个伟大而明确的纲领。

致以

抗敬！

晋察冀边区文化界抗日救国会启

（《抗敌报》1940年8月27日）

晋察冀边区文化界抗日救国会暂行章程

[民国二十九年八月二十八日公布]

第一章　总则

一、定名：晋察冀边区文化界抗日救国会。（下面称"文救会"）

二、宗旨：团结全边区一切抗日的文化工作者，结成坚强的边区文化统一战线，以开展边区新民主主义文化运动，普及并提高边区文化，发扬文化抗战的力量，驱逐日寇出境，建设新民主主义的共和国。

第二章　会员

三、入会资格

（一）团体会员。凡承认本会之工作纲领及组织章程的边区各种抗日文化团体，如各种协会、学会、研究会、剧团、歌咏团、宣传队等，均得依照本章程规定之入会手续，加入本会为团体会员。边区及专区之此等团体，可加入边区文救会或边区分会（在未设立专区分会之前，则可加入边区文救会）；县及区的此等团体，可加入县分会；村的此等团体，可加入村文救小组。团体会员中之个人，不必定是本会个人会员，其愿以个人资格加入本会为个人会员者，仍须履行个人会员之入会手续。

（二）个人会员。其承认本会之工作纲领及组织章程并具有下列资格之一者，得依入会手续加入本会为个人会员。

1. 在边区各抗日组织及团体（工农青妇武装及抗敌后援会等）、政权机关、部队、学校中任宣传教育之工作人员。

2. 在边区从事文化工作者。（无文化及识字程度之限制。有剧团、村歌咏队、村救亡室，以及村中之各种文化研究组织之总负责者，亦属此类。）

3. 在边区之文艺及科学的专门人才。（不论其现在是否从事文化工作。）

4. 有相当于初中以上文化程度，并热心文化工作者。

为便于领导及有利于工作之开展起见，县以上之分会及边区文救会，得吸收直属会员（为个人会员之一种），直接领导其工作及学习，必要时并得组织直属小组。边区一级的宣传、教育工作人员及文化工作者，与边区之文艺、科学专门人才，得为边区文救会之直属会员；专区一级的宣传教育工作人员及文化工作者，得为专区分会之直属会员（专区分会未成立之前为边区文救会之直属会员）；县级及区级之宣传教育工作人员及文化工作者，得为县分会之直属会员。

四、入会手续

（一）个人会员。个人会员（包括直属会员）入会时，须有一个个人会员或团体会员之介绍，由本人填具自愿书，报告下列之规定机关批准：县以下各级之个人会员（包括直属会员）入会时，须经县分会常委会之批准。县以上各级之个人会员（直属会员）入会时，须经边区文救会常委会之批准。

（二）团体会员。团体会员入会时，须具书面报告，报告本团体之性质、宗旨及工作概况，县以下各级之团体会员入会时，须经县分会常委会之批准，并呈报边区文救会审查备案。县以上各级之团体会员入会时，须经边区文救会常委会之批准。

五、会员之权利与义务

（一）权利。无论团体会员或个人会员（直属会员在内），均有选举及被选举代表参加代表大会的权利；有参加协会组织之各种研究会、讨论会、座谈会、讲演会和公演会的权利；有将各种作品送会修改并介绍出版，或在本会编印的各种刊物杂志上发表的权利；有提出请求解答学术和工作上的疑难的权利；有享受本会出版的各种刊物杂志小册子阅读的权利（定价在例外）；有请求介绍工作和学习的权利。

（二）义务。凡会员均须遵守本会之纲领章程，执行本会决议，按时交纳会费，按期报告工作，为本会介绍会员，爱护本会名誉。

六、会费

（一）团体会员

1. 入会费三毛。2. 每月二毛。

（二）个人会员

1. 入会费五分。2. 每月一分。

第三章　组织

七、组织原则

本会的组织原则为民主集中制。

（一）本会各级委员会均由选举产生。

（二）本会之各种重要问题，在未决议之前，凡是本会会员均可参加讨论，自由发表意见。但经多数通过后，则少数服从多数，个人服从团体，一致执行决议。

（三）本会的下级组织须服从上级的决议和指示。

（四）下级有向上级批准建议和监督之权。

八、组织纪律

凡本会会员有以下情形之一者，得开除会籍，但区级以上者须经过各该级执委会或常委会之通过，经上级批准；村级者须经过村会员全体会议之通过，经上级批准。

（一）屡次违犯本会章程决议经三次以上的劝告警告不能改者。

（二）有贪污行为及腐化不堪教育者。

九、各级组织的最高权力机关

本会县以上的组织之最高权力机关，为各该级之代表大会，在两届代表大会之间之指导机关为执行委员会。在执行委员会闭会期间，由常务委员会负责进行一切日常工作。村小组之最高权力机关为全体会员会议。

十、新组织成立之批准

县及专区分会之成立，须经边区文救会常委会之批准，区分会及村小组之成立，须经县分会之批准，并报告边区文救会审查备案。

十一、组织系统

（一）村文救小组

村文救小组由全村□□个人会员组成，其最高权力机关为全体会员会议，由全体个人会员及团体会员之代表推选组长一人，根据小组的决议，负责检查、推动、指导、总结、计划，并向上级报告本组织之一切工作。必要时尚可由小组全体会员中推选宣传、组织、戏剧、歌咏、文学、美术、识字、读报等干事，分别领导各部门工作。组长之任期为四个月，但连选得连任。

（二）区分会□□联络员

区级暂不设分会，其分会组织机构俟后另定之，暂由县分会选派联络员一人，代表县分会经常驻区检查、推动、指导、总结、计划并向县分会定期报告本区范围内之一切会务。

（三）县分会

1. 县代表大会

（1）县代表大会之组织

县分会之代表大会，由各区联络员、各村小组会员代表（不一定是组长）、各直属小组或直属会员联合推选之代表及县区村各级团体会员之代表组成之。

（2）县代表大会之会期

县代表大会每年开会一次，临时代表大会经县执行委员会之决定，或半数以上之团体会员及小组（包括直属会员）之请求，或根据边区文救会之决议，得临时召开之。

（3）县代表大会之任务

县代表大会接受并审查执行委员会之报告，议决县范围内之会务，选举县执行委员会及出席边区文救会或专区分会代表大会之代表。

2. 县分会之执行委员会

县执行委员会由县代表大会选举执行委员十三人至十七人组织之。任期一年，但连选得连任。每三个月开会一次。临时执行委员会经县常务委员会之决定，或经半数以上之执行委员，三分之二以上之区联络员，或三分之一以上之县属团体会员及小组（直属小组在内）之请

求，得临时召开之。县执行委员会在县代表大会闭会期间，为该县之最高机关，执行县代表大会专区分会及边区文救会之决议，负责进行该县范围内之会务，向上级组织负责，并对上级组织经常报告工作。

3. 县分会之常务委员会

为便于进行经常工作，县执行委员会得在执行委员中推举常务委员三人至七人，组织常务委员会，负责进行日常工作。常务委员会由主任、组织委员、宣传委员各一人组成之，必要时得增加教育委员、艺术指导委员、学术研究委员、秘书（秘书不一定是常委）等，并得聘请干事若干人。常务委员会之时间自定之，但至少须每月开会一次。临时常务委员会由主任决定召集之。

（四）专区分会或特派员

专区暂不设分会（其分会组织机构俟后另定之），暂由边区文救会选派特派员一人，代表边区文救会经常驻专区检查、推动、指导、总结、计划，并向别边区文救会定期报告专区范围内之一切会务。

（五）边区文救会

1. 边区文救会之代表大会

边文救之代表大会由各专区分会代表（专区分区未设立之前即由特派员出席）、各县分会代表、各边文救及专区分会之团体会员代表，各一人至三人组成，遇必要时，得由执委会酌量增加其人数，每年开会一次。临时代表大会经边文救执行委员会之决定，或半数以上之县分会，或三分之二以上之边区团体会员之请求，得临时召开之。边文救代表大会之任务，系接受并审查边文救执行委员会之报告，议决边区范围内之会务，选举边区文救会执行委员会。

2. 边区文救会之执行委员会

边区执行委员会由边区代表大会选举执行委员十五人至二十一人组织之。任期一年，但连选得连任，四个月开会一次。临时执委会经常委会之决定，或经半数以上之执行委员，半数以上之县分会，或三分之二以上之边区团体会员之请求，得临时召集之。边区执委会在边区代表大会闭会期间，为边区本会之最高机关，执行边区代表大会之决议，负责进行边区范围内之会务。对边区代表大会负责，并向边区代表大会报告工作。

3. 边区文救会之常务委员会

为便于进行经常工作，边文救执委会得在执委会中选举常务委员五人至九人，组织常务委员会，负责进行日常工作。常务委员会由主任、副主任、组织委员、宣传委员、教育委员各一人组成之。此外设秘书一人（秘书不一定是常委），必要时得设各种专门委员会，如□□委员会、训练委员会、识字运动委员会、艺术指导委员会等，并得聘请干事若干人。常务委员会之会期自定之，但至少须每月开会一次。临时常务委员会由主任决定召集之。

第四章　经费

十二、本会经费之来源如下

（一）会员之会费及会员之自动捐助。

（二）募捐基金和临时募捐。

（三）本会出版物之收入。

（四）请求政府补助。

第五章　附则

十三、本章程尚系暂行性质，自公布之日施行。有未妥善之处，不久将提交边区代表大会修正通过。

（《抗敌报》1940年8月29日）

边区文救会为实行新的工作方针告全边区各界同胞书

全边区各界同胞们：

也许大家都感觉到最近以来边区文救会的工作正在以新的姿态大踏步地向前迈进着。

是的，一年半以来，边区文救会的工作，由于主客观上的各种条件的限制，还没有起了它应有的作用。

我们详细地总结了过去的经验教训，根据目前边区的具体环境及发展趋势，重新确定了我们的工作方针。

这就是说我们要团结全边区一切抗日的文艺工作者共同为开展边区民众的识字运动及乡村文化娱乐工作，并提高干部的文化水平与各部门文化的质量，而猛烈地冲锋。

我们要在最短时期内普遍地建立与健全各界文救会，并积极地在救亡室的工作上、技术上起领导作用，使他们都成为边区文化战线上强有力的据点和战斗单位。

但欲胜利地完成这个伟大而艰巨的任务，就非有全边区各界同胞们给我们以最大的帮助不可。

因此正当着我们新的暂行章程公布的时候，我们谨以十二万分的热忱要求各界同胞们随时随地给我们各级组织以各方面的宝贵批评与批示。

我们希望在我们和大家手携手的共同努力下来耕种这块伟大而美丽——晋察冀边区的文化土地。

我们一定要把边区造成全国模范的新民主主义的文化根据地。

致以

抗礼！

边区文救会

(《抗敌报》1940 年 8 月 29 日)

纪念国际青年节与记者节

九月的第一个星期日，在今年，也是九月的第一日，这个为全世界千百万广大青年所热烈庆祝的国际青年节，光荣地临到我们面前了！这一天，对于我们正置身于狂烈的战争与革命的新时代，对于我们正置身于生死的斗争的新时代的青年，是应该特别重视的。

历史曾经不断地证明：青年人永远是站在时代的前面的，他们有着光荣的革命传统，富有无限强烈的斗争热情和积极性；他们永远为历史建设事业，为反对和摧毁现存的血腥的社会制度和反人性的生活，与一切恶势力无休止地斗争着。无论在过去或在现在，在欧洲或是在东方，都是一样，青年总是在紧紧地追随着历史，为人类的最后解放和最高理想而不断地流血奋斗着。

正因为这样，所以世界的一切反动集团，无时不在敌视青年和竭尽全力来压迫与残害青年。生活在帝国主义与战争时代的青年，则更深切地体验到屠杀人民的法西斯暴徒给予自己的难忍的侮蔑与痛苦。

在短短的几十年中间，帝国主义把全世界的人民和青年抛入反动战争的烈焰已经是第二次了。这里，只有社会主义的苏联是例外。目前，帝国主义的掠夺屠杀战争正在欧洲炽燃着和扩大着；在东方，已经进行了三年的日本帝国主义对华的侵略战争，还正在进行着最后的挣扎与冒险。现在帝国主义者正在企图利用青年，再一次地奴役与屠杀广大青年，但是基于第一次世界大战的痛苦经验，今天的青年已经不会再受狡猾的帝国主义的欺骗，不会再盲目地牺牲自己去为帝国主义作掠夺战争的血腥祭物了。在新的战争面前，全世界青年已经勇敢地担负起从帝国主义的反动战争中把世界挽救出来的神圣任务了。

伟大的中国青年，完全和世界的青年弟兄是一致的，他们丝毫没

有在残暴的敌人面前表示自己的懦弱。在三年来神圣的抗日民族自卫战争中，中国青年曾经表现了无比的英勇战斗精神，他们为了保卫自己的祖国和争取中华民族的彻底解放，一直不断地在战场上洒着自己的鲜血，他们的力量和斗争的胜利是和整个中华民族的命运不可分离的。但是不幸在某些地方，广大的青年还遭受着压制，他们没有应有的民主权利，甚至还遭受着无理的逮捕、监禁和杀害。

在我们晋察冀边区的广大青年，倒早已摆脱了这种痛苦。我们边区的青年已经获得了充分的自由和民主权利，并进一步地改善了青年的生活。因而也大大地提高了边区青年抗战的积极性，巩固和发展了边区青年统一战线。抗战三年来，由于边区青年抗战积极性的提高和青年统一战线的巩固与发展，使边区青年紧密地团结在一起，并积极地参加了保卫边区的武装斗争。今天在边区每一战线和每一岗位上，我们都看到了青年人的无比英勇的姿态。

今后敌后的抗战环境是更艰苦困难了，为能够使我们战胜今后可能遇到的一切困难和最后击溃日本帝国主义，纪念今年国际青年节，边区青年必须更加倍地巩固团结，更加努力发扬青年的积极性、创造性与英勇牺牲的精神，更英勇地广泛参加青年的武装，为捍卫边区的最坚强的先锋队伍；同时我们边区青年必须进一步地与全国青年亲密地携起手来，巩固我们青年内部的团结，建立钢铁般的青年战线，共同反对阻挠破坏青年团结和任何压制迫害青年的反进步反民主的罪恶行为。这样才能使全国青年在抗战中充分发挥其力量和作用，同时也只有这样才能使我们与全世界的革命青年共同结成强固的反对帝国主义掠夺战争的国际青年统一战线，以青年群众的有组织的力量和斗争来彻底粉碎和摆脱帝国主义屠杀世界人民和青年的战争灾祸。

九月一日，同样也是我们新闻工作者的纪念日。在这样国际国内形势极端严重的年代，纪念这个新闻记者的节日，我们新闻工作者不能忽视历史所带给我们的新的任务。在这样革命与反革命、正义与反正义的势力正在空前尖锐地斗争着的时候,我们新闻记者必须坚持正义的立场,并为正义的胜利而呼喊。我们应该向全世界人民大胆地宣布和揭发帝国主义与法西斯强盗的一切罪状,积极地鼓励发扬一切被压迫民族与人民的反帝反法西斯侵略压迫的英勇革命行动,并唤起世界广大人民对他们的同情与援助;广泛地向人们宣告苏联社会主义建设的伟大胜利及其正确的革命的和平外交政策的成功,并号召全世界人民拥护她。特别是我们亲身投入神圣的抗日民族自卫战争、坚持华北敌后抗战的晋察冀边区的新闻记者,应该坚持自己民族的立场,对敌寇、汉奸、投降派的一切阴谋欺骗,给以无情的打击;大量地充分地向全国人民和全世界人士反映中国人民,特别是我们晋察冀边区人民英勇奋斗、坚持敌后抗战的模范事迹,并将边区这一敌后模范抗日民主根据地的各方面的新的进步的建设有计划地传播到全国各地和全世界;同时我们更要高度地发挥新闻舆论的威力,严厉地反对与打击一切破坏抗战、团结、进步,与妥协投降的言论与行动,坚决拥护坚持抗战、团结、进步的主张。特别是在目前边区民主新建设中,我们边区的新闻工作者更要为这一新建设事业的胜利而奋斗。我们要坚决拥护中共中央北分局的"双十纲领",动员广大边区人民为这一纲领的彻底实现而斗争。我们同样要进一步地与后方新闻工作者取得密切联系,使全国的新闻记者建立巩固的团结,以便集中全国舆论界的力量有效地进行抗日反汉奸的舆论斗争。在今天纪念"九一"记者节,我们必须百倍加强我们新闻舆论界的力量,进一步加强我们自己,使我们能够胜任历史所交给我们的更艰巨的任务。

(《抗敌报》1940年8月31日)

全国文艺界抗敌协会抗议敌机狂炸行都

发表告全世界文艺作家书

我伟大中华民族决奋斗到底

【"中央社"重庆二十六日电】中华全国文艺界抗敌协会为"八一九"暴日狂炸行都,特发告全世界文艺作家书。兹录如下:

苏联托尔斯泰、法国罗曼·罗兰、美国辛克莱、英国威尔司、印度泰戈尔转全世界作家公鉴:

暴日侵华三载,经我中华民族英勇的抵抗,绝难遂其囊括中国鲸吞东亚的大欲。最近日暮途穷,乃妄冀以轰炸的毒计达成侵略胜利的目的。自今年四月起,无日不以凶恶的寇机对我不设防城市及与军事无关的民宅、商店、村庄,不择手段妄设目标,滥施狂炸。重庆城郊之文化机关,如中央大学、重庆大学、复旦大学、国立图书馆以至中学、小学,无不任性摧残,肆意蹂躏。及各友邦使馆及友邦人士之生命财产,亦多横遭波及。但日寇犹以残暴不足,自"八一九"起,更复大肆轰炸,夜以继日,重庆市内市外,火光烛天,延烧数日,全市家宅尽成灰烬,被难灾民露宿街衢。似此摧残文化,违反人道,破坏公法,诚灭绝人性的兽行,为全人类之公敌。伟大的中华民族已在血泊里获得新生,团结一致,奋斗到底。寇机盲目轰炸的威胁,断难动摇我抗战的决心。中华全体文艺作家,莫不深信最终胜利必属于我。同时,愿以日寇所表现的可耻的暴行,公诸全世界作家之前,以期同声予人类蟊贼以谴责与制裁!

中华全国文艺界抗敌协会

(《抗敌报》1940年8月31日)

阜平文救成立

【晋察冀社三十一日讯】阜平县文救会,在本月二十三日正式成立,由边文救叶正宣报告文化工作并进行讨论加强乡村文化娱乐等诸问题。最后选出执委九人,并由执委会推选常委三人驻会办公。

(《抗敌报》1940 年 9 月 2 日)

舒同当选国大代表

完县县议会推出

夏风

【晋察冀社讯】完县县议会在二十六日起开首次成立大会,全县议员四十四名到四十三名,选出刘义为正议长,高鹏先为副议长,安致处为县长;舒同为国大代表,高鹏先为候补国大代表,安高为县农会主任云。

(《抗敌报》1940 年 9 月 6 日)

联大江隆基当选参议员

【晋察冀社九日讯】华北联合大学选举结果,江隆基当选为参议员。当晚更进行提案,献礼晚会等节目。

(《抗敌报》1940 年 9 月 12 日)

抗大二分校全体教职学员誓培养大批铁的干部

——为实现"双十纲领"而奋斗

《抗敌报》转中共中央北方分局、彭真同志、聂司令员：

中共中央北方分局关于晋察冀边区施政的"双十纲领"，是全边区人民胜利地行进在新民主主义道路上的指标，是全边区人民用以团结一切抗战进步力量，保卫与巩固边区，彻底战胜日寇的纲领。

由于这个纲领是中共中央抗日民族统一战线的方针与抗日救国十大纲领的地方化、具体化，因为它完全符合革命的三民主义与国民政府抗战建国纲领的政策，因为这个纲领是全边区人民依靠自己的力量从事政治、经济、文化、教育建设的纲领，所以它为全边区人民和全国抗战人民所热烈拥护，而规定了它必然完全实现的胜利前途。

由于这个纲领在边区的实现，边区的人民就会得到更幸福的生活，边区的统一战线必更加巩固与扩大，边区的抗战力量就会无限地提高。于是在边区中将生长出不可战胜的力量，足以克服相持阶段中敌后抗战所可能遇到的困难，而起其反攻前进阵地的伟大作用。

由于这个纲领在边区的实现，边区就成了中国人民面前的新中国的活榜样，完全揭露了违反民意的一党专政企图，完全粉碎了一切投降派、顽固反共分子的狂妄无稽！

由于这个纲领在边区的实现，所以必然会完全击破日寇及一切汉奸、汪派的阴谋毒计。

所以，这个纲领的公布，无论对促进全国真正的民主宪政，无论对克服投降危机、争取时局好转都有其直接而伟大的意义。

抗大二分校全体教职学员，谨以无限热忱表示竭诚拥护，并誓以培养大批铁的抗日干部与全边区人民共为彻底实现这个纲领而奋斗到

底！谨此，并致

敬礼！

抗大二分校全体教职学员谨启

（《抗敌报》1940年9月16日）

国民党边区党部筹备处电聂司令

全体将士致贺　联大、抗院、完县相继驰电祝捷

【晋察冀社十八日讯】国民党边区党部筹备处，以八路军百团大战胜利，战绩辉煌，威震华北，特致电军区聂司令及全体指战员表示祝捷及慰问之意，现将电原文录后：

军区司令部聂司令并转全体指战员钧鉴：当此次日本法西斯强盗利用欧洲战争，在东方趁火打劫，图窥我□洛阵地之际，我八路军为阻敌之西进，颁发百团出击命令，破坏敌交通，收复敌据点，耀武扬威，攻坚折锐。我边区的英勇子弟兵，更□取娘子关，夺取井陉矿，同蒲、正太俱为破坏，平定、寿阳连遭炮击。军书傍午，捷报频飞，寒敌寇之肝胆，壮我军之勇气，粉碎敌寇西北之阴谋，克服动摇妥协之危机，战绩辉煌，威震华北。敝处特向我劳苦功高的军事领袖及全体指战员敬致电贺，并致慰问！

中国国民党晋察冀边区党部筹备处叩

【又讯】华北联合大学，抗战建国学院，完县工、农、妇、青、武委会各群众团体，亦相继致电聂司令员并转朱彭总副司令及全体指战员，纪念百团大战，并一致表示誓为□□扩大胜利。

（《抗敌报》1940年9月20日）

深入研究教育宣传

三专区各界成立"双十纲领"研究会

号召一切文化教育机关为实现"双十纲领"而奋斗

鲁南

【晋察冀社二十日讯】三专区各界为了拥护"双十纲领",推动"双十纲领"的实现,及深入地在群众中进行教育,特于本月九日由文救召集各群众团体代表及名流学者共同成立"双十纲领"研究会,该会设主任一人,及研究、宣传、教育三股。他们号召各级干部对"双十纲领"作深刻的研究,普遍成立"双十纲领"研究会,并在群众中进行深入的宣传教育。此外更动员一切文化教育机关,一切文教组织形式,都要为"双十纲领"的实现而服务;确定"双十纲领"为进行教育的主要内容,大量地写标语、画漫画、印发"双十纲领"全文,务使每家都有一份"双十纲领",□□"双十纲领",并完成"每家两条标语运动"。

(《抗敌报》1940 年 9 月 22 日)

边区新闻界选出邓拓为国大代表

【晋察冀社二十八日讯】国大代表选举,各地方各团体已次第选出。边区新闻界也于本月初举行选举,结果选出邓拓为国大代表、刘平为候补代表。

(《抗敌报》1940 年 9 月 30 日)

西北战地服务团办第二期乡艺训练班

冀中乡艺训练班第一届期满毕业

【晋察冀社讯】西北战地服务团在第一期乡村艺术干部突击训练班结束之后，近又在×处开办第二期乡艺训练班，学生达四百人，在九月二十五日举行开学典礼，正式开学。学生从远道翻山越岭而来，甚至有英勇地与敌人战斗冲过封锁线来的，情绪很高。

【晋察冀社八日讯】冀中文建会和新世界剧团创办的乡村艺术训练班，第一届已训练期满。学生二百余人中，有导演、认识剧本、指挥、识谱能力的约占三分之二，特别在音乐上已有几人能自行作曲。这批艺术学员即日便返各县工作。今后冀中平原游击区艺术宣传工作上定有一□新发展。（王□）

(《抗敌报》1940年10月14日)

刘澜涛获平定最多选票　抗院郭任之当选

成仿吾当选为国大代表

【晋察冀社讯】正定环境恶劣，不时被敌骚扰，但在干部积极努力下，选举工作已全部完成。县选中选出张继会为正议长，贝式杰为副议长，丁瑾为秘书。参议员选举闻以刘澜涛、成仿吾、何□平、齐麟瑞四同志得票最多，并选成仿吾为国大代表，齐麟瑞为候补国大代表云。

【晋察冀社讯】抗战建国学院参议员选举业经完成。全校选民共六百四十一人，参选人数为六百一十一人，选举结果以副院长郭任之得票最多，计五百九十八票。选举后，全体选民举行极热烈的庆祝云云。

（《抗敌报》1940年10月16日）

晋察冀边区首届艺术节宣传大纲

一、艺术节的意义

世界正处在战争与革命时代，帝国主义为了重分利益和市场在残酷地互相屠杀着，但是这些国家里的无产阶级革命以及殖民地半殖民地国家的解放革命也日甚一日地激荡着。

中华民族为了反抗日本帝国主义魔鬼的侵略进行了神圣的民族自卫抗战已经三年多了，全民族为了解放，不分阶层、不分党派，团结成一条坚固的阵线，粉碎了日寇"以华制华""速战速决""速和速结"的迷梦。

正当抗战进入相持阶段这时候，国内妥协投降成为严重危机这时候，八路军一百个团，在华北各个战场，在一九四〇年八月二十日——伟大的这一天，向着华北各条战线和八条主要铁路同时袭击，打破了煤矿，破坏了敌人的整个交通线。在三年来从来插着太阳旗的娘子关上，八路军，也只有八路军，现在把它折断了，又插上中华民族鲜红的国旗……八路军的这一主动的战役攻击，造下了光辉灿烂的史绩。

是的，在井陉，在娘子关，都是边区子弟兵写下的诗篇呵！三年来，子弟兵保卫着祖国的土地，在边区建筑了新的长城。

在这土地上，才能长着新的文化、新的生命。

一九四〇年四十年代的历史上要记载下晋察冀的这一段，晋察冀伟大的民主运动和生产运动，中共中央北方分局发表了二十条施政纲领，人民浸润在民主快乐健康的养液里。

新的生命，新的文化，现在滋长了！

在艺术的道路上，这一群——千万个呵！快乐的孩子永不疲倦地唱着艺术的进行曲，这战斗的声浪从晋察冀的山沟田野，广播到全中国、全世界。

三年来，晋察冀的艺术运动循着新民主主义的道路前进。"把艺术交给大众"，不错，我们这样做了，艺术开始是群众自己的东西了。

举出我们的数目字，"全边区二十五个大剧团、一千个村剧团，几万条街头诗、标语、画，写满在晋察冀每一个村庄"。这是我们工作的收获，这是我们三年战斗的胜利。

一九三九年三月成立了全国美协分会，七月成立了全国剧协分会；一九四〇年四月成立了边区音协，七月又成立了全国文协分会。不会忘记的，这些艺术的纪念日。

"组织才是力量"，艺术从此更增加了光辉。它明白宣称，我们的艺术是为政治服务的，是为抗战建国的，是向着新民主主义迈进的。

在四个艺术协会的推动下产生了艺术节，又把艺术节的日子和子弟兵自己的纪念日——十一月七日军区成立纪念日联系起来，让它更加辉煌。

它的意义——

（一）庆祝军区成立三周年，坚持华北抗战，坚持团结进步，争取最后胜利，拿艺术伟大的力量，在行动中实践它。

（二）更加巩固和团结边区艺术抗日统一战线，千万个艺术工作者为了一个目标，团结在统一组织下。

（三）发扬革命精神，使艺术更加提高。

（四）广泛深入地开展群众艺术运动，更进一步使艺术成为群众自己的东西。

（五）交换艺术工作经验，互相批评、帮助和学习。

（六）总结三年艺运经验教训，检阅自己的力量，更进一步为开展新民主主义艺术而努力。

二、怎样庆祝今年的艺术节

（一）庆祝会

1. 全边区性的艺术节庆祝大会。（内容略）

2. 全边区各地的庆祝会。

（1）以县为单位由各县召集之，有文救会之县，一律由县文救布置和组织。

（2）内容：

①演出的、创作的：群众剧团联合公演；群众歌咏队大合唱；出版诗歌、文艺墙报、诗传单、街头诗、墙头小说；出版美术壁报、大型小型墙报、大布画等。

②展览会：各种群众艺术作品。

③座谈会：各种问题的讨论和座谈。

④联欢会。

⑤举行对艺术节扩大的口头和化装宣传。

（3）纪念日期从十一月七日起一天、三天或一星期。

3. 边区部队的庆祝会：以团为单位举行。

4. 全边区学校的庆祝会：以中学以上为单位举行。（小学并入县里纪念）

（二）用实际行动来庆祝艺术节

1. 创造模范的村剧团、大剧团和文艺小组。

2. 各村剧团、连队剧团、学校剧团、大剧团、文艺团体、文艺小组、歌咏队、美术团体，为着庆祝艺术节，要发扬高度的艺术创造性，要把艺术的提高和普及同时区别又同时联结起来。

3. 各艺术团体要更加团结、更加友爱，开展互相批评运动，使艺术工作更加向上。

4. 要巩固与健全群众艺术组织，加强领导，克服自流现象。

5. 创造和培养大批艺术干部，供给和出产很多材料，输送到各条艺术战线上去。

6. 加强艺术工作者政治和艺术理论学习。

三、口号

（一）巩固与扩大艺术界抗日统一战线。

（二）开展群众艺术运动。

（三）提高艺术水准。

（四）创造和培养大批艺术干部。

（五）发扬艺术的创造性。

（六）开展大众的、民族的、民主的、科学的新民主主义艺术运动。

（七）和敌人展开艺术战线上的斗争！

（八）用艺术的武器打击汉奸、托派、汪派、投降派、反共派。

（九）团结到底，抗战到底。

（十）拥护边区政府，拥护八路军，拥护共产党。

（十一）巩固与扩大晋察冀边区。

（十二）把日本鬼子赶到鸭绿江边！

（十三）中华民族新艺术万岁！

(十四）中华民族解放万岁！

通　知

各级剧团、县文救会、文艺团体、歌咏队、美术团体、各级文化娱乐组织、村剧团：

边区第一届艺术节即将来到，希加紧准备庆祝与宣传艺术节的工作，并希于最近按本宣传大纲，扩大对老百姓、部队、机关团体的宣传，以扩大艺术节的影响，而利艺术运动的开展是荷！

致以

抗礼！

艺术节筹委会
九月三十日

（《抗敌报》1940年10月16日）

加强边区文化工作的意义

一定社会的文化虽然受着一定社会的经济基础和政治条件的制约和规定，但同时，它又能反作用于一定社会政治、经济的发展。因此，文化是社会斗争的一种武器；因此，与敌寇直接搏斗的晋察冀边区应该确实地掌握这种武器，使它为我们当前的政治任务——争取民族解放而服务，而边区却也老早就掌握了这种武器。

晋察冀边区一开始对于文化工作就没有看轻过和放松过。与其他各部门的工作同样，边区对于文化工作从开始就进行了的。三年以来，由于边区文化工作者的艰苦努力，边区在文化战线上同样获得了光辉的战果：边区的文盲已经逐渐减少，边区人民的文化水平和政治水平已经逐渐提高。在今天，边区已经由一个文化落后的地区，一变而为全国有数的、一般人民文化水平政治水平较高的先进地区了。

但今天，加强边区的文化工作，却有着以往任何一个时期都没有过的重大意义。这是因为：

目前，敌寇正加紧其对中国的新的军事的与政治的进攻，更配合以新的文化的与经济的进攻。在文化上，敌寇正用着各色各样的无耻方法和荒谬言论，来进行其欺骗、麻醉、毒害我人民的阴谋，"建设东亚新秩序""融结东西协同体""共存共荣""新民主主义"等等，都是敌寇一贯使用的麻醉剂和毒药丸。而汉奸汪精卫又以其伪造的"三民主义"为其主子效忠，配合着进行其毒化、奴化中国人民的无耻勾当。在这种情况下，特别是边区处于敌后，敌寇、汉奸的毒害宣传日夕在我们四周浸淫着。我们虽不断地在文化战线上粉碎敌人以往各个时期的进攻阴谋，但显然还不够，今后斗争的任务更加严重。为了更能继续胜利地粉碎敌寇的文化进攻，有必要加强我们的文化工作，揭破和摧毁敌寇的一切欺骗、麻醉、毒害的宣传，和敌人作坚强的文化斗争。这是第一。

第二，边区现在已经日益巩固了，在政治上、军事上、经济上我们已经获得了伟大的胜利。但如果我们文化上的建设赶不上政治、军事、经济，那我们这种政治上、军事上、经济上所得到的胜利，是不会巩固的。同时，边区现在所努力建树的，不只是使边区成为一个敌后的抗日根据地，而且要使它成为一个新民主主义新中国的模型。而新民主主义的新中国，却不只需要政治上的自由和经济上的繁荣，同时也需要着文化上的飞跃进步。这文化上的飞跃进步，就需要着我们今天的文化工作的百倍加强。

第三，边区人民在三年来对敌寇的英勇斗争中，在三年来的民主政治生活中，在三年来的文化运动的熏陶中，已经提高了自己的文化水平。但正因为这样，边区人民对文化的要求就越发强烈起来。这用边区人民对演剧、歌咏、识字等兴趣横生的例子，就可说明。现在，边区人民已经把文化生活当作了他们生活上不可缺少的一个内容了。在这样的时候，我们应该及时地加强我们的文化工作，以满足广大人民更加丰富的文化生活的渴求。

应该更加猛烈地开展文化运动。只有这样，才能粉碎敌寇的文化进攻，揭穿汉奸的文化欺骗，更加巩固边区，打下新民主主义新中国的文化基础，同时也满足当前边区广大人民对文化的新的迫切需要。

（《抗敌报》1940年10月20日）

祝晋察冀边区第一届艺术节

田间

在巍峨的晋察冀高岭上，钢铁的同志们擎着枪守卫着英雄的阵地，而新的歌声也和同志、和枪、和新民主主义的意志结成一条防线。这是不可侵犯的防线了！

一

随着革命的英雄晋察冀长大了、前进了，晋察冀的艺术生活长大了、前进了。战斗、民主、自由已经作为它的灵魂，作为它的倾向，作为它的□略，作为它的为晋察冀、为中华民族而效命的永远的保证。

人民做了晋察冀的主人，也做了艺术生活的主人。

他们不再用低级的无反抗性的颓废小调代替自己受难的呻吟，不再赌博，不再酗酒，变相地自杀，而常常聚合到新命运的广场上，在伟大的战斗之前高声地合唱对法西斯蒂的进攻曲，和聂荣臻将军的号令,和我们的机关枪、大炮站在一列。他们曾经用秧歌舞祈祷"天神""地神",但是现在他们用秧歌舞庆祝着中共中央北方分局"双十纲领"颁布了。

当"生产""武装动员""普选"各个战线上产生无数的新地、无数的战士、无数的人民代表,同时产生着老太太用鸡蛋换成五色纸来写诗、传单,两个乡村艺术工作者(农民)为组织游击区的戏剧□□敌人刺刀下,抱着对晋察冀、对新艺术运动的无限节操而牺牲了的无数光荣故事。晋察冀的艺术生活是活跃在人民的英勇而光明的血液里。如果说有了胜利,这胜利不只是在"全边区二十五个大剧团,数万条街头诗、标语、画,写满在晋察冀每个村庄",尤其在全晋察冀人民成为艺术生活的真正主人,正如他成为晋察冀的真正主人一样。

二

今天,我们基本的艺术运动家们因为亲眼看到我们辛苦播下的种子在这土地上开放了花朵(这花朵普遍地开着),射出热情、智慧、勇敢、创造,□□旨趣,国民精神的芬芳(虽然还是粗鲁的);也因为我们亲眼看到晋察冀军区即使是三岁的孩子吧,然而却有无敌的英雄之气魄和力量,他已经粉碎日本帝国主义很多无耻的攻势,并且组织了主动的大规模的战役进攻而获得强大的战果;也因为我们亲眼看到"双十纲领"——这到新民主主义共和国之路去的旗帜被握在一千五百万双手里;等等,而发动了"艺术节",使晋察冀的地面上凝成"百花齐放""百家争鸣"的无限灿烂□□□□□□□□□□更加充□□勇敢和快乐的火焰。今天(大英雄的生日)我们立刻□听到:

唱着我们的领导者聂司令,

我们的歌声向他致敬，

我们的歌声响遍军区，

勇敢而年轻，

像十一月七日伟大的早晨。

…………

这歌声还告诉我们：走向人民希望的大路上，用最大的力量，把血和心变成刀枪。在那里，同志们将一致前进，为着新民主主义的艺术争光……是的，同志们，艺术节就是我们的艺术运动上的主动的大规模的战役进攻，我们必须向着野性和残暴的法西斯蒂艺术，粉碎它们的包围，掘去它们的种子。一方面用新的胜利保卫已经建立起来的新民主主义的艺术运动基础，一方面准备新艺术战略上的反攻。

三

我们有这个力量。我们有人民领袖毛泽东同志的《新民主主义论》，我们有祖国新艺术之父鲁迅的"鲁迅精神"，我们有民主自由的土壤，我们有拥护文化的"双十纲领"，我们有一贯的动的现实主义的作风，我们有很多从战线上锻炼出来的乡村艺术运动干部，和最广大人民的心血建筑的艺术攻势。今天只要我们进一步加强艺术生活体验，进一步多出作品，运用它的艺术，……确切的思□□为建设新民主主义的模范艺术堡垒而前进。

四

十一月七日是我们艺术节的第一日。这个日子，它是全世界无产阶级的祖国苏联的革命纪念日，它是军区成立的纪念日。这个日子，使全人类看到堡垒的勇敢与强壮的血肉创造了不可胜数的战斗的传说，使全人类看到真理、自由、幸福，必然要从这一天起慢慢实现以至于完全实现。

在这个日子面前,在晋察冀边区第一届艺术节面前,我们还要贡献出革命的英雄主义,为了我们的艺术生活披着崇高的机械化的武装而前进,站在战争与革命的狂风暴雨中间以最强烈的火力去打击祖国面前一切的重大的新危机,去歼灭祖国的敌人,把危害新艺术的暴徒抛进他们早就应该进去的坟墓里去!……

农民们、工人们、妇女们、孩子们……今天将更响亮地唱着自己的歌吧——铁的歌吧。今天在英雄的阵地上一切枪筒将更高地举起来吧,因为我们想到艺术□无边的山层,无数的□而响着。它是为着□又是为中华民族而响□类而响着!

一九□

(《晋察冀日报》1940年11月9日)

陕甘宁边区新文字协会开成立大会

用法律保证新文字在边区推行

【新华社延安十日电】陕甘宁边区新文字协会成立大会暨边府新文字训练班第一届毕业典礼,于十月革命节举行,到会者千余人。文化界先进及新文字发明者徐特立、林伯渠、谢觉哉诸同志均出席讲话。首由吴□报告。其次,在大会上,边区政府和边区党委会正式允许用法律的力量来共同保证边区新文字的推行。今年冬学就决定完全教授新文字。目前边府已训练好大批新文字干部,深入各区村,推行扫除文盲的工作。继之,会场上讲话者极为踊跃。其中尤以邓□同志的演说最为激烈中肯。他说:"新文字一定要实行起来,即便在实行中遇到什么困难,只要共产党存在,就是依靠的保证力量,边区实行新文字有许多有利条件可以首先取得成功。的确，新文字不仅是一种科学的文字工具，而且是一种进步的革命力量，乃竟有许多守旧和顽固的人来反对学新文字，但顽固势力也终于阻挠不住它的发展。"

　　大会最后通过简章，并由当场民众提议，正式决定十一月七日为"中国新文字革命节"。相信大会以后，新文字运动的开展将像新民主主义运动的浪潮由边区范围扩大至全国范围，提起全国□民大多数的注意，使它领导新□文化进入新的世界。

（《晋察冀日报》1940年11月14日）